추상오단장

追
想
五
断
章

추상오단장

요네자와 호노부

최고은 옮김

追想五斷章

엘릭시르

차례

●

서장

나의 꿈

나의 꿈

2학년 4반 기타자토 가나코

요새 나는 자주 꿈 생각을 한다.

나와 엄마는 동화 속에 나올 법한 아름다운 나라에 있다. 얼굴은 알아볼 수 없지만, 엄마라는 건 알 수 있다.

행복해야 할 꿈인데도 항상 마음이 괴롭다. 나는 엄마 다리에 달라붙어 여기 있으라고 애원한다. 그렇게 하지 않으면 엄마가 멀리 떠나버리기 때문이다. 나는 그것이 무엇보다 두려웠다.

엄마는 나에게 다정하게 대해주기도 하지만, 거들떠보지도

서장 나의 꿈

7

않을 때도 있다. 심하게 나를 꾸짖을 때도 있는 것 같다. 꿈이기 때문에 또렷하게 기억나지는 않는다. 아무튼 나는 마음을 놓지 못하고, 정말 필사적으로 "엄마, 여기 있어요"라고 울부짖는다.

몇 번이나 꿈을 꾸었지만, 이것만은 똑똑히 기억한다. 난데없이 우르릉 쾅쾅 벼락이 치며 나를 꼼짝 못하게 한다. 그사이에 엄마는 떠나버린다.

그러면 어디선가 많은 사람들이 모여든다. 사람들은 이상한 주문을 외우며 엄마를 찾는다. 나는 엄마가 보고 싶어서 다시 울고 있다. 하지만 이번에는 진심으로 울지는 않는다. 왜냐하면 나는 엄마가 이제 돌아오지 않는다는 사실을 알고 있기 때문이다. 이건 아마도 실제로 그러한 기억이 내게 있어서일 것이다.

꿈은 항상 이렇게 끝난다. 악마 같은 얼굴이 나를 빤히 바라보고 있다. 나는 꼼짝도 못하고 얼어붙어서는 입도 벌리지 못한 채 나를 꿰뚫어 보는 그 무시무시한 시선에 그저 못박혀 있을 뿐이다.

그러나 무엇보다 두려운 것은 잠에서 깬 내가 그것이 누구의 눈이었는지 알고 있다는 느낌이 든다는 사실이다.

《목령木靈》

추상오단장

제1장

기적의 소녀

1

백 페이지가 채 되지 않는데도 책은 편철제본으로 만들어져 있었다. 종이는 싸구려처럼 보였지만 달필로 적힌 제목이 기억에 남아 있었다.

무사시노의 버스길. 도로 통행량은 많지만, 오가는 사람은 얼마 없다. 고서점이 으레 그렇듯이, 햇볕에 책이 상하지 않도록 북향으로 문을 낸 스고 서점 안에서 스고 요시미쓰는 계속 턱을 쓸고 있었다. 손바닥에 느껴지는 까끌까끌한 감촉. 깔끔하게 면도하지 못한 수염 자국이다. 그는 의자에 늘어져 어스름한 가게 안을 바라보고 있었다. 평일 오후 이른 시간이라 손님은 없다.

"요시미쓰."

커튼 너머 가게 안쪽에서 그를 부르는 소리가 들렸다.

"가격표라도 붙일래? 기본적인 건 내가 알려줄게."

어깨 너머로 돌아보자, 어느샌가 커튼이 열려 있었다. 지저분한 앞치마를 두른 구제 쇼코가 일말의 기대도 없다는 눈으로 그를 보고 있었다. 하루 종일 앉아 있기만 하는 자신을 생각해서 하는 말이라는 걸 알고 있기에, 요시미쓰는 언짢은 내색 없이 평소처럼 대답했다.

"됐어. 어차피 큰아버지가 하실 텐데 뭐."

"그래? ……이제 3시니까 먼저 가볼게."

말하면서 벌써 앞치마를 벗고 있다. 쇼코는 3시까지 일하는 아르바이트생이다. 처음부터 일을 가르쳐줄 생각은 없었으리라.

"수고했어."

"응."

고무줄로 대충 묶은 머리를 풀자, 쇼코는 제 나이 또래의 젊음을 되찾았다. 그녀는 올리브색 치노 팬츠에 회황색 셔츠 차림이었다. 아마도 먼지가 많은 곳에서 일하기 때문에 더러워져도 상관없는 옷을 골랐겠지. 예전에 딱 한 번, 거리에서 쇼코를 보았던 적이 있다. 가게에서 일할 때와는 달리 활기차

추상오단장

고 풋풋한 모습이었다.

요시미쓰와 쇼코는 한 살 차이다. 작년까지는 둘 다 학생이었다. 요시미쓰는 등록금을 내지 못해서 스고 서점에서 더부살이를 하게 되었다. 쇼코는 취직 활동과 졸업논문 준비, 서클 활동을 하며 자투리 시간에 고서점 아르바이트를 하고 있다.

"밖에 나와 있던 물건은 내가 정리해뒀어. 이쪽은 가격을 매겨둔 거고, 이쪽은 아직 못 했지만, 거의 그걸 거야."

애매한 표현을 사용했지만, 자세히 보니 낡은 경제지가 산더미처럼 쌓여 있다. 쇼코가 값어치가 없어 보인다고 판단하면 일단 가격표는 붙이지 않는다. 폐지로 내놓을 수밖에 없지만, 쇼코는 책을 버린다고 말하지는 않았다.

"큰아버지에게 물어보고 버릴게."

"갈게, 내일은 1시부터야."

쇼코는 요시미쓰의 말에는 대꾸하지 않고 운동화를 신더니, 일정을 확인하고는 가게를 나섰다.

그녀는 거의 매번 일이 끝나면 어떤 책이든 꼭 한 권을 사간다. 그런데 오늘은 아무것도 사지 않고 가버린 걸 보니, 뭔가 다른 볼일이 있든지, 일부러 '버린다'는 표현을 사용한 요시미쓰에게 화가 난 모양이다.

스고 서점의 주인 스고 고이치로는 조카인 요시미쓰가 아닌 아르바이트생인 쇼코에게 일을 가르쳤다. 쇼코는 가격을 매기는 일에도 어느 정도 익숙해졌지만, 요시미쓰에게는 아직도 계산과 힘 쓰는 일밖에 시키지 않는다. 하지만 요시미쓰가 그 일로 큰아버지에게 서운했던 적은 없었다. 쇼코는 책을 좋아했고 지식도 풍부했다. 요시미쓰도 책은 좋아했지만, 그가 이곳에 머무는 이유는 단순히 학교를 그만둔 뒤에도 도쿄에 남아 있을 핑계가 필요했기 때문이다.

이곳에서 지내게 된 첫날, 요시미쓰는 별생각 없이 "잠시 신세 지겠습니다"라고 말해버렸다. "잠시 신세나 질 작정이면 카운터나 보게 해야겠군." 그것이 큰아버지의 대답이었다. 그 후로, 큰아버지는 그에게 일을 가르치려 들지 않았다. 말실수를 했다고 생각하지만, 거짓말은 아니었기 때문에 그 역시 자진해 일을 배우려 하지는 않았다.

나중에 들어온 쇼코가 일을 배우는 걸 보며, 요시미쓰는 계속 까끌까끌한 턱을 쓸고 있었다. 4월에 큰아버지의 집에 들어온 뒤, 계절이 바뀌고 해가 넘어가고 새해가 밝은 지도 벌써 이 주가 지났다. 1992년. 영원히 계속될 것 같았던 호황이 갑작스레 끝나며 경기 침체가 계속되었다. 텔레비전이며 신문에서는 연일 불황 속 취직난을 보도했다.

의자에 앉은 채 팔을 뻗으며 허리를 좌우로 비튼다. 회색빛

천장을 올려다보며 늘어지게 하품을 하던 요시미쓰는 어디선가 들어오는 찬바람을 느끼고 고개를 돌렸다. 입구에 누가 서 있었다.

선명한 주황색 코트를 입고 하얀 핸드백을 든 여자였다. 학생이나 학자들이 주로 찾는 스고 서점에서는 좀처럼 볼 수 없는 손님이었다. 힐끗 눈이 마주쳤다. 요시미쓰는 얼른 입을 다물었다. 카운터에 팔꿈치를 괴고 턱을 쓸자, 역시 까끌까끌한 감촉이 느껴졌다.

어둡고 먼지투성이인데다 입구도 좁은 스고 서점은 결코 쉽게 들어올 수 있는 가게라고는 할 수 없다. 가게 앞에 놓인 왜건을 보고 걸음을 멈추는 손님은 꽤 되지만, 좀처럼 가게 안까지 들어오지는 않았다. 설령 들어온다 해도 카운터가 가게 안쪽 어두컴컴한 곳에 자리해 있다 보니 대부분의 손님은 그냥 발길을 돌린다.

하지만 여자는 잠깐 망설이는 기색을 보이다가 문을 지나 안으로 들어왔다. 책장에는 눈길조차 주지 않고, 곧장 요시미쓰를 향해 다가온다. 손에는 핸드백만 들고 있었고, 파격 할인 중인 왜건의 책들은 둘러보지 않았다. 만일 그녀가 찾는 책이 있더라도 요시미쓰는 별 도움이 되지 않을 것이다. 그래서 먼저 말을 걸지 않고 눈도 맞추려 하지 않았다.

여자는 살짝 비음 섞인 목소리로 물었다.

"실례합니다. 말씀 좀 여쭙겠습니다."

"네. 말씀하세요."

"여기가 어제 고노 주조 선생님의 장서를 인수하신 스고 서점이 맞나요?"

요시미쓰는 그제야 고개를 들었다. 혈색 좋은 입술이 눈에 들어왔다. 나이는 요시미쓰 또래로 보인다. 화장은 옅게 했고, 눈가 주변에 희미하게 긴장이 어려 있었다.

"······네, 맞습니다."

이름이 주조인지는 모르지만, 분명히 고노라는 사람 집에 책을 매입하러 가기는 했다.

큰아버지와는 오랫동안 알고 지낸 학자로, 며칠 전에 세상을 떴다고 들었다. 큰아버지의 말에 의하면 호상이라 하기에는 조금 이르지만, 그만하면 오래 사신 편이라고 했다. 그러한 연유로 그 댁 장서를 모두 인수하게 된 요시미쓰와 큰아버지는 가게의 라이트밴을 몰고 세타가야로 향했다.

고노의 자택은 고급 주택가의 빨간 벽돌집이었다. 실내 가구도 번쩍번쩍 고급스러웠지만, 장서의 질은 그다지 좋지 않았던 듯, 큰아버지는 종일 벌레 씹은 듯 떫은 표정이었다. 요시미쓰는 아침부터 밤까지 책을 박스에 넣어 밴에 실었다.

조금 전까지 쇼코가 하고 있던 일도 고노의 장서에 값을 매기는 작업이었다. 큰아버지와 쇼코가 함께 처리하고 있었지만, 모든 책에 가격을 매기려면 앞으로 몇 주일이나 걸릴지 짐작도 가지 않았다.

"그 장서에 무슨 볼일이라도……?"

고노 자택에서 요시미쓰와 큰아버지를 맞이한 사람은 겉보기에도 책에 별 관심이 없어 보이는 남자였다. 마흔은 넘어 보였다. 책을 옮기는 요시미쓰에게 집을 어지르지 말라며 잔소리를 하더니, 큰아버지에게는 그렇게 값어치가 없을 리 없다며 줄곧 불평을 쏟아냈었다.

역시 너무 싸게 넘겼으니 돌려달라고 찾아온 건가. 그렇게 생각하며 손님의 얼굴을 슬쩍 보았지만, 보아하니 그 때문은 아닌 듯싶었다.

"네, 실은 제가 찾던 잡지가 그 안에 있다고 들어서 찾아왔습니다."

"잡지 말씀이십니까? 잡지도 많이 인수하긴 했습니다만."

"평범한 잡지는 아닙니다."

손님은 핸드백에서 얇은 책 한 권을 꺼냈다.

"이 잡지입니다."

백 페이지가 채 되지 않는데도 책은 편철제본으로 만들어

져 있었다. 제목이 제법 달필이었다. 낡아서인지, 아니면 종이
가 싸구려인지, 얇아서 보이지도 않는 책배가 누렇게 변색되
어 있었다.

잡지 제호는 《호천壺天》이었다.

"《호천》입니까?"

여자는 고개를 끄덕였다.

"네. 이십 년쯤 전에 동인지로 몇 년 동안 발행된 잡지예요."

"그렇군요."

"고노 선생님은 그 잡지의 관계자였다고 들었습니다. 선생
님께서 처분하시지 않았다면, 이쪽에서 인수하신 장서 가운
데 섞여 있을 거라 생각합니다."

고노의 장서는 일이천 권 정도가 아니었다. 단순히 나르기
만 했을 뿐 표지조차 제대로 살펴보지 않았던 요시미쓰는 적
당히 대답했다.

"글쎄요."

"기억에 없으신가요?"

"……아, 음."

여자의 간절한 목소리에 동정심을 느껴서는 아니었지만,
요시미쓰는 다시 한번 그 제목을 보았다. 여자가 잡지를 내밀
기에 직접 들고 살펴보았다. 종이는 힘없이 약해져 있어서, 자

추상오단장

칫 잘못하다가는 찢어져버릴 것 같았다.

기억에 없느냐고 묻는다면, 분명히 기억은 하고 있었다. 어제도 자칫 잘못하다가는 찢어질지도 모른다고 생각했다. 떠올려보니 이 서체도 낯익었다.

"본 것도 같네요."

살짝 시선을 들고 그렇게 말하자, 여자는 묘한 표정을 지었다. 기쁨이 아니라, 울먹이며 웃는 듯한 표정이었다.

하지만 그도 오래가지는 않았다. 여자는 이내 진지한 표정으로 말했다.

"그 잡지를 제가 꼭 사고 싶습니다."

"으음."

요시미쓰는 우물거리며 대답했다.

"그야 사신다면 당연히 팔겠습니다. 하지만 어제 막 인수한 참이라, 아직 대부분 상자조차 뜯지 않아서요. 찾아둘 테니까 다음에 다시 와주세요."

"얼마나 걸릴까요?"

"글쎄요, 일주일쯤 걸릴 것 같습니다."

이번에는 여자의 표정이 어두워지는 것을 똑똑히 확인할 수 있었다.

"일주일이요……?"

"그때까지 찾을 수 있을 거라 확답은 드릴 수 없습니다. 제가 잘못 봤을 수도 있고요."

여자는 잠시 생각에 잠긴 것 같았다. 그리고 요시미쓰의 안색을 살피며 조심스레 말했다.

"실은 저는 그 잡지를 찾아 마쓰모토에서 여기까지 왔습니다."

"마쓰모토라면, 나가노 현에서 오신 겁니까?"

"네. 직장 때문에 내일모레에는 돌아가야 합니다. 죄송하지만 빨리 찾아주실 수 없을까요?"

"그 동인지 때문에 일부러 오신 겁니까? 아니, 실례했습니다. 하지만 정말 멀리서 찾아오셨네요."

여자를 쳐다보면서 요시미쓰는 책상 서랍을 뒤져 메모지와 볼펜을 꺼냈다.

"사정이 그러시다니 한번 애써보겠습니다."

"여기서 기다릴 테니 찾아주실 수 있으신가요?"

"오늘 말입니까?"

요시미쓰는 손을 내저었다.

"오늘은 어려울 것 같네요. 찾아도 가격을 제가 정할 수는 없어서요. 전 단순히 자리나 지키는 사람이라……. 사장님은 지금 물건을 들이러 나가셨습니다."

추상오단장

"돈이라면 얼마든지 내겠습니다."

요시미쓰는 살짝 씁쓸한 표정으로 말했다.

"그런 말씀은 섣불리 안 하시는 편이 좋습니다. 상대방이 나쁜 마음을 먹을 수도 있으니까요."

"네……."

여자는 애매하게 대답하더니, 쑥스러운 듯 웃었다.

"듣고 보니 그러네요. 하지만 그렇게 말씀하시니 긴장되는 걸요?"

"염려 마세요. 턱없는 값을 부를 생각은 없으니까요."

요시미쓰는 메모지에 개성 있는 글씨로 '호천'이라 썼다.

"《호천》은 전부 필요하십니까?"

"아뇨, 전부가 아니라……."

글씨를 쓰던 손을 멈추고 고개를 들어 여자를 보았다.

"가노 고쿠뱌쿠ᅟ_{叶黑白}란 필명으로 짧은 소설이 실린 호가 있을 겁니다. 제가 필요한 건 그 소설입니다."

"가노 고쿠뱌쿠라. 권호수나 게재된 시기 등은 모르십니까?"

"네."

조금 전 여자가 보여주었던 《호천》에는 1974년 봄 호라 적혀 있었다. 계간일 테니 몇 권 나오지도 않았을 것이다. 상자

속에서 찾으려면 고생하겠지만, 내용을 확인하기는 어렵지 않으리라.

"그렇다면 소설의 제목을 알려주실 수 있습니까?"

"정확한 제목을 알아야 하나요?"

여자는 미안하다는 듯 말했지만, 요시미쓰는 적당히 대꾸했다.

"잡지 이름과 저자명을 알고 있으니 문제없을 겁니다. 찾으면 연락드릴까요?"

"아, 네. 부탁드립니다."

여자는 가방 속에서 호텔 명세서를 꺼냈다. 비즈니스호텔이었다. 전화번호와 방 번호를 적었다.

"알겠습니다. 성함이……?"

잠시 주저하는 기색이 보였다. 여자는 한숨을 토해내듯 자신의 이름을 밝혔다.

"……기타자토 가나코라고 합니다."

이름 역시 메모한 뒤, 요시미쓰는 볼펜을 내려놓았다.

"저는 스고 요시미쓰라고 합니다. 만일 다른 연락 사항이 있으시면 여기로 전화해주세요. 다른 직원에게 전해두겠습니다."

가나코는 잘 부탁드린다며 정중히 고개를 숙였다.

"제가 잘못 본 것일 수도 있으니, 너무 기대는 마세요."

요시미쓰는 마지막으로 그렇게 덧붙이는 것도 잊지 않았다.

사장님은 물건을 들이러 나가셨다고 했지만, 그건 즉석에서 지어낸 거짓말이었다.

실은 파친코에 있었다. 요시미쓰가 여기서 신세를 지기 시작했을 때도 이미 큰아버지 고이치로는 장사할 마음이 없어 보였다. 일주일에 세 번은 자리를 비우고 마실을 간다.

50세가 넘은 고이치로는 아직 그리 늙지도 않았는데 머리가 세었다. 요시미쓰의 기억 속 고이치로는 자그마한 체구에도 불구하고 눈이 번쩍거리고 기력도 넘치는 사람이었다. 하지만 지금 그 눈에서는 끈기가 사라져 있었다.

오늘도 오전 중에는 고노의 장서를 정리하고 있었지만, 점심을 먹는다며 나간 뒤로 소식이 없다. 또 파친코에 간 것이 분명했지만, 폐점 때까지 돌아오지 않는 일은 거의 없다. 날이 저물 무렵에 돌아와 저녁은 집에서 먹는다. 소박한 밥상을 물릴 무렵, 요시미쓰는 《호천》을 꺼내 고이치로에게 내밀었다.

미심쩍다는 듯 힐끗 본 뒤, 고이치로는 담배에 불을 붙였다.

"그게 뭐냐?"

"어제 고노 씨 댁에서 가져온 책 속에 들어 있었어요."

"고노 선생님 물건이냐. 그래, 그런 게 있었지."

"점심때 어떤 손님이 이걸 찾더라고요."

"그걸?"

고이치로는 한 모금 빨더니 담배를 재떨이에 놓고 《호천》을 받아 들었다. 익숙한 손놀림으로 맨 위 한 권을 펼쳐 판권을 본다. 하지만 금세 흥미를 잃은 것 같았다.

"흠. 우리 가게에 들여놓을 물건은 아니군."

그리고 생각났다는 듯 덧붙였다.

"용케 찾았네."

"의외로 쉽게 찾았어요."

6시에 가게 문을 닫은 뒤, 요시미쓰는 혼자서 박스 더미에 달라붙어 《호천》을 찾았다. 상자에 넣을 때에는 손에 집히는 대로 넣었기 때문에 어느 상자에 무슨 책이 들어 있는지는 전혀 알 수 없었다. 그는 살짝 허리를 굽힌 채 박스 안을 들여다보며 정신없이 책과 잡지를 꺼냈다 집어넣는 작업을 되풀이했다. 그리고 열 번째 상자를 뜯었을 때, 드디어 찾는 물건을 발견했다.

고이치로는 물었다.

추상오단장

"그래서 그 손님은 그걸 전부 사겠다고 하더냐?"

"아뇨. 찾는 소설이 있대요. 작가는 '가노 고쿠뱌쿠'라고 하던데, 그 사람이 쓴 소설이 1973년 봄 호에 실려 있었어요."

"가노 고쿠뱌쿠라."

앵무새마냥 이름을 입 밖으로 내더니, 고이치로는 불편한 목소리로 말했다.

"처음 듣는 이름이군. 어감이 영 어색한걸. 고노 선생님의 지인이 쓴 소설이라면 내가 모를 리가 없는데."

"이 잡지를 아세요?"

"알다마다."

고이치로는 성가시다는 듯 고개를 끄덕이며 길어진 담뱃재를 떤 다음, 다시 한 모금 담배를 빨았다.

"《미타 문학》이나 《와세다 문학》 비슷한 거지. 어느 지방 국립대에서 만든 잡지인데, 그래도 오 년은 갔을걸. 1970년이었나. 시기도 그다지 좋지 않았지만, 무엇보다 이름이 별로였지. 문학에 뜻을 둔 사람들이 '호천'이라니 너무 향락적이잖아. 호중천壺中天이라는 말은 알지?"

"뭐, 네."

중국 고사에 항아리 속에 있는 별천지에서 유람했다는 이야기가 있다. 호중천이라는 말은 도원향과 마찬가지로 속세에서 벗어난 이상향을 뜻한다.

고이치로는 문득 아련한 눈빛으로 입을 열었다.

"고노 선생님도 어쩌다 말려들어 무척 고생하셨다고 하던데. 좋은 추억도 아닌데 일부러 챙겨두었다니, 정말 착실한 양반이시라니까."

"문학부 교수셨나요?"

"아니, 전공은 경제학이었어. 그래서 우리 가게를 애용해주셨지."

스고 서점에는 일반 소설이나 논픽션 작품도 구비되어 있다. 하지만 그것은 뜨내기손님용이고, 주력 분야는 경제학이나 사회학 같은 학술 서적이었다. 요시미쓰는 제목도 제대로 모르는 외국 문헌이 책장 한구석을 차지하고 있다. 가격도 만만치 않았다.

담배를 비벼 끈 뒤, 고이치로는 불현듯 요시미쓰를 똑바로 쳐다보며 말했다.

"그 손님한테 찾았다고 연락은 했냐?"

"아직 안 했어요. 찾으면 연락해달라고 했는데, 일단 큰아버지께 말씀드린 뒤에 해야겠다 싶어서요."

"그러냐."

고이치로는 힐끗 시계를 본 뒤 말했다.

추상오단장

"오늘은 이미 늦었군. 내일 내가 돌아올 때까지 연락하지 마라."

"어디 가시게요?"

"그 손님은 고노 선생님 책이 여기 있는지 알고 왔다면서. 먼저 선생님 댁에 물어봐야지."

하긴, 고노가에서 가나코에게 이곳을 일러줬으니 찾아왔을 것이다.

"그렇겠네요."

"그 댁 아들도 여간내기가 아니라서 말이야. 나중에 따지고 들기라도 하면 일이 귀찮아져."

"아……. 그도 그러네요."

열심히 잡지를 찾는 가나코를 보고 고노가에서는《호천》이 희귀 서적이라고 착각하고 있을지도 모른다. 미리 양해를 구하지 않으면 분명 가격을 후려쳤다고 불평하리라.

"실제로는 얼마나 하는 물건인가요?"

그렇게 묻자 고이치로는 잠시 머뭇거리다 대답했다.

"뭐, 비싸게 불러도 천 엔이지. 손님은 어떤 사람이었냐?"

"젊은 여자인데, 마쓰모토에서 왔다고 하더군요. 도쿄에는 내일모레까지만 있을 거라고요."

"마쓰모토에서?"

고이치로는 복잡한 표정을 지었다.

"그럼 개인적인 사정이 있어서 온 거군. 그 잡지가 친구나 가족과 관련되었나 보네. 돈은 좀 있어 보이더냐?"

요시미쓰는 가나코의 모습을 떠올렸다. 돈은 얼마든지 내겠다고 말했지만.

"딱히 그래 보이지는 않았어요."

"그래."

고이치로는 고노가에 전화를 걸어 정중하게 내일 찾아뵈어도 되겠느냐고 물었다. 그리고 친하게 지내는 동업자에게도 전화를 해 가노 고쿠뱌쿠라는 이름에 대해 물었지만, 별다른 성과는 없었던 모양이다. 두 사람은 잠시 고노의 장서를 정리했지만, 고이치로는 10시경에 먼저 잠자리에 들었다.

요시미쓰가 자기에는 아직 이른 시간이다.

가노 고쿠뱌쿠의 소설이 실린 《호천》을 들고 살며시 집을 나섰다. 요시미쓰도 남들만큼은 독서를 한다. 어디까지나 남들 읽는 만큼이기 때문에 동인지에 실린 무명작가의 단편에 관심은 없었다. 그저 가나코에게 팔면 두 번 다시 읽지 못하게 된다고 생각하자 가난뱅이 근성이 들끓어서, 복사를 해둬야겠다고 결심했을 뿐이다.

무사시노의 겨울 추위는 뼛속까지 스며든다. 게다가 바람

까지 부는 밤이었다. 근처라고 아무것도 걸치지 않고 나왔던
지라 몸이 으슬으슬 떨렸다.

버스전용차로를 몇 분쯤 걸어가 편의점에 들어가자 낮밤
구별 없는 젊은이들이 시답지 않은 이야기를 하며 깔깔거리
고 있었다. 그들에게 등을 돌린 채, 요시미쓰는 묵묵히 가노
고쿠뱌쿠의 소설을 복사했다.

소설은 「기적의 소녀」란 제목으로, 필명과 마찬가지로 뭔
가 어색했다. 대충 훑어보니 일인칭 시점의 소설이었다. 열
페이지 정도 되는 짧은 이야기였기 때문에 낡은 종이가 찢어
지지 않도록 주의만 기울이면 복사하는 데 오래 걸리지도 않
았다.

가지고 있으면 언제든 읽을 수 있다. 그렇게 생각하니 당장
읽어야겠다는 마음은 들지 않았다.

추위에 떨며 가게로 돌아온 요시미쓰는 복사본을 베갯머리
에 대충 내던지고 잠이 들었다.

다음 날, 요시미쓰가 눈을 뜨자 아침잠이 없는 고이치로는
벌써 일을 시작한 뒤였다. 그는 쇼코보다 훨씬 날랜 동작으로
고노의 장서를 확인하며 값을 매기고 있었다.

10시가 되자 고이치로는 밴을 몰고 외출했다. 일이 잘 풀리

지 않았는지, 고이치로가 가게로 연락한 것은 생각보다 늦은 12시가 지났을 무렵이었다.

"요시미쓰냐. 그《호천》말인데, 합의를 봤다. 손님에게 연락해드려."

"가격은 어떻게 할까요? 말씀대로 천 엔으로?"

"그래. 난 잠깐 들를 곳이 있으니 가게 잘 보고 있어라."

수화기 너머에서는 이미 파친코의 시끄러운 소리가 들리고 있었다.

12시가 지나 비즈니스호텔은 지금 한창 객실 청소중일 테니 가나코는 아마 방에 없으리라. 그렇게 생각하긴 했지만, 어제 적어준 쪽지를 보며 번호를 눌렀다. 생각대로 프런트에서는 객실로 연결해주지 않았다. 용건을 말씀하시면 전하겠다고 했지만, 청소는 3시까지라고 하니 가나코는 저녁에나 오겠다 생각했다.

하지만 가나코는 1시가 지나자마자 나타났다. 어제와 같은 주황색 코트 차림이었다. 쇼코가 일하는 시간이어서, 요시미쓰는 쇼코에게 가게를 맡기고 안쪽에서 점심으로 주먹밥을 먹고 있었다.

"요시미쓰, 손님이야. 어제 부탁한 일 때문에 오셨대."

먹던 주먹밥을 그릇에 내려놓은 요시미쓰는 대충 손을 씻고 서둘러 가게로 나갔다.

그리고 고개를 숙이며 솔직하게 말했다.

"이렇게 빨리 오실 줄은 몰랐습니다."

두 번째 만남이어서 그런지 가나코의 표정은 어제보다 훨씬 부드러웠다. 그녀는 미소 지으며 말했다.

"연락을 받고 도저히 가만히 있을 수가 없어서요. 식사하시는데 방해해서 죄송합니다."

"가게인걸요, 괜찮습니다. 저희야말로 죄송합니다. 제가 확실히 일러두었어야 하는데."

사정을 모르는 쇼코는 잠시 원망스러운 눈길로 요시미쓰를 쳐다봤지만, 이내 모르는 척 카운터 안에서 가게를 둘러보았다.

"가노 고쿠뱌쿠의 소설을 찾았습니다."

요시미쓰는 안으로 들어가 1973년 봄에 발행된 《호천》을 들고 나왔다. 두 손으로 공손히 내밀었지만, 가나코는 곧바로 받아 들지 않았다. 그 표지를 보며 작게 한숨을 흘렸다.

"번거롭게 해드려 죄송합니다. 어제 어려울 것 같다고 하셔서, 찾을 때까지 시간이 걸릴 줄 알았거든요."

"상자가 한두 개가 아니어서 어제는 정말 일주일은 걸릴 줄 알았습니다. 이렇게 금방 찾아낸 건 정말 운이 좋았기 때문입니다."

"아뇨, 그게 아니라."

그렇게 말하며 가나코는 《호천》을 받아 들었다.

"……여기서 찾지 못하면, 다음에는 몇 년 후에나 찾을 수 있을 거라 생각했거든요."

손님이 받아 든 《호천》에 관심이 생겼는지, 쇼코는 곁눈으로 힐끔거리고 있었다. 가나코는 곧바로 페이지를 넘기기 시작했다.

"아, 가노 고쿠뱌쿠. 여기 있네요."

찾아 헤매던 잡지를 발견한 그녀의 얼굴에는 웃음이 번져 있었다.

"모든 잡지를 확인하지는 못했습니다. 다른 호에도 실렸을지 모르겠네요."

나름대로 호의를 베푼답시고 한마디 덧붙였지만, 가나코는 고개를 저었다.

"괜찮습니다. 《호천》에 실린 것은 아마도 이 한 편뿐일 테니까요."

"그렇군요. 그럼 더는 찾지 않겠습니다."

"찾아주셔서 감사합니다. 얼마를 드리면 될까요?"

가나코는 서둘러 지갑을 꺼냈다. 조금 가격을 부풀려도 망

추상오단장

설임 없이 살 것 같았다.

"천 엔 받았습니다."

가나코는 싸다고도, 비싸다고도 생각하지 않은 것 같았다. 쇼코가 천 엔짜리 지폐를 받아 금전출납기에 넣었다. 마지막으로 영수증을 건네면서 거래는 끝났다. 멀리서 찾아온 묘한 손님이었지만, 이것으로 스고 요시미쓰와 기타자토 가나코의 인연은 끝났다고 봐야 할 터였다.

하지만 가나코는 종이봉투에 든 《호천》을 품에 안은 채 좀처럼 발길을 돌리려 하지 않았다. 무언가 망설이는 것처럼 보였다.

"……저기, 아직 무슨 볼일이라도?"

그 한마디에 용기를 얻었는지, 가나코는 결심을 굳힌 듯 고개를 들었다.

"실은 찾는 책이 더 있습니다. 혹시 여기서 찾아주실 수 있을까요?"

그녀를 상대할 사람을 찾아 요시미쓰는 무심코 쇼코를 보았다. 하지만 쇼코는 무표정한 얼굴로 힐끗 눈길을 줄 뿐이었다. 사장님이 자리를 비웠으니 오늘은 도와드릴 수 없겠다고 말하려 했지만, 생각해보니 가나코는 내일 도쿄를 떠난다고 했다. 달리 도리가 없었다.

"죄송하지만 사장님은 오늘도 안 계십니다. 일단 저한테 말씀해주세요."

카운터 앞에서 서서 이야기하기도 뭐했기에, 요시미쓰는 가게 안쪽의 방으로 가나코를 안내했다. 지금까지도 이야기가 길어질 것 같으면 손님을 방으로 안내한 적이 종종 있었다. 가게로 통하는 방문은 열어두었다.

세 평 남짓한 방은 담뱃진과 오랜 먼지로 벽이며 천장이 거뭇하니 누렇게 얼룩져 있었다. 바닥은 밟으면 푹 꺼질 것 같다. 그렇지 않아도 손님을 맞이하기에 적절한 방이 아닌데, 결정적으로 낮은 밥상에 먹던 주먹밥까지 놓여 있다. 제아무리 요시미쓰라도 당황해서 금방 치우겠다며 부산을 떨었다. 가나코는 노골적으로 방석에 앉기를 꺼리는 눈치였다. 물에 젖은 듯 납작해진 방석이니, 제대로 정신이 박힌 사람이라면 누구든 그럴 테지만.

"차를 내오겠습니다."

"아뇨, 괜찮습니다."

"그래도 되겠습니까? 다행이네요. 금이 간 찻잔밖에 없거든요."

거두절미하고 본론으로 들어가기로 했다. 요시미쓰는 메모지와 볼펜을 준비했다.

"찾는 책이 있다고 하셨죠?"

"네……."

방이 지저분하다는 이유 때문은 아닐 테지만, 가나코는 살짝 후회하고 있는 것 같았다. 개인적인 사정으로《호천》을 찾았던 것이라면 다른 책도 역시 그 사정 때문에 찾고 있는 것이리라. 그런 개인적인 이야기를 남에게 이야기하기란 그리 쉬운 일이 아닐 터였다. 요시미쓰는 말없이 기다렸다.

가나코는 별안간 짧은 숨을 내뱉더니, 결심을 굳혔는지 또렷한 목소리로 이야기를 시작했다.

"제가 찾는 책은 가노 고쿠뱌쿠가 쓴 모든 소설입니다.《호천》에 실린 것을 포함해 모두 다섯 작품이에요. 하지만 제가 아는 것은 그중 한 편이《호천》란 잡지에 게재되었다는 사실뿐입니다. 나머지 네 편이 어디에 실렸는지, 아니면 어디에도 실리지 않았는지, 그조차 알지 못합니다."

"음, 그러시군요."

적당히 맞장구를 친 뒤, 요시미쓰는 조심스레 말을 꺼냈다.

"요컨대 일본에서 간행된 서적 중 어딘가에 실렸을 가능성이 있다는 말씀이시군요. 찾기는 꽤 힘들 것 같은데요."

"알고 있습니다만, 꼭 찾고 싶습니다."

이유는 묻지 않고, 요시미쓰는 턱을 쓰다듬었다.

"수락 여부는 사장님이 정하실 겁니다. 혹시 실마리가 될 만한 것이 있다면 알려주시겠습니까. 사소한 것이라도 도움이 될 수 있으니까요."

"실마리라……."

"예컨대 나머지 네 편이 언제쯤 쓰였는지."

"……그렇군요."

가나코는 잠시 생각하다 입을 열었다.

"다섯 편의 작품은 모두 같은 시기에 쓰인 것 같습니다. 오 년, 십 년씩 오랜 세월에 걸쳐 쓰이진 않은 것 같아요."

요시미쓰는 메모하던 손을 잠시 멈추고 물었다.

"듣다 보니 이상하다는 생각이 드는군요. 아시는 사실과 그 렇지 않은 것이 잘 구별이 가지 않아서요. 어디에 게재되었는 지는 모르시는 거죠? 그런데 어떻게 짧은 기간 동안 쓰였다 는 건 알고 계신가요? 애초에 《호천》에 실렸다는 건 어떻게 아셨습니까?"

가나코가 다리 위에 둔 주먹을 꼭 쥐었다.

말하지 않을지도 모른다고 생각했지만, 일단 말을 꺼내고 나니 가나코도 마음을 굳힌 것 같았다. 망설이는 기색은 없었 다.

"처음부터 말씀드릴걸 그랬군요. 가노 고쿠뱌쿠의 본명은 기타자토 산고라 합니다."

"기타자토라면."

"제 아버지입니다."

요시미쓰는 납득하는 한편 감탄했다. 큰아버지의 예상이 들어맞았다.

"아버지는 작년에 돌아가셨습니다. 오십 대 초반이셨는데, 암이었습니다."

"상심이 크셨겠군요. 작가셨습니까?"

"아뇨."

가나코의 표정에 당혹스러운 기색이 번졌다.

"그런 분은 아니셨습니다. 현실적이셨고 창작이나 창조와는 전혀 연이 없었어요. 작은 운송 회사에서 영업직으로 일하셨습니다. 입원하시기 얼마 전에 부장으로 승진해 파티를 했고요. 휴일에는 소일거리로 밭이나 일구실 뿐, 이렇다 할 취미도 없으셨죠. 이제껏 아버지에 대해 그렇게 생각했는데."

가나코는 하얀 핸드백을 열고 낡은 편지를 꺼냈다.

"유품을 정리하다 이런 편지를 발견했습니다. 고노 주조 선생님이 아버지에게 보내신 편지입니다. 보내준 소설을 《호천》에 게재했다. 《호천》을 발행한 지도 삼 년째지만, 이제 슬슬 한계인 것 같다. 그전에 실을 수 있어서 다행이다. 대충 그

런 내용의 편지였습니다. ……이상하다고 생각하지 않으세
요?"

"네?"

갑작스러운 질문에 요시미쓰는 말문이 막혔다.

"어디가 말입니까?"

"아버지는 소설 같은 걸 쓰실 분이 아니다. 저는 그렇게 생
각했습니다. 그런데도 이 편지에는 기타자토 산고가 소설이
라니 신기하다, 그런 언급은 전혀 없습니다. 도리어 언젠가 소
설을 보내기를 기다리고 있었다는 듯한 뉘앙스가 느껴지더군
요."

"……듣고 보니 그렇군요. 확실히 이상하네요. 그래서 그
소설을 찾아보려고 결심하신 겁니까?"

가나코는 신중하게 고개를 끄덕였다.

"이 편지를 들고 고노 선생님 댁을 찾아갔습니다만, 이미
돌아가셨다는 이야기를 듣고 하루이틀에 끝날 일이 아니라
생각했습니다. 그런데 그걸 단 하루 만에 찾아주시다니, 얼마
나 기뻤는지 모릅니다."

"말씀드렸지만, 순전히 우연입니다. 일이 항상 그렇게 잘
풀리지는 않아요."

"제가 무작정 찾아 헤매는 것보다는 훨씬 가능성이 높겠지

추상오단장

요.”

“그야 그렇습니다만.”

아마도 가나코는 책을 찾아본 경험이 없으리라. 적어도《호천》처럼 소량밖에 출판되지 않은 책을 찾는 일에 익숙하지는 않을 것이다. 가노 고쿠뱌쿠가 쓴 소설을 찾고 싶다면 고노 주조가 근무했던 대학에 문의해보는 방법도 있었다. 아마도《호천》을 발행한 대학에서는 과월호를 소장하고 있을 테니까. 그런 것조차 몰랐다면, 분명히 누군가의 도움이 필요하기는 할 것이다.

“그렇지만…….”

요시미쓰는 말을 흐렸다.

“개인적으로는 도와드리고 싶습니다만.”

의뢰를 받는 건 어디까지나 스고 서점이며, 큰아버지인 고이치로다. 예전이라면 몰라도 무기력해진 지금의 고이치로가 과연 이 일을 수락할지는 미지수였다. 어제도《호천》에 대해 우리 가게에 들여놓을 물건은 아니라며 매몰찬 태도를 취했었다.

그런 생각을 하는 요시미쓰의 모습을 어떻게 받아들였는지, 가나코는 살짝 목소리를 낮추고 말했다.

“만일 찾아주시면 당연히 사례는 섭섭지 않게 하겠습니다.”

"아, 네."

"한 편당 십만 엔이면 어떨까요?"

요시미쓰는 숨을 삼켰다.

십만 엔짜리 책이 없는 것은 아니다. 스고 서점에도 그 정도 가격의 전집은 있다. 하지만 편당 가격이라 하기에는 어마어마한 액수였다. 개인적인 사정이 있어서 찾는 것일 테지만, 그렇다 해도 너무 큰돈이었다.

"그렇게 큰 돈을 내시겠다고요?"

가나코는 살짝 쑥스러운 듯 말했다.

"아무것도 없는 상태에서 찾아달라고 부탁하는 입장이니까요. 흥신소에 부탁하면 이 정도로는 어림도 없을 것 같고요. 그래서요."

"무슨 말씀이신지 알겠습니다. 하지만 저희도 그 일에만 매달릴 수는 없어서요."

"네. 그러니까 만일 찾으시면 소요 경비까지 포함해 지불하겠습니다. 다행히도 아버지가 남겨주신 유산이 있거든요. 아버지를 위해 쓰는 거니 상관없겠지요."

요시미쓰는 턱을 문지르며 나직하게 신음했다.

"아무리 그래도 한 편에 십만 엔이라니요."

큰아버지도 그렇게 큰 돈을 받지는 않을 겁니다. 그렇게 말

추상오단장

하려다 입을 다물었다. 머릿속으로 주판알을 튕긴다. 《호천》을 쉽게 찾아냈으니, 나머지 네 편도 의외로 쉽게 찾을 수 있을지 모른다. 요시미쓰는 눈을 내리깔며 말했다.

"알겠습니다. 사장님께는 제가 잘 말씀드리겠습니다."

가나코는 안심한 듯 한숨을 쉬었다.

"부탁드립니다. 제가 알려드려야 하는 것이 있을까요?"

"음……."

지금까지보다 훨씬 신중하게 생각한다.

"말씀드릴 것도 없지만, 기타자토 씨의 연락처가 필요합니다."

"네."

"그리고 하나 더. 기타자토 씨가 《호천》을 찾을 수 있었던 건 고노 선생님이 보낸 편지를 발견했기 때문이라고 하셨죠. 그런데 어떻게 모두 다섯 편인 줄 아셨습니까?"

"아, 그렇군요. 그 얘기를 안 드렸네요."

가나코는 고개를 끄덕이며 말했다.

"아버지가 생전에 쓰신 소설이 모두 다섯 편인지는 모릅니다. 그보다 더 많이 쓰셨을 수도 있지만, 최소한 다섯 편이라는 뜻이에요. 고노 선생님의 편지를 발견하고 저는 다시 한번 아버지의 유품을 살펴봤습니다. 대부분의 편지는 연하장이

나 안부를 묻는 편지여서 딱히 이렇다 할 단서는 없었습니다만……. 서재 벽장에서 편지함을 발견했습니다. 안에는 원고지가 들어 있더군요."

"그게 소설이었습니까?"

"네……."

가나코는 살짝 말끝을 흐렸다.

"소설이라면 소설이지만, 정확히 말하면 그 일부 같은 것이었습니다."

"일부요?"

"아버지가 《호천》에 보낸 소설은 리들 스토리였다고 합니다. 리들 스토리가 뭔지 아시나요?"

요시미쓰는 고개를 끄덕였다.

"판단을 독자에게 맡기고 결말을 쓰지 않은 소설 말이죠? 아쿠타가와 류노스케의 「덤불 속」 같은 작품이요."

"맞습니다. 그리고 편지함 안에 있던 원고지는 모두 다섯 장이었습니다. 각 장에 적혀 있던 건 단 한 줄뿐이었고요. 소설의 결말로 보이는 다섯 개의 문장이 적혀 있더군요. 그리고 고노 선생님의 편지에는 이렇게 적혀 있었습니다."

달달 외울 정도로 읽었는지, 가나코는 그 내용을 읊었다.

"자네 기술이 완벽하다고는 할 수 없지만, 리들 스토리라

추상오단장

는 구성은 재밌었네. 너무 고약한 소설이군. 난 자네 소설의
결말을 읽고 싶지만, 필시 자네는 평생 쓰지 않을 테지.'"

잠시 침묵이 흘렀다.

"저는 아버지가 쓰신 이야기의 결말을 찾은 것 같습니다."

가나코가 가게를 나서자, 기다렸다는 듯 쇼코가 말을 걸어
왔다.

"재밌겠는데? 사장님이 승낙하실까?"

"들었어?"

쇼코는 어깨를 으쓱했다.

"훔쳐 들으려던 건 아냐. 들렸어."

쇼코가 들었다는 걸 알고 나니 망설임이 생겼다. 요시미쓰
는 목소리를 죽이고 말했다.

"미안하지만 이 일은 큰아버지께 비밀로 해줘."

"어?"

놀란 듯 목소리가 커졌지만, 쇼코는 금세 요시미쓰의 의도
를 파악했는지 짓궂은 미소를 지으며 말했다.

"알았어. 하지만 나도 용돈이 필요하니 돕게 해줘. 반씩 나
누자는 말은 안 할 테니까."

요시미쓰는 다시 한번 머릿속으로 계산했다.

만일 나머지 네 편을 신속히 찾아내면 사십만 엔의 수입이 들어온다. 분명히 큰돈이기는 하지만 충분한 금액은 아니다. 다른 벌이도 구해야만 한다. 가나코의 의뢰에만 집중할 수 없다면, 도와줄 사람이 필요하기는 하다.

"알았어. 하지만 나도 사정이 좋은 편은 아니거든. 그러니까 8대 2로 해주지 않을래?"

쇼코는 딱히 망설이는 기색도 없이 흔쾌히 승낙했다.

2
기적의 소녀

가노 고쿠뱌쿠

일찍이 유럽을 여행하다, 루마니아의 브라쇼브라는 도시에서 기이한 이야기를 들었다. 속세의 진애塵埃로부터 벗어나 일체의 고뇌를 알지 못하는, 신의 축복을 받은 소녀가 있다고 한다. 열띤 목소리로 그 이야기를 들려준 여자는 최대한 객관적으로 보아도 그다지 정신이 온전해 보이지는 않았다. 처음에는 상대할 가치조차 없는 헛소리라 생각하고 흘려들을 생

추상오단장

각이었지만, 곰곰이 생각해보니 아무리 미친 여자라 해도 그 소녀에게 기적이라 착각케 할 무언가가 있으니 이런 이야기를 하는 거라는 생각이 들었다. 정말 그런 거라면 한번 구경하고 싶다는 생각에 일정 중 하루를 할애하기로 했다.

평탄한 대지 위에 자리한 그 마을에는 벽에 총알이 관통한 자국이 남은 물레방앗간 외에는 이렇다 할 구경거리도 없었다. 술집에 들어가봤지만, 손님들이 마시고 있는 술이 무척 지독한 냄새를 풍기고 있었기에 주문은 따로 하지 않고 기적의 소녀에 대해 물었다. 대다수의 사람들은 미심쩍은 눈길을 보낼 따름이었지만 딱 한 사람, 벌건 얼굴의 사내가 내게 다가왔다.

"제가 안내합죠."

콩밭 사이를 빠져나가자, 커다란 단층집이 보였다. 평원에서 대가족이 살려면 저런 큰 집이어야겠지. 사내가 문을 두드리자 여자가 나왔다. 놀라서 말도 나오지 않았다. 안에서 나온 이는 다름 아닌 브라쇼브에서 내게 기적을 들려주었던 그 여자였다. 그녀는 애매한 얼굴로 웃고 있었다.

"지나던 길손이 기적을 보고 싶으시다는군."

여자는 나를 까맣게 잊고 있었다. 제대로 내 얼굴을 보려하지도 않고, 그저 손안의 보물을 자랑하는 데에만 정신이 팔린 듯 몇 번이고 고개를 끄덕였다.

"네, 그럼요, 잘 오셨습니다. 손님에게도 축복이 있기를."

여자는 잡아끌듯 나를 집 안으로 안내했다. 돌아보자, 벌건 얼굴의 사내는 의아하리만치 엄숙한 표정으로 입구에 꼼짝도 않고 서 있었다.

열 명, 혹은 더 많은 인원도 살 수 있을 시골집이었지만, 집 안은 쥐 죽은 듯 조용했다. 돌로 된 복도는 지저분했고, 천장은 거미집으로 뒤덮여 있었다. 조금 지저분한 정도야 눈감아줄 수 있지만, 이 집의 더러움에서 연상되는 것은 식구들의 태만이었다. 오직 앞서가는 여자의 얼굴만이 환했다. 아무리 신의 은총이 무한하다 한들, 이러한 곳에 실낱만큼이라도 기적을 베풀어주었을 것 같지는 않았다.

하지만 여자가 걸음을 멈춘 문만은 다른 곳과는 분위기가 달랐다. 네 모서리는 멋진 금속구로 장식되어 있었고, 손잡이는 놋쇠로 만들었다. 이 황폐한 집 안에서 오직 이 방만을 특별히 꾸며놓은 기색이 역력했다.

"자, 들어오시죠."

예상대로 방 안은 정돈되어 있었다. 커다란 창문에서는 따스한 볕이 한가득 들어오고 있었다. 그 빛줄기만이 이 집에서 나를 안도케 했다. 농촌에서 흔히 볼 수 없는, 천장이 달린 침대가 놓여 있었다. 침구는 순백이라고는 할 수 없는, 거무튀튀한 쥐색으로 변해 있었다. 일견 아무도 없는 방처럼 보였다.

"말씀하신 기적이란……?"

그렇게 묻자, 여자의 미간에 움푹 주름이 졌다. 견디기 힘들 정도의 우문이 신경을 거스른다는 태도였다.

"지금 보고 계시잖습니까. 침대 위를 잘 보세요."

고백하자면, 입구에서 여자의 얼굴을 본 순간부터 나는 이미 이 촌극에 진저리가 나 있었다. 예의 소녀를 힐끗 내려다본 뒤, 대충 둘러대고 집을 나와 다시 여행길에 오를 생각이었다. 하지만 침대로 다가가 그곳에서 잠든 소녀를 들여다보자, 저도 모르게 감탄의 한숨이 흘러나왔다.

기적이나 은총은 차치하고서라도, 그녀는 인간을 빚은 신에게 사랑받는 것 같았다. 보는 사람의 마음에 애수를 불러일으킬 수밖에 없는, 무척 사랑스러운 소녀였다. 그 잠든 얼굴을 보는 것조차 죄책감이 느껴져 금세 고개를 돌렸지만, 제아무리 인물이 빼어나다 한들 이것을 기적이라 할 수는 없다고 생각했다.

말해봤자 여자의 성만 돋울 테니, 굳이 입 밖으로 내지는 않는 것이 좋겠다. 그렇게 생각하며 입을 다물고 있는데, 여자가 먼저 말을 걸었다.

"어떠십니까?"

"편안히 자고 있군요. 따님이십니까?"

"네."

여자는 만족스러운 표정을 지은 뒤 소녀에게 다가가 머리를 쓰다듬었다.

"신의 자비로 이 아이는 세상의 재앙을 전혀 알지 못한답니다."

"그 말은 전에도 들었습니다. 무슨 뜻인지 자세히 설명해주시겠습니까?"

딸을 쓰다듬고 있는 동안은 마음이 편안한지, 살짝 경멸의 눈초리를 보내기만 하고 여자는 다시 입을 열었다.

"이 아이는 오래전부터 계속 잠들어 있습니다. 세상은 너무 살기 어려워졌지요. 손님은 지난 전쟁 때 어디 계셨습니까?"

"고국으로 미처 돌아가지 못해서 독일에 있었습니다."

"이 아이의 오빠들은 전쟁 통에 둘 다 죽었습니다. 그마저도 그후의 일에 비하면……. 하지만 이 아이는 아무것도 모릅니다. 세상의 추악한 꼴을 무엇 하나 보지 않아도 되는 거죠. 이것이 신의 자비가 아니고 무엇이겠습니까."

추상오단장

나는 다시 잠자는 소녀를 보았다. 보다 보니 과연, 그도 그렇다는 생각이 들기 시작했다.

적어도 이 소녀가 계속 잠들어 있다면, 그것은 소녀가 아닌 그녀의 어머니를 위한 은총이라 할 수 있을 것이다.

집을 나와 다시 콩밭 사이를 걸어가는데, 누군가가 말을 걸었다.

"나그네 양반."

고개를 돌리자 나를 안내해준 벌건 얼굴의 사내가 서 있었다. 일부러 기다려준 모양이다. 밭을 빠져나가려면 아직 멀었다. 남자는 말했다.

"그 애를 봤죠? 어떻습디까?"

"봤소."

"애가 아주 예쁘죠?"

너무나도 깊은 정을 담아 말하기에, 나는 지레짐작했다.

"당신 딸이오?"

"아니. 그 애 아비는 그 집에 있었을 텐데요. 대식가라 빵이며 고기를 남들 배로 먹어댑죠."

그러고는 입을 다물더니 내 앞을 걸어가다가 이내 걸음을 늦추었다. 무언가 하고 싶은 말이 있는 것이리라. 그러리라 짐작은 했지만, 나는 볼일이 없었다. 그저 안내해준 인사나 할 겸 말을 건넸다.

"그 애의 평판은 어떻소? 모두 은총의, 기적의 소녀라 부르오?"

사내는 썩 웃었다.

"그럼?"

"모두 가엾은 아이라 생각하죠. 머리를 부딪친 뒤로 몇 년 동안 한 번도 눈을 뜨지 않은 불쌍한 아이라고요. 그 때문에 애 엄마까지 완전히 정신이 나가버렸다고도 하고요."

그의 말대로이리라.

사내는 비틀비틀 똑바로 걷지를 못했다. 술 냄새도 나지 않는데 말이다.

"댁은 어떻게 생각하십니까? 기적이라는 이야기를 듣고 직접 와서, 기적은 보셨습니까?"

"음……."

나는 잠시 생각했다. 아름답게 잠든 소녀. 그 머리를 쓰다듬는 어머니의 미소.

"어쩌면 본 것도 같군."

그러자 사내는 큰 소리로 웃음을 터뜨렸다. 평원 저편까지 들리게 하겠다는 듯, 그는 마음껏 웃었다. 그제야 나는 이 사

추상오단장

내 또한 제정신이 아니라는 사실을 깨달았다. 실컷 웃은 뒤, 사내는 불현듯 진지한 얼굴로 말했다.

"이보쇼, 기적은 신이 주관하시는 겁니다. 쉽게 입에 올려도 되는 게 아니란 말요."

"미안하오."

"하지만 무슨 말씀을 하시려는지는 알겠습니다. 그 집 아들은 둘 다 죽었어요. 내 자식도 남쪽 산중에서 모두 죽었죠. 죄도 없고, 벌도 없이, 이 지상에서 벌어지는 일 따위 아무것도 모른 채 죽어갈 수 있다면, 필시 그걸 자비라 할 수는 있을 겝니다. 그것이 자비라 믿고 살아간다면, 그 또한 자비일 테고요. 댁 말이 진정 맞습니다. 정말 기적을 보셨는지도 몰라요."

사내는 걸음을 멈추고 뒤돌아보며 말했다.

"하지만 그런 건 용서받을 수 없단 말입니다."

"용서받을 수 없다?"

"아무렴, 용서받을 수 없죠."

번뜩이는 눈이 으스스했다. 이 사내가 무슨 일이든 저지를 것 같다는 생각에, 나는 그의 비위를 거스르지 않기로 했다.

"그럴지도 모르겠군."

"나그네 양반. 난 말이죠, 그 가엾은 어미에게 죄가 있다고 생각하지는 않습니다. 죄가 있다면 그 애한테 있겠죠."

그가 무슨 생각을 하는지 나는 도통 알 수가 없었다. 그 애
는 기적의 소녀가 아니었을지도 모른다. 하지만 그것은 소녀
의 죄가 아니다. 그게 아니라면 혹시.

"무구한 채 존재하는 것이 죄라고 생각하는 거요?"

"나그네 양반."

사내는 이번에야말로 노골적으로 나를 업신여기는 듯 한숨
을 내뱉었다.

"그런 게 아닙니다. 그 애는 벌써 오래전에 금방이라도 지
옥에 떨어져도 이상하지 않을 정도로 죄에 물들었다는 말입
니다."

사내는 다시 등을 돌리고 걸음을 옮겼다. 아까처럼 비틀거
리는 걸음으로.

그 뒷모습 너머로 중얼거리는 소리가 들렸다.

"슬슬 때가 되었나 보군. 오늘은 여정을 풀고 이 마을에 머
물도록 하시죠. 내가 무슨 말을 하고 싶었는지 직접 보시게
될 겁니다."

숙소에서 쉬고 있던 나는 심상치 않은 분위기에 눈을 떴다.
날은 아직 밝지 않았다. 창을 열고 바깥을 내다보니, 어둠에

추상오단장

잠긴 콩밭 너머로 달빛이 아닌 어떠한 빛이 빛나고 있었다. 사람들에게 물으니 화재가 일어났다고 했다. 나는 불이 난 방향이 마음에 걸렸다. 불길은 그 집 쪽에서 치솟고 있었다. 그 벌건 얼굴의 사내가 했던 말이 떠올랐다.

나는 불길을 나침반 삼아 달렸다. 내 앞뒤에는 마을 사람들로 가득했다. 그들 또한 달리고 있었다. 손에 가래를 든 사내도 보였지만, 물을 나르는 이는 없는 것 같았다.

불길에 휩싸인 것은 역시 그 집이 맞았다. 광란의 목소리가 하염없이 누군가의 이름을 불러댔다. 살펴보니 그 어머니가 목 놓아 딸의 이름을 부르고 있었다. 딸에 대한 사랑으로 가까스로 억누르고 있던 광기가 이 불길로 발현된 것이리라. 귀청이 떨어져라 외쳐대는 그녀의 목소리는 나를 섬뜩하게 만들었다. 금방이라도 불 속으로 뛰어들려는 어머니를 만류하는 사람은 바늘처럼 삐쩍 야윈 사내였다. 그가 바로 소녀의 아버지이리라.

집은 지붕까지 불길에 휩싸여 도무지 손쓸 방도가 없었다. 누구나 그저 넋 놓고 솟구치는 불길을 바라보는 것 말고는 달리 할 수 있는 일이 없었다. 벌건 얼굴의 사내가 나를 향해 비틀비틀 걸어오고 있었다. 이번에는 술 냄새가 났다.

"이게 누구야, 오셨군."

사내는 웃고 있었다.

"이게 당신이 하고 싶었던 말이오?"

"뭐, 이게 다는 아닙니다."

그리고 불길이 솟구치는 집을 올려다봤다.

"잘도 타는구먼."

나는 그제야 소녀의 어머니가 무엇 때문에 외치고 있는지 알아챘다. 기적의 소녀가 보이지 않는다. 그 소녀는 아직 집 안에 있는 것이다. 내 표정을 눈치챘는지 사내는 웃음을 거뒀다. 큰 소리로 물어볼 수도 없어서 나는 마치 자신이 죄인이라도 된 양 소리 죽여 말했다.

"그러면 그 소녀를 태워 죽이는 것이 당신이 말하고 싶었던 거요?"

"아닙니다."

남자는 시선을 떨궜다. 나도 고개를 숙이고 그의 시선을 좇았다. 그 시선 끝에는 아직 불길에 휩싸이지 않은 문이 보였다. 남자는 열심히 그 문을 바라보고 있었다.

"나그네 양반, 내가 진정 말하고 싶었던 것은 저 문을 통해 나올 겁니다. 난 불에는 제법 지식이 있는 편인데, 겉보기와는 달리 아직 집 안에는 불이 옮겨붙지 않았을 겁니다. 아직 충분히 시간이 있어요."

추상오단장

"그렇군. 그러니까 당신 말은."

그는 이렇게 말하고 있는 것이다. 그 소녀가 도망쳐 나올 거라고.

요컨대 그 소녀는 잠들어 있지 않다.

잠들어 있지 않으니, 속세의 추한 꼴도, 괴로운 꼴도 모두 목격했을 것이다.

한데도 잠든 척, 못 본 척하고 있다.

모든 것을 알고 있는데도 계속 기적의 소녀로 살아가는 것이다.

아둔하게도 나는 그제야 남자가 무슨 말을 하려고 했는지 깨달았다. 그는 그것이야말로 벌써 지옥에 떨어졌어도 이상할 것 없는 소녀의 죄라고 고발하는 것이다.

바야흐로 그의 말은, 마치 신탁처럼 들렸다.

"가면을 벗기는 데는 불이 제일이죠."

"목숨이 아까우면 뛰쳐나올 것이다?"

"그야 그렇겠죠. 가면을 벗겨내면 그렇게 될 겁니다."

하지만 나 역시 그를 단죄하지 않고는 견딜 수 없었다.

"당신은 미쳤소. 당신의 행동은 그저 가엾긴 하지만 회복 될 가망이 아예 없는 것도 아닌 병자를 태워 죽이는, 살인에 불과할지도 모르지 않소. 정말 죄 없는 소녀를 태워 죽이는 짓일지도 모른다는 생각은 해본 적 없는 거요?"

남자는 고개를 저을 뿐, 더는 아무 말도 하지 않았다.

어머니의 비통한 목소리는 끊임없이 딸의 이름을 부르고 있다. 불길은 점점 거세졌지만, 그 문만은 아직 무사했다.

나는 그저 기도하는 마음으로 그 문을 계속 바라보았다.

《호천》 1973년 봄 호

3

나흘 후, 스고 서점에 편지가 배달되었다. 가나코의 편지였다.

고이치로가 우편함에서 발견한 그 편지의 받는 사람은 '스고 서점 스고 요시미쓰 님'으로 되어 있었다. 가나코는 서점 주인의 이름을 모를 테니 그렇게 쓴 것이리라.

"나가노에서 온 편지인데, 너한테 무슨 볼일이지?"

고이치로는 고개를 기울였지만, 그 이상의 관심은 보이지 않았다.

이중 봉투 안에는 감촉이 부드러운 화지로 만든 편지지가 세 번 접혀 들어 있었다. 편지를 열었을 때, 언뜻 희미한 향기

추상오단장

가 코끝을 스쳤다.

가나코의 글씨는 유려했지만 깨알같이 작았다. 줄과 줄 사이에 주눅 든 듯 조그마한 글자가 적혀 있었다. 볼펜이 아니라 검은 잉크의 만년필로 쓴 것 같았다.

편지는 계절 인사로 시작하여 의뢰를 수락해준 스고 서점에 대한 감사 인사로 이어졌다. 그 뒤에는 "깜빡 잊고 연락처를 묻지 못했습니다. 그래서 편지를 드렸습니다만, 괜찮으시다면 전화번호를 가르쳐주십시오"라고 적혀 있었다. 가게로 걸려오는 전화는 대개 요시미쓰나 쇼코가 받는다. 하지만 백퍼센트라고는 할 수 없었기에, 요시미쓰는 대책을 세우기로 했다.

첫 번째 장에는 그러한 내용이 적혀 있었지만, 두 번째 장부터는 조금 분위기가 달라졌다.

펜을 놓았다 다시 썼는지, 글씨도 조금 달라진 것 같았다.

고생해서 찾아주신 「기적의 소녀」 말입니다만, 읽어보셨습니까? 소설의 간결한 문장을 아마추어답다고 해야 할지, 아니면 의외로 세련된 기법이라 생각해야 할지, 저는 다소 당혹스러웠습니다. 아버지가 창작을 남겼다는 건 알고 있었지만, 실제로 실물을 읽어보니 정말 아버지가 소설을 쓰신 게 맞는지 의문이 머리에서 떠나지 않습니다.

아버지가 유럽 여행을 가신 것은 사실입니다. 유품 가운데
에서 유럽 지역의 지폐를 몇 장 발견했습니다. 제일 많았던
것은 스위스 프랑입니다. 하지만 「기적의 소녀」가 순수한 창
작이라는 사실은 의심할 여지가 없습니다. 아버지가 젊었을
적에 일본인이 자유로이 루마니아를 여행했을 리가 없기 때
문입니다. 혹은 아버지는 허구성을 보증하기 위해 무대를 루
마니아로 설정한 것일까요. 정말 그러한 의도가 있었다면, 그
역시 제게는 정말 의외의 일로 느껴집니다.

스고 씨께 말씀드린 대로, 저는 아버지가 쓰신 이야기의 결
말을 가지고 있습니다. 혹시 관심이 있으실지도 모른다는 생
각에, 그리고 무엇보다 나머지 네 편을 찾는 데 작은 실마리
라도 되었으면 좋겠다는 생각에 그것을 동봉합니다.

이만 삼갑니다.
기타자토 가나코

스고 요시미쓰 님께

세 번째 장은 편지지가 아니라 복사 용지였다.

원고지를 복사한 것으로, 원래는 갈색이었을 줄은 검게 변해 있었다.

원고지에 적힌 글씨는 누군가의 육필로, 가나코와는 전혀 다른 글씨였다. 결코 잘 썼다고 할 수는 없지만, 힘이 느껴지는 글자가 원고지 칸을 대담하게 무시하고 있었다.

가나코의 말대로 글은 단 한 줄로 끝났다.

새벽녘에 발견된 불탄 시체. 그것이 가엾은 여자의 말로였다.

제2장

환생의 땅

1

고이치로가 자리를 비우기를 기다리는 건 그리 어렵지 않은 일이었다. 아르바이트생인 쇼코가 퇴근하고, 고이치로가 파친코에 있는 시간에 요시미쓰는 전화를 걸었다. 번호를 누르려다 주저한다. 요시미쓰는 고향집 전화번호를 거의 잊고 있었다.

얼마간 통화 연결음이 들린 뒤에야 고단한 목소리가 전화를 받았다.

"네. 스고입니다."

"엄마."

그렇게 말하자마자, 상대방은 숨이 멎은 듯한 소리를 냈다.

"요시미쓰니? 어쩜 그동안 전화 한 통 없이…… 걱정했잖아."

"큰아버지 댁 전화야. 시외전화라 요금도 비쌀 텐데 함부로 걸기가 좀 그래서 자주 연락 못 했어. 미안."

"됐어. 네가 잘 지내면 됐어. 큰아버지 일은 잘 돕고 있는 거지?"

"딱히 중요한 일을 맡겨주시진 않지만, 시키는 일은 잘하고 있어."

"그래. 그럼 됐다."

망설이는 듯한 기색이 전해져왔다.

"그래도 말이다, 너도 언제까지 거기 얹혀살 수는 없잖니. 경기가 좋으면 어떻게든 살길이 열리겠지만 그렇지도 않잖아. 잔소리하기는 싫지만, 거기 눌어붙어 있다고 뾰족한 수가 생기는 것도 아니니까 그만 집으로 돌아오렴."

요시미쓰는 침을 삼켰다.

"아냐, 엄마, 내 말 좀 들어봐. 방법이 생길 것 같아. 일이 잘만 풀리면 앞으로는 큰아버지한테 신세 지지 않아도 돼. 복학할 수 있을지도 모르고."

"무슨 소리니, 등록금은 어쩌고?"

"그러니까 방법이 생길 것 같다니까."

수화기 너머로 들리는 목소리가 다급한 빛을 띠었다.

"요시미쓰, 얘, 너 이상한 생각 하면 안 된다? 도박 같은 데도 손대면 안 돼. 네 아버지는 아무리 어려워도 도박 같은 데는 손대지 않으셨어."

요시미쓰는 웃으며 대답했다.

"걱정 마. 그런 거 아니라 정상적인 일이야."

"그럼 다행이지만……. 부탁이다. 너한테까지 무슨 일이 생기면 엄마는……."

"걱정하지 말라니까. 전화 요금 많이 나오겠다. 이만 그만 끊을게. 다음에 천천히 이야기해."

요시미쓰는 대답을 듣지 않고 수화기를 내려놓았다.

영혼이 빠져나가듯 깊은 한숨이 자연스레 흘러나왔다.

아버지가 쓴 나머지 네 편의 리들 스토리를 찾아달라.

요시미쓰는 가나코의 의뢰를 받아들였다. 찾아내면 편당 십만 엔을 받기로 했다. 의뢰를 받았지만, 고이치로에게는 아무 말도 하지 않았다.

"의뢰를 가로챈 거 아냐?"

어느 날, 쇼코는 히죽거리며 그렇게 말했다.

"그런 셈이지."

"네가 그런 사람인 줄은 몰랐어. 나쁜 뜻은 아니고."

"나쁘잖아. 큰아버지껜 정말 죄송해. 하지만 난 돈이 필요했고, 내가 아니었더라도 큰아버지는 이 일을 맡지 않으셨을 거야."

"그렇게 자기합리화를 하는구나?"

공범인 주제에 쇼코는 전혀 부끄러워하는 기색도 없이 웃고 있었다.

요시미쓰는 곧 두 가지 일을 생각하기 시작했다.

먼저 다른 아르바이트를 구해야 한다. 스고 서점은 6시에 문을 닫는다. 고이치로가 가게에 있는 날은 더 일찍 닫기도 한다. 요시미쓰는 비는 시간에 할 수 있는 아르바이트를 구하기 시작했다. 가나코가 약속한 금액은 파격적이었지만, 지금 요시미쓰의 처지를 생각하면 충분하다고는 할 수 없는 금액이었다. 지속적인 수입이 보장되는 다른 길을 구해야만 한다.

버블이 붕괴했다, 공전의 불황이다, 연일 그런 뉴스가 흘러나왔지만, 그래도 찾아보면 임시직 아르바이트는 좀 구할 수 있다. 제일 벌이가 좋은 아르바이트는 유흥가 일자리였지만, 요시미쓰는 잠시 생각한 끝에 그것은 마지막 보루로 남겨두기로 했다. 먼저 심야에 영업하는 서점을 찾았다. 심야 근무치고는 썩 시급이 좋지는 않았지만, 책을 다루는 데는 다소 자

추상오단장

신이 있었기에 곧바로 면접을 보기로 했다.

그리고 다른 한 가지 일도 시작했다.

고이치로는 그날도 아침부터 파친코에 출근했다. 카운터를 쇼코에게 맡기고, 요시미쓰는 계속 상자를 뒤졌다. 고노가에서 매입한 장서가 든 박스다. 상자 내용물을 꺼내 확인한 다음 그대로 넣어둔다. 굴을 팠다 도로 메우는 듯한 요시미쓰의 행동을 쇼코는 그저 힐끔힐끔 쳐다볼 뿐이었다.

쇼코는 3시까지 일한다. 시간이 되자 그녀는 앞치마를 벗으며 그제야 물었다.

"뭐 해?"

요시미쓰는 고개를 들지 않은 채 대답했다.

"《호천》을 찾고 있어."

"아……. 그래서 꺼냈다 도로 넣어놓는 거구나. 사장님한테 안 들키게."

열었던 박스를 다시 채워 넣은 뒤, 옆에 놓아둔 노트를 들고 요시미쓰는 카운터로 들어갔다. 쇼코는 바로 퇴근하지 않았다. 손목시계를 보더니 카운터에 팔을 올리고 소리 죽여 말했다.

"나도 생각해봤는데, 그 일 말이야, 생각보다 귀찮지 않아?"

요시미쓰는 힐끗 쇼코를 보았다. 몇 개월 동안 같은 곳에서 일하면서도 딱히 가깝게 지내지는 않았지만, 비밀을 공유하자마자 친밀해진 기분이 든다.

"나머지 네 편이 어디 있는지, 이런저런 가능성이 있잖아. 대상이 《호천》 같은 동인지로 좁혀진다면 어떻게 찾아볼 수도 있지만, 일반 소설 잡지에 실렸을 수도 있어. 누군가가 개인적으로 가지고 있을지도 모르고."

잔돈을 확인하며 요시미쓰는 이야기했다.

"필명이 하나가 아닐 수도 있어. 「기적의 소녀」는 가노 고쿠뱌쿠의 이름으로 발표하고, 다른 작품은 다른 이름으로 냈을 수도 있지. 그리고 '마지막 한 줄'만 있고 본편은 쓰지 않았을 가능성도 있고."

"없는 걸 찾을 수는 없으니까 느긋하게 기다릴 수밖에 없는 건가."

사고 싶은 구두가 있는데, 쇼코는 살며시 웃으며 그렇게 중얼거렸다.

요시미쓰는 그렇게 느긋하게 기다릴 생각은 없었다.

좁은 카운터에는 돈을 놓는 트레이와 셀로판테이프가 자리를 차지하고 있었다. 대충 옆으로 치워놓고, 요시미쓰는 새 노트를 펼쳤다. 페이지에는 사람들의 이름이 빼곡히 적혀 있었고, 제일 위에는 고노 주조라는 이름이 적혀 있었다.

노트를 본 쇼코가 물었다.

"그게 뭐야?"

"《호천》편집자와 기고자 명단. 찾아낸 잡지에 실렸던 이름은 일단 다 적어놨어."

"그걸 전부? 고생했겠네."

"그렇지도 않아. 이 정도 가지고 뭘 그렇게 놀라. 믿음직스럽지 못한데."

"생각보다 열심이네."

고이치로의 도움을 얻을 수 없는 이상, 요시미쓰가 의지할 사람은 현재 쇼코 하나뿐이다. 그는 목소리를 높여 말했다.

"기타자토 산고는《호천》발행 관련자였던 고노 주조와 관계가 있었어. 그 밖에도 그 사람을 아는 사람이《호천》의 작가 중에 있을지도 몰라."

쇼코는 미간을 찌푸리며 말했다.

"그러네. 그 사람들이 다른 소설에 대해 알지도 모르고. 하지만 연락처까지는 모르잖아."

"그걸 너한테 부탁하려고."

요시미쓰는 쇼코에게 노트를 건넸다.

"《호천》은 대학 문학부에서 발행한 잡지야. 소설뿐만 아니라 평론이나 시평도 많았지. 아마 이 사람들 중 몇 명은 연구

자일 거야. 가노 고쿠뱌쿠는 필명이지만, 다른 기고자들은 대부분 본명인 것 같아. 그 명단 중에 너희 학교 이름으로 접촉할 수 있는 사람이 있는지 알아봐줘."

"내가?"

"내가 직접 하고 싶지만 나는 소속이 없잖아. '기타자토 가나코의 의뢰로 산고의 소설을 찾고 있는 사람입니다'라고 하면 일이 복잡해질 테지만, 너는 학생이라고 하면 되니까."

쇼코는 납득하지 못하는 것 같았다.

"의뢰한 사람은 달리 짐작 가는 데가 없대?"

"아버지의 과거사는 잘 모르는 모양이야. 유품 정리는 계속한다고 하니, 뭔가 알아내면 연락할지도 모르지. 하지만 우리도 돈 받고 하는 일인데, 연락이 올 때까지 손 놓고 있을 수는 없잖아."

그러자 쇼코는 살며시 웃으며 말했다.

"그도 그렇겠다. 하긴 나도 우리 부모님 옛이야기는 들어본 적 없어. 알았어. 노력해볼게."

승산은 있었다. 《호천》 같은 잡지는 넓은 인맥을 동원해 기고자를 찾지는 않았으리라. 좁은 세계에서 만들어진 동인지라면, 반드시 누군가는 기타자토 산고와 이어져 있을 것이다. 하지만 쇼코에게 건넨 명단은 몇 권의 《호천》에서 뽑아낸 것에 불과하다. 요시미쓰는 카운터를 보거나 짐을 나르며 조금씩 짬을 내어, 가게에 잘 얼굴을 내비치지 않는 고이치로의 눈을 피해 명단을 만들었다.

쇼코는 일주일에 사흘, 스고 서점에서 아르바이트를 한다.

다음 출근 때 쇼코는 찾지 못했다고 보고했고, 요시미쓰는 새로운 명단을 건넸다.

그다음에는 수업이 바빠서 아직 알아보지 못했다고 했다. 명단은 한층 더 길어졌지만, 요시미쓰는 건네지 않았다.

그사이 요시미쓰는 서점 아르바이트 면접을 보았다. 무사시노 번화가에 있는 북스시트라는 가게였다. 매니저는 콧수염을 기른 사십 대 남자로, 이름은 다구치라 했다. 면접은 간략하게 진행되었다.

"서점에서 일해본 경험은 있나?"

"고서점이긴 하지만 카운터는 볼 줄 압니다."

"심야 근무가 중심일 텐데, 괜찮겠어?"

"네."

"우리는 일주일에 나흘, 일 년 정도 장기로 근무해줄 사람을 찾는데, 가능하고?"

"네."

"그럼 언제부터 나올 수 있지?"

"당장 내일부터도 나올 수 있습니다."

달랑 이것으로 요시미쓰의 채용이 정해졌다.

아르바이트를 하나 더 하는 것을 고이치로에게 숨길 이유도 없었기 때문에, 그날 중으로 이야기했는데, 고이치로는 그러거라 하고 말 뿐이었다.

진전이 생긴 것은 2월 들어 이른 매화 꽃봉오리가 피기 시작할 무렵이었다.

그날은 고이치로도 서점에 나와 있었다. 생각보다 시간이 걸렸지만, 고노 주조의 장서 정리를 끝내고 금방 팔릴 것 같은 책을 모아 특설 코너를 만들어놓았다. 장사에 대한 열의는 사그라진 고이치로였지만, 책을 만질 때만큼은 동작에서 연륜이 느껴졌다.

고이치로 앞에서는 가나코의 의뢰에 대해 이야기할 수 없다. 쇼코는 몇 번이나 요시미쓰에게 눈짓했다. 무언가 알아냈다는 사실은 눈치챘지만, 이야기를 나눌 기회가 없었다.

3시가 되어 퇴근할 때가 되자, 쇼코는 짧게 물었다.

"오늘 밤에 시간 있어?"

밤에는 자정 넘어서까지 북스시트에서 일해야 한다. 그렇게 말하자 쇼코는 선선히 "그럼 1시는 괜찮지?" 하고 물었다.

추상오단장

두 사람의 이야기를 듣고 있던 고이치로는 살짝 불쾌한 표정을 지었다.

　북스시트에서는 일도 빨리 배우고 책도 정중하게 다룬다며 매니저인 다구치에게 칭찬을 들었다. 마감을 마치고 가게를 나오니 약속대로 쇼코가 기다리고 있었다. 스고 서점에서는 본 적 없는 베이지색 재킷 차림에 굽이 높은 구두를 신었다. 2월 밤은 아직 쌀쌀해서, 쇼코는 "늦었네. 겨울인데 좀 빨리 나오지" 하고 불평을 했다.

　"내가 자주 가는 바가 있어. 조용한 곳이니까 거기서 이야기하자."

　쇼코가 데려간 바는 지하에 있었다. 육중한 문을 열자 조명이 어두운 실내가 모습을 드러냈다. 화사한 차림새의 여성 손님이 한 명 있을 뿐, 가게 안은 조용했다. 나란히 카운터에 앉아 쇼코는 솔티 독을, 요시미쓰는 레드아이를 주문했다. 바텐더는 술을 내오기 전에 정체를 알 수 없는 페이스트를 바른 얇은 빵을 내놓았다.

　주문한 술이 나오자, 요시미쓰는 건배도 잡담도 없이 본론으로 들어갔다.

　"좀 진전이 있었어?"

　쇼코는 종이 한 장을 카운터 위에 올려놓았다. 어두운 조명

아래에서 '고마고메 대학 교수 이치하시 쇼조'라는 이름이 눈에 들어왔다.

"이치하시⋯⋯. 음, 본 기억이 나."

"당연하지. 네가 《호천》에서 찾은 이름이잖아."

"글은 기억이 안 나. 재미있어 보이면 읽었을 텐데. 교수면 높은 사람이겠네?"

"그건 모르겠어. 국문학 교수고, 전공은 근세문학이야. 이름이 낯이 익다 했더니, 우리 학교에 계절학기 강의하러 왔던 사람이더라고. 정말 이 바닥이 좁기는 좁지?"

"그 수업 들었어?"

"우리 교수가 부른 사람이라 안 나갈 수도 없었어. 모토오리 노리나가에 대한 강의였는데, 딱히 관심 없는 분야라서 제대로 안 들었지만."

요시미쓰는 쥐고 있던 술잔을 내려다봤다. 심홍색 레드아이 속에서 자잘한 기포가 올라오고 있었다.

"나이도 많을 텐데, 그렇게 보이지는 않더라. 통통한 체격에 계속 싱글거리는데, 뭔가 기분 나쁜 웃음 있잖아. 그런 느낌이었어."

"기분 나쁘다니, 혹시 돈을 밝힌다는 뜻이야? 그런 거면 조심해야겠네."

추상오단장

"넌 신경 쓰지 않아도 되는 종류의 기분 나쁨이야."

그렇게 말하며 웃더니, 쇼코는 솔티 독을 한 모금 마셨다. 그리고 진지한 표정으로 입을 열었다.

"하지만 연락해서 이름을 밝히니까 기억하고 있지 뭐야. 계절학기로 온 남의 학교 학생 이름까지 일일이 기억할 정도니 마냥 나쁘게만 말하기도 뭐해."

"그렇지."

"우리 교수님은 아직도 내 이름을 구메라고 부르는 거 있지. ……애초에 흑심이 있어서 기억하고 있는 건지도 모르지만."

쇼코는 그 나이 특유의 구김살 없고 환한 얼굴로 웃었다.

요시미쓰는 그녀가 술잔을 내려놓을 때까지 기다렸다 물었다.

"그래서 가노 고쿠뱌쿠를 안대?"

"확인해봤어. 고마고메 대학까지 찾아오면 시간을 내겠대. 올 수 있는 날을 며칠 골라서 알려달라고 하더라."

"어디까지 이야기했어?"

"가노 고쿠뱌쿠의 소설을 찾는 사람이 있다는 데까지. 웃던데. 옛날 생각이 났나 보지."

쇼코는 빵을 집었다. 손가락이 조금 거칠어져 있었고, 손톱도 짧았다. 고서점에서 일하는 이상 그건 어쩔 수 없었다.

"알았어. 시간은 그쪽에 맞추겠다고 전해줘."

쇼코는 빈 술잔을 흔들며 대답을 대신했다.

약속은 오후 이른 시간으로 잡았다.

약속 날 점심을 먹고 몇 시간 외출하고 싶다고 했더니, 고이치로는 무뚝뚝하게 말했다.

"그럼 그날은 문을 닫지. 아르바이트 학생한테도 그렇게 전해라."

비꼬는 것처럼 들리기도 했지만, 요시미쓰는 짤막하게 멋대로 굴어서 죄송하다고 말했다. 당일이 되자 고이치로는 가게 문을 닫고 아침부터 외출을 했다.

옷은 양복을 입었다. 대학 입학식 때 입으라고 아버지가 선물한 양복인데, 입학식 뒤로는 줄곧 옷장 신세였다가 최근 아르바이트 면접에 입고 갔었다. 팔꿈치 안쪽에 잡힌 주름을 펴기 위해 손바닥으로 몇 번 문질렀지만, 딱히 달라지지는 않은 것 같았다.

장소는 이치하시 교수의 연구실이었다. 무사시노의 스고서점에서 고마고메 대학까지는 전철과 도보로 한 시간 남짓 걸린다. 철책이 좁은 캠퍼스를 에워싸고 있지만, 낡은 문에는

추상오단장

경비조차 없었다. 안내도를 보고 장소를 확인한 요시미쓰는 아무 제지도 받지 않고 연구실에 도착했다. 페인트가 벗겨진 철문을 두드리자 낮고 육중한 소리가 울려 퍼졌다.

"들어오세요."

안에서 다소 거만한 목소리가 대답했다. 문을 열자 고서점 근무로 익숙해진 요시미쓰도 압도될 만큼 바닥에서 천장까지 빽빽하게 쌓인 책 더미가 보였다. 국문학 교수라고 들었지만, 책장에는 국내서와 외서가 한데 섞여 있었다.

피부가 까무잡잡한 남자가 회전의자에 편히 앉아 품평하듯 요시미쓰를 훑어보았다. 드문드문 흰 머리가 보이기는 했지만, 굵고 짙은 눈썹과 번뜩이는 눈동자 때문에 무척 정력적으로 보였다. 바지에는 빳빳하게 라인이 들어가 있었고, 셔츠도 저렴해 보이지는 않았다.

심기를 거슬렀다가는 여러모로 성가실 것 같은 상대다. 요시미쓰는 저자세로 나가기로 판단을 내렸다.

"이치하시 선생님이시죠. 오늘은 귀한 시간 내주셔서 감사합니다. 스고 요시미쓰라고 합니다."

그 한마디에 이치하시의 표정이 누그러졌다.

"기타자토의 글을 찾는다는 사람이 바로 자네로군. 우선 앉게나."

그 말을 들을 때까지 요시미쓰는 이 방에 손님용 의자가 있다는 사실을 깨닫지 못했다. 책장에 공간이 부족해 바닥에 쌓인 책 사이에 놀라우리만치 작고 아담한 테이블과 의자가 놓여 있었다. 비집고 들어가 의자에 앉은 뒤, 허리를 곧추세우고 자세를 바로 했다.

맞은편에도 의자가 두 개 있었지만, 이치하시는 앉은 자리에서 일어나려 하지 않았다.

"다음 강의 준비도 해야 하니 삼십 분 안에 끝내주면 좋겠군."

그는 손목시계를 보며 그렇게 말했다.

"그건 그렇고, 구제 양은 같이 오지 않았나?"

"네. 수업이 있다고 들었습니다."

"그런가. 하긴 열의 있는 학생처럼 보이지는 않더군. 뭐, 그건 그렇다 치고, 자네는 뭐 하는 사람인가?"

"책 관련 일을 하고 있습니다."

"호오, 출판사에 다니나?"

"아닙니다. 고서점에서 일합니다."

요시미쓰를 보는 이치하시의 눈빛이 노골적으로 미심쩍게 변한다.

"고서점? 그런데 기타자토의 글을 찾는 건가? 그래……."

추상오단장

그는 무언가 납득한 듯 고개를 끄덕였다.

"기타자토에 대해 조사하는 사람이 아직도 있을 줄은 몰랐네. 게다가 자네 같은 젊은이가 말이야. 역시 소문이란 쉽게 사라지지 않는 법이군."

요시미쓰는 말없이 고개를 끄덕였다. 이치하시는 요시미쓰를 미심쩍게 여기고 있지만, 그 이상으로 무언가를 말하고 싶은 것처럼 보였다. 상대가 먼저 말하도록 두어야 한다.

"기타자토도 언제까지 남들이 과거사를 헤집고 다니는 건 원치 않겠지. 하지만 인간이란 누구나 그렇듯, 한번 오명을 쓰면 쉽게 벗을 수 없는 법이야. 요새 그 친구는 어떻게 지내나?"

이치하시는 목소리를 낮추고, 심각한 분위기를 연출하고 있었다. 하지만 입가와 눈동자의 움직임에서는 왠지 모를 우쭐거림이 느껴졌다.

"오명입니까."

요시미쓰가 앵무새마냥 그 말을 따라 하면서 떠보자, 상대는 덥석 미끼를 물었다.

"오명이고말고. 무죄라 판결이 났지만 체면이 말이 아니게 됐잖나. 아니, 기소는 되지 않았던가. 그래도 남들 앞에 떳떳이 나서지 못하게 되었지. 몇 년이 지난 후에 지인에게 가명으로 소설을 보냈다는 소문은 들었네. 자네가 찾는 게 바로 그거지?"

"네."

"그건 그렇고 나한테 기타자토 이야기를 물으러 왔다는 게 참 신기하군. 구제 양에게 자세한 이야기는 듣지 못했는데, 애초에 누가 날 찾아가라고 하던가?"

요시미쓰는 가방에서 《호천》을 꺼냈다.

"아, 실은 기타자토 씨가 기고한 잡지에서 교수님의 성함을 발견했습니다. 그래서 찾아뵌 겁니다."

"이건……."

"고노 주조 선생님이 발행에 관여하셨다고 들었습니다."

이치하시는 고개를 갸웃거렸다.

"고노 선생님께서? 그런 게 있었던 것도 같고. 거기에 글을 쓴 기억은 없네만……. 아니, 당시에 의뢰를 받아 뭔가 썼을지도 모르겠군. 하지만 그거 하나로 날 찾아온 건가?"

"교수님께서 기타자토 씨를 아신다고 들어서 찾아뵌 겁니다."

궁여지책에서 나온 대답이었다. 하지만 말이 끝나기가 무섭게 이치하시의 표정이 어두워졌다. 요시미쓰가 아무것도 모른다는 사실을 알아채고, 쓸데없는 소리를 했다고 후회하는 것이리라.

"그리 가까운 사이는 아니네. 어떤 모임에서 알게 되었을
뿐이야."

말수가 적어졌다. 그는 쏘아보듯 빤히 요시미쓰를 바라보
았다.

"대체 자네 목적이 뭔가? 기타자토에 대해 알아보고 있다
면서. 찾는 건 그의 소설뿐인가? 말해두지만 그는 작가가 아
닐세. 소설이라 해도 별 내용 없는 얼토당토않은 물건이야."

"제가 오해의 소지가 있게 말을 했군요. 사과드립니다. 제
가 찾는 건 소설뿐이고, 그걸 찾는 사람도 따로 있습니다. 그
분이 지방에 사셔서 제가 부탁을 받고 대신 찾는 겁니다."

"그 소설을 찾는 사람이 대체 누군가? 확실히 말하게."

가나코의 허락 없이 이름을 밝혀도 되는지, 요시미쓰는 잠
시 생각에 잠겼다. 원래대로라면 가나코에게 연락을 취해야
하리라. 하지만 지금 이치하시의 기분을 상하게 할 수는 없었
다. 이치하시는 기타자토 산고를 잘 알고 있는 모양새였기 때
문이다.

요시미쓰는 입을 열었다.

"기타자토 산고 씨의 따님으로, 가나코 씨라고 합니다."

미심쩍어하던 이치하시의 얼굴에 놀라움이 번졌다.

"기타자토의 딸이?"

"네. 가나코 씨의 말로는 기타자토 산고 씨는 딸인 가나코 씨에게도 소설을 썼다는 사실을 숨겼다고 합니다. 기타자토 씨는 돌아가셨습니다. 가나코 씨는 유품을 정리하다 아버지가 소설을 썼다는 사실을 알아냈다고 했습니다."

"죽었다고? 기타자토가?"

"네. 그렇게 들었습니다."

"왜?"

"암이었다고 합니다."

"그래, 죽었다고."

이치하시는 어깨를 떨구고 그렇게 중얼거렸다.

하지만 이내 노골적으로 호기심을 드러내며 물었다.

"그래서 기타자토는 죽기 전에 뭐라고 했다던가? 아무 말도 없었을 리가 없는데."

"죄송합니다. 저는 잘 모릅니다."

"그래, 자네는 그냥 심부름꾼이었지. 알 턱이 없지. 하지만 뭐랄까, 그만하면 오래 살았다고 해야 하나."

말투에도 다시 여유가 생겼다.

"그런 사정은 먼저 말하지 그랬나. 그랬으면 시간도 절약할 수 있었을 텐데. 자네가 찾는 소설은 《신유대新紐帶》라는 잡지

추상오단장

에 실렸네. 몇 월 며칠인지는 잊었지만, '유대'가 뭔지 아나?"

"네. 끈과 허리띠를 뜻하는 말이죠."

그렇게 대답하자 이치하시는 의외라는 듯 감탄을 흘렸다.

"맞네."

"어디서 나온 잡지인지 아십니까?"

"정식 유통 경로를 통해 나온 잡지는 아니니까 국회도서관에는 없을지도 모르지만, 요쓰야 도서관에는 남아 있을 걸세."

"감사합니다."

요시미쓰는 공손히 고개를 숙였다.

그리고 더욱 저자세로 말했다.

"저어…… 교수님, 그런데 말입니다."

이치하시는 시간을 확인하고 있었다.

"또 뭔가?"

"실은 전 아무 얘기도 못 들었습니다. 가나코 씨에 대해서도, 가나코 씨의 아버님에 대해서도요. 교수님의 이야기를 듣다 보니 불안해지더군요. 오명이라니, 그게 대체 무슨 뜻입니까?"

요시미쓰는 처량해 보이도록 연기를 했다. 그러면서 힐끔힐끔 이치하시의 표정을 살폈다.

"그런 걸 내가 직접 이야기할 수는 없네. 그리고 찾아보면 다 나오는 일인데 스스로 찾아보지도 않고 남에게 묻는 건 게으름뱅이나 하는 짓이지."

"제가 결례했습니다."

"……하지만 뭐, 자네는 내 제자도 아니니 상관없겠지."

이치하시는 거드름을 피우며 그렇게 말했지만, 빤히 바라보는 눈을 보니 요시미쓰의 반응을 보고 즐기려는 것 같았다.

"자네, '앤트워프의 총성'이란 말을 들어본 적 있나?"

"아뇨. 그게 뭡니까?"

이치하시는 노골적으로 한숨을 쉬며 고개를 저었다.

"우리 세대에서는 상식이었는데 말이야. 뭐, 요즘 사람들은 몰라도 어쩔 수 없지."

"죄송합니다."

"'앤트워프의 총성'이란 벨기에에서 일어난 살인 사건의 통칭이네. 그 사건으로 한 여자가 목숨을 잃었지. 나도 아는 사람이었는데, 멋진 여자였어."

이치하시는 히죽거리며 말을 이었다.

"기타자토는 그 살인 사건의 용의자였어. 나도 학자 나부랭이니 확실치 않은 일에 대해 이러쿵저러쿵 할 수는 없지만……. 유죄 같았는지 무죄 같았는지 묻는다면, 지금도 그다

추상오단장

지 좋은 쪽으로는 말 못 하겠더군."

　고마고메에서 요쓰야로 가려면 일단 신주쿠로 돌아가야만
한다. 요쓰야 역에서 역무원에서 도서관의 위치를 묻자, 신주
쿠 역에서 걸어가는 편이 빠르다고 하기에 요시미쓰는 숨도
돌릴 겸 공중전화로 쇼코에게 전화를 걸었다. 학교에 있다면
안 받을 거라 생각했지만, 쇼코는 바로 전화를 받았다.
　이치하시와 만나 기타자토 산고의 작품을 발견할 실마리를
찾아냈다고 보고했다.
　"이걸로 십만 엔을 벌 수 있는 거야? 진짜 좋다."
　수화기 너머의 쇼코는 즐거운 듯 웃고 있었다.
　"아직 찾지는 못했잖아."
　"하지만 잡지 이름과 장소까지 알아냈잖아. 찾아낸 거나 다
름없지."
　"어디에서 출판된 건지 몰라. 이치하시가 말 안 했거든."
　당혹스러운 기색이 전해져왔다.
　"그 사람도 교수니까 그런 걸 빼먹지는 않았을 텐데. 자기
도 모르는 거 아냐?"
　"글쎄. 얼버무리는 것 같던데."
　"그것만 얼버무려서 뭐 해. 잊어버렸겠지."

"듣고 보니 그런 것 같기도 하네."

쇼코의 목소리는 왠지 즐거워 보였다.

"아무튼 어땠어? 그 사람, 좀 기분 나쁜 느낌이지?"

공중전화카드의 잔액이 거의 떨어졌다.

"글쎄. 내가 고서점에서 일한다고 했더니 무시하는 것 같던
데."

"아, 뭔지 알겠어."

"그래도 그런 만큼 저자세로 나갔더니 이것저것 이야기해
주더라고. 단순한 사람이라 다행이었다고 해야 하나."

거기까지 말한 뒤, 요시미쓰는 불현듯 이치하시의 말을 떠
올렸다.

"맞다. 너도 알아? 앤트워프……."

그는 도중에 말을 흐렸다.

"어? 뭐라고? 잘 안 들렸어. 앤트워프가 뭐?"

"아니, 앤트워프가 뭔지 알아?"

"벨기에의 도시잖아. 가본 적은 없지만."

"맞아, 그렇지. 벨기에였구나."

쇼코는 잠시 입을 다물었다 물었다.

"……무슨 얘기라도 들었어?"

"그냥. 전화카드가 다 됐네. 일단 도와줘서 고맙다고 인사

하려고 걸었어. 그럼 난 이제 도서관에 가볼게."

요시미쓰는 수화기를 내려놓고 한숨을 쉬었다. '앤트워프의 총성'이 무엇인지는 아직 모른다. 쇼코에게 이야기해도 좋을지 판단을 내릴 수 없었다.

걸어서 도착한 요쓰야 도서관에서 어렵지 않게 《신유대》를 찾았다. 빠릿빠릿한 도서관 직원은 검색 데이터가 나와 있는 모니터를 뚫어져라 보며 말했다.

"오래된 팸플릿이네요. 보존 서고에 있는 자료라 대출은 안 되고 열람만 가능한데 괜찮으세요?"

"제가 찾는 건 《신유대》에 게재된 글 하나인데요. 모두 몇 권이나 되죠?"

"음, 저희가 소장하고 있는 건 스물두 권이네요."

"그럼 전부 보여주십시오."

도서관 직원은 싫은 티도 없이 알겠다고 대답한 뒤, 금세 카운터 안쪽으로 사라졌다.

십 분 정도 기다렸다. 평일 낮의 도서관에는 노인들과 아이를 데리고 온 어머니들밖에 없었다. 눈에 띄게 시끄러운 아이는 없었지만, 실내는 북적거리는 분위기라 정숙과는 거리가 멀었다.

이내 돌아온 도서관 직원은 스물두 권의 《신유대》를 한데

포개 가볍게 들고 왔다. 《호천》보다 훨씬 얇은, 정말 팸플릿 같은 잡지였다.

"여기 있습니다."

제본도 조잡하다. 《호천》은 제목 서체도 인상적이었고, 전체적으로 어느 정도 체재가 갖추어져 있었지만, 《신유대》는 제목부터 평범한 명조체였다. 표지는 흰색. 제일 위에 있는 건 1971년 봄 호였다. 계간지였던 모양이다. 곧바로 발행처를 확인한다. "신국문회"라고 적혀 있었다.

자리를 잡아 차례를 쓱 훑어본다. '신세대와의 공생', '이 폐색을 타파할 뉴아카데미즘', '동지와의 새로운 연대, 바다를 건너' 등, 차례에도 '신新'이란 글자가 가득했다. 종이 질도 나쁘고 서체도 가독성이 떨어졌다.

내용은 읽지 않았다. 책상에 《신유대》를 쌓아놓고 기타자토 산고의 소설을 찾아 차례를 훑었다. 금방 찾아냈다. 1973년 겨울 호에 '환생의 땅'이란 제목으로 실려 있었다. 저자는 가노 고쿠뱌쿠. 이로써 기타자토 산고가 복수의 필명을 사용했을 가능성은 낮아졌다.

이제 곧 폐관 시간이라 앉은자리에서 읽지 않고 복사를 했다.

사용된 종이의 질은 《호천》이 훨씬 좋았지만, 《신유대》는

도서관 소장 자료이니만큼 보존 상태가 좋았다. 종이가 빳빳
했다.

소설은 「기적의 소녀」와 마찬가지로 몇 페이지 되지 않는
짧은 소설이었다. 가나코에게 보내기 위해 게재된 호의 표지
와 가노 고쿠뱌쿠의 이름이 실린 차례도 복사해두었다.

요시미쓰는 임시 휴업 간판이 내걸린 스고 서점으로 뒷문
을 통해 들어갔다. 가나코에게 「환생의 땅」을 보내기 위해 봉
투와 편지지를 준비하고 있는데 고이치로가 돌아왔다.

파친코에서 돌아오는 고이치로는 항상 세상사에 아무 재미
도 느끼지 못한다는 표정이다. 돈을 잃어서인지도 모르지만,
날이면 날마다 잃는 것도 아닐 터다. 아마도 돈을 따서 돌아
오는 날도 같은 표정이리라.

고이치로는 요시미쓰가 무슨 일을 하는지 거의 신경 쓰지
않는다. 같이 살게 되고 처음 몇 달은 그렇지 않았지만, 시간
이 지날수록 요시미쓰에게 말을 거는 횟수가 줄어들었다. 조
카를 성가셔하는 게 아니라는 사실은 알고 있었지만, 때때로
그 침묵이 견디기 힘들었다.

오늘도 그럴 줄 알았고, 그것이 방심으로 이어졌다. 《신유
대》의 복사본을 탁자 위에 올려놓은 채 잊고 있었던 것이다.

예전의 열의는 사라진 고이치로였지만, 활자 냄새를 맡는 감
각은 남아 있던 모양이다.

"《신유대》……. 희한한 게 있군."

움푹 들어간 눈이 요시미쓰를 바라본다.

"네 거냐?"

"아뇨."

곧바로 거짓말이 튀어나왔다.

"구제가 놓고 간 거예요."

고이치로는 깊이 캐묻지는 않았다.

"그래? 별난 데 관심을 다 가지는군."

혼잣말처럼 중얼거렸지만, 복사본을 살펴보지는 않았다.
다행히도 제일 위에는 표지가 놓여 있어서, 가노 고쿠바쿠의
이름은 보이지 않았다.

"더러워지면 안 되겠죠."

요시미쓰는 그렇게 말하며 탁자 위에서 그것을 치웠다.

급한 불을 끄자, 의문이 솟아올랐다.

"이게 뭐예요?"

"음?"

고이치로는 방석을 접어 베개처럼 베고 바닥에 누웠다. 방
금 나눈 대화도 잊어버린 모양이다.

추상오단장

"이거라니?"

"저어, 《신유대》 말이에요."

"아, 그거……."

고이치로는 귀찮다는 듯 하품을 하며 손으로 이리저리 바닥을 더듬었다. 텔레비전 리모컨을 찾고 있다는 걸 눈치챈 요시미쓰는 리모컨을 건넸다.

텔레비전을 켠 고이치로는 천천히 이야기를 시작했다.

"옛날에 대학교수들이 고생깨나 하던 시절이 있었어. 학부장쯤 되는 높은 교수를 억지로 강당 같은 데 집어넣고, 학생들이 몇백 명이나 몰려들어 들들 볶았지. 속병이 나서 죽겠다는 얘기도 자주 들었어."

다시 바닥으로 손을 뻗는다. 이번에는 담배와 재떨이를 찾는 것이리라. 요시미쓰는 그것도 건넸다.

"그보다 젊은 학자들 중에는 벌벌 떨던 녀석들도 있었어. 언제 자신들이 표적이 될지 모르니까. 학생들을 이해하는 척 행세하며 시치미를 떼려던 치들이 있었지."

아마도 웃음이리라. 고이치로의 입가에 주름이 잡혔다.

"그런 작자들이 만든 잡지가 바로 《신유대》야. '신국문회'에 《신유대》. 그저 '신新' 자만 남발하면 다인 줄 아나. 나도 별의별 책들을 봐왔지만, 액막이용으로 만들어진 잡지는 그리 흔치 않지. 효험이 있었는지는 나도 잘 모르겠다만……."

엎드려 누운 채, 고이치로는 담배에 불을 붙였다.

요시미쓰는 이치하시 교수의 얼굴을 떠올렸다. 그는 기타자토 산고와의 관계를 '어떤 모임에서 알게 된 사이'라고 얼버무렸다. 《신유대》가 어디서 발행되었는지도 말하지 않았다.

어쩌면 이치하시는 신국문회라는 이름을 입에 담고 싶지 않았는지도 모른다.

2
환생의 땅

가노 고쿠뱌쿠

일찍이 남아시아를 여행하다, 인도의 잔시라는 도시에서 기이한 이야기를 들었다. 현세를 떠나도 다시 인간으로의 환생이 약속된 땅이 있다. 그 땅에서 전대미문의 사건이 일어나 재판이 열린다고 했다. 환생 따위는 믿지 않는다. 얼토당토않은 이야기라 생각했지만, 그런 수상한 땅에서 열리는 재판이란 대체 어떤 것인지 법학적으로도, 인류학적으로도 호기심이 일었다. 그래도 걸어서 갈 생각까지는 없었기 때문에 이동 수단이 없다면 포기하려 했는데, 다행히도 한 교양 있는 남자의 차를 얻어 탈 수가 있었다.

자동차를 얻어 타기는 했지만 여정은 험난했다. 진흙탕 속을 기어가듯, 차는 그 땅을 향해 달렸다. 운전기사의 고생은 이루 말할 수 없었지만, 이동 시간이 길어서 그동안 나는 재판에 대한 지식을 얻을 수 있었다.

"그들은 다시 인간으로 태어나기 위해서는 인간의 육체가 필요하다고 믿습니다."

남자의 말투는 마치 교단에 선 교사 같았다. 약간 불쾌감을 느끼기는 했지만, 차를 태워준 은혜도 있었기에 나는 그의 학생이 되기로 결심했다.

"현세란 결국 혼세混世에 불과합니다. 물론 그곳에서도 살인은 죄지만, 그것은 단지 살해당하는 것을 방지하기 위한 실질적 조치에 불과합니다. 살인을 저질렀을 경우, 살인자는 목숨으로 죗값을 치릅니다."

"모든 경우에 사형이 내려진다는 뜻입니까?"

"네. 사형밖에 없습니다."

남자는 심지어 미소를 지으며 그렇게 말했다. 나는 그러한 야만적인 풍습에는 익숙하지 않았다.

"자비로운 처벌이죠. 그저 목을 치기만 하면 되니까 고통은 찰나에 불과합니다. 가장 악랄한 살인자도, 불가항력적인 상황에서 죄를 저지른 가엾은 살인자도, 모두 평등하게 참수당합니다. 요컨대, 이 혼탁한 세상에서 인간을 해방시키는 행위는 죄라 할 수 있지만, 그리 큰 죄는 아니라는 생각에서죠."

나는 대꾸하지 않고 이야기를 재촉했다.

"그렇군요. 그건 그렇고 이번에 열린다는 재판 말입니다만."

"너무 서두르지 마시죠. 지금부터가 중요한 부분입니다. 다시 인간으로 태어나기 위해서는 인간의 육체가 필요합니다. 그러한 까닭에 그곳에서는 인간의 육체를 손상시키는 것이 제일 큰 죄로 간주됩니다."

"살인보다 상해죄를 중죄로 본다는 뜻입니까?"

아주 잠시 동안이기는 했지만, 남자는 명백히 나를 비웃었다.

"아니죠. 상처는 아물지 않습니까. 혹은 신체 일부를 잃는다 한들 그 또한 하나의 운명이며, 업業에서 비롯된 벌입니다. 제가 말하는 죄란 물론 시체를 훼손하는 행위를 뜻합니다. 시체를 훼손해서는 안 됩니다. 그곳에서 제일 중한 죄로 치는

추상오단장

건 시체를 불태우는 행위입니다. 그다음은 시체에서 피를 흘리게 하는 행위고요. 목을 치거나 심장을 찌르면 죄도 더욱 무거워집니다. 살아 있는 사람을 불태우는 것보다, 죽은 사람을 불태우는 것이 몇 배는 더 중죄입니다. 사형은 참수형으로 집행하지만, 시체의 목을 베어서는 안 됩니다."

그 법의 원칙이 눈에는 눈 이에는 이라는 사실을 이해한 나는 그곳의 극형이 무엇인지 짐작했다.

"그렇군요. 그런 경우에는 죄인의 육체를 똑같이 훼손하는 겁니까?"

하지만 남자는 신경질적으로 얼굴을 찡그렸다. 나는 그에게 좋은 제자는 아닌 모양이지만, 아무래도 그 또한 좋은 선생은 못 되는 듯싶었다.

"아닙니다. 그랬다간 죄인이 환생할 수 없지 않습니까. 죄인은 죄인이지만, 환생하는 영혼에게는 죄가 없지요. 그곳에서는 그렇게 생각합니다. 그게 아니라, 죗값을 치러야 할 목숨이 늘어납니다. 시체를 훼손했을 경우에는 그와 가족이 사형당합니다. 피를 흘렸을 경우에는 부모와 처자가, 불태웠을 경우에는 그에 더해 형제와 그들의 처자까지 사형당합니다. 친족이 처형당하는 모습을 죄인에게 모두 보여준 뒤, 마지막으로 죄인의 목을 치는 거죠."

"저런, 정말 중벌이군요."

"현세의 논리를 따르자면 틀림없이 중벌이라 할 수 있겠죠."

참혹하기 이루 말할 수 없는 형벌에 나는 혐오감을 금치 못했다. 하지만 그제야 대충 내가 방청할 재판의 쟁점을 알 수 있었다. 재판에서는 살인죄를 묻는다 했다.

남자는 이렇게 말했다.

"이번 재판의 쟁점은 무척 미묘합니다. 남자는 상대를 찔렀다고 시인했습니다. 하지만 피해자는 계곡 아래에서 발견됐습니다. 떨어지면 살아남을 수 없는 깊은 계곡입니다. 피해자의 머리는 심하게 훼손되어 있었지만, 목이 떨어지지는 않았습니다.

무슨 뜻인지 아시겠죠? 남자가 피해자의 심장을 찌른 후에 피해자가 계곡으로 떨어졌다면, 남자는 살인자입니다. 그는 목숨으로 죗값을 치러야 할 것입니다. 하지만 피해자가 계곡에 떨어져 죽은 뒤에 심장을 찌른 것이라면, 그는 시체를 훼손한 것입니다. 그의 가족 또한 목숨을 내놓아야 하겠죠."

고개를 끄덕이며 나는 자신의 행동을 후회하기 시작했다. 그 재판을 보는 일이 과연 이 험난한 여행의 보상이 되기에 충분한지, 다소 의문이 들었기 때문이다. 선의로 나를 태워주

추상오단장

고 교육까지 시켜준 남자를 실망시키고 싶지는 않아서, 얼굴에는 드러나지 않도록 주의를 기울였다.

하지만 그와는 별개로 도저히 납득되지 않는 점이 있었다.

"질문을 드려도 괜찮겠습니까?"

"제가 답할 수 있는 질문이라면 뭐든지."

"그럼 묻겠습니다. 제 소견으로는 아무래도 그곳의 풍습이 모순되어 있는 것처럼 보이는군요."

남자는 말귀를 알아듣지 못하는 학생을 용서하듯 웃으며 다음 말을 기다렸다.

"그곳에서는 타인의 목숨을 빼앗는 행위가 윤리적으로 중죄가 아니라고 들었습니다. 이 혼탁한 세상에서 해방되는 일이니 두려워할 일은 아니라고 하신 것 같은데요."

"맞습니다. 제대로 이해하셨습니다."

"한편으로, 시체를 훼손하는 자는 중벌을 받는다고 들었습니다. 타인의 환생을 방해하는 행위는 용서받을 수 없는 일이기 때문에요."

"그렇습니다."

"먼저 제 아둔함을 사과드립니다. 제 생각으로는 환생을 방해해서는 안 된다는 건, 망자가 이승에 다시 태어나기를 바라고 있다는 뜻 같습니다. 하지만 그들은 다른 한편으로 이 세상은 혼세이며 거기서 벗어나는 것은 나쁜 일이 아니라고 생각하는 듯합니다. 가르쳐주십시오. 그곳에서 삶이란 선입니까, 악입니까?"

길은 점점 험해져서, 차는 거친 바다를 항해하는 배처럼 흔들렸다. 남자는 내 질문에 그리 감명받은 것 같지 않았다. 오히려 내 아둔함을 슬퍼하는 듯 고개를 저으며 이렇게 대답했다.

"그것은 서로 반대되는 개념이 아닙니다. 양쪽 다 해당됩니다. 그 질문에 대답하기는 쉽지만, 아마도 당신은 그 답을 이해하지 못할 겁니다."

이 여행을 후회하는 마음은 점점 깊어만 갔다.

재판은 마을 중앙에 있는 광장에서 열렸다. 우물이나 시장 등 광장의 중심이 되는 존재는 보이지 않았다. 요컨대 이 광장은 재판을 위해 만들어진 것이리라.

마을 인구가 얼마나 되는지는 모른다. 그러나 결코 좁다고 할 수 없는 광장은 인파로 가득 차 있었다. 통나무를 포개어 만든 단상 위에는 연장자 세 명이 앉아 있었다. 분명 저들이 재판관이고, 판결은 합의제로 내려지는 모양이다. 마을 사람들의 비정상적인 열기는 이 지역 재판의 특징을 잘 드러내고

추상오단장

있었다. 재판은 공개재판이며, 아마도 오락적인 성격이 강할 것이다. 대개의 경우, 오락은 신비성을 띤다. 그리고 재판 역시 본질적으로는 신성이라는 개념과 잘 조화된다.

재판 절차에 딱히 특이한 점은 없었다. 냉철한 합리성도, 야만적인 풍습이 남아 있는 우연성도 존재하지 않았다. 재판은 주로 증언을 토대로 진행되는 모양이다. 검사와 변호사 없이 그저 재판관이 증인을 소환하는 형태로 재판이 진행되었다.

자세한 증언 내용은 알 수 없었다. 재판이 영어로 진행되지 않았기 때문이다. 나를 태워준 남자는 친절하게도 통역까지 해주었지만 부분적이었기 때문에 모든 것을 파악하기는 어려웠다.

그렇지만 완전히 헛걸음은 아니었다.

재판관과 증인, 그리고 피고. 이 피고인은 어떤 형태든 간에 살인자임이 분명하다. 그것은 본인도 인정하고 있었다. 남은 건 가족과 함께 죽느냐, 혼자서 죽느냐일 뿐이다. 하지만 그의 얼굴에서는 두려워하는 기색을 엿볼 수 없었다.

"그는 피해자를 살해한 것은 정당한 행동이었고, 불가피한 선택이었다고 진술했습니다."

남자는 그렇게 통역해주었다.

나는 저런 태도를 취하는 사람을 과거에 딱 한 번 본 적이 있다. 그는 비밀경찰이었는데, 자신이 체포한 상대가 살아서 돌아오지 못하리라는 사실을 알고 있었다. 그런데도 자신의 적을 살해한 것은 올바른 처사였다며 초연한 태도로 일말의 두려움도 내보이지 않았다. 그 경찰관의 태도와 눈앞에 있는 피고의 태도는 일맥상통하는 부분이 있었다.

하지만 그 경찰관과 단상의 피고는 결정적으로 달랐다. 내가 알던 경찰관은 어제의 동료에게 붙잡혀 비밀경찰에게 연행되자 태도를 바꾸었다. 무언가 착오가 있는 것이라며 외쳤고, 그 외침이야말로 체제 비판의 증거로 간주되었다. 그러나 눈앞의 피고는 죽음과 직면한 지금까지도 초연한 태도를 유지하고 있었다.

"환생의 약속이 그를 버티게 하는 겁니다."

나는 남자의 말을 믿을 수밖에 없었다. 저 피고를 볼 수 있는 것만으로도, 험난한 여행은 보상받은 셈이었다.

그에 비해 피고의 가족은 상식적인 반응을 보이고 있었다. 부인, 어린 딸. 이 두 사람이 피고의 가족이었다. 어린 딸은 겉보기에도 상황을 파악하지 못한 것 같았다.

그리고 남자의 아내는 아이를 품에 안고 목이 터져라 외치고 있었다. 아이의 목숨을 구걸하는 것이리라. 즉 피고는 살아 있는 피해자를 찔렀다고 주장하는 것이다. 그렇다면 피고

추상오단장

혼자 목숨을 내놓으면 끝나는 일이다. 딸뿐만 아니라 그녀 자신의 목숨도 건질 수 있다. 솔직히 말하자면, 운명을 받아들인 피고만으로는 재판 분위기가 살지 않는다. 옆에서 울부짖는 여자의 존재 덕에 비로소 균형이 맞는 것이다.

나는 방관자로서 기묘한 안도감을 느꼈지만, 그도 오래가지 않았다.

절규하는 여자의 모습에서 눈을 뗄 수 없었다. 그녀는 때때로 손으로 자신의 목을 건드렸다. 나는 그 행동을 자신의 목을 베지 말라는 뜻으로 해석했다. 하지만 여자가 너무 빈번하게 그러한 행동을 취하자, 머릿속에서 기이한 의문이 피어올랐다.

이곳에서는 환생이 약속되어 있다. 남자가 그러한 까닭에 죽음을 두려워하지 않는다면, 여자는? 아이가 어떻게 되길 바라는 것일까? 이곳을 찾을 때까지 떠올리지도 못했던 생각이 머릿속을 지배했다. 혹은 저 여자는 이렇게 바라고 있는 게 아닐까? 제발 저와 이 아이도 함께 데려가주십시오. 환생하면 다시 함께 살 수 있을지도 모르니까요.

그런 일이 가능할까. 여자가 외치는 말은 영어가 아니었기 때문에 나는 그녀의 말을 한마디도 알아들을 수 없었다. 만일 내 생각대로라면 너무나도 끔찍한 일이다. 차마 여자의 말을 통역해달라고 부탁할 수 없었다.

남자는 끝까지 친절했다.

"증인들은 모두 피고와 피해자의 관계에 대해 증언했습니다. 둘 사이에는 무시무시한 원한 관계가 있었다고 하는군요. 혹자는 그 정도로 증오심을 가지고 있었다면, 피해자의 환생을 방해하기 위해 심장을 찔렀을 수도 있다고 증언했습니다. 하지만 판단은 재판관의 몫이겠죠."

몇 번째일까, 재판관이 손을 들어 무언가를 고했다. 말뜻은 알 수 없었지만, 정황을 아는 사람이 있다면 증언하라는 뜻인 듯했다.

지금까지는 이에 호응해 누군가가 단상에 올랐다. 하지만 이번에는 아무도 꿈쩍하지 않았다. 여자의 비명이 한층 더 커졌다. 재판이 그녀의 바람과는 반대로 진행되고 있다는 사실은 알 수 있었다. 알 수 없는 것은 그 바람의 내용이었다. 목숨을 구걸하고 있는가, 아니면 그 반대인가?

나는 자리를 떠야겠다고 생각했다. 판결이 내려지면 아마도 즉시 형이 집행될 것이다. 초승달처럼 휜 곡도를 든 남자가 대기하는 걸 보고 알 수 있었다. 재판에는 관심이 있었지만, 처형과 미신에는 관심이 없었다.

하지만 마을 사람들은 나와는 사뭇 다른 듯했다. 그들의 흥

　　　　　　　　　　　추상오단장

분은 매 순간마다 열기를 더해가고 있었다. 세 재판관이 자리에서 일어났다. 이로써 끝이라고 생각했다.

그런데 느닷없이 누군가가 영어로 외쳤다.

"기다려주십시오. 제가 증언하겠습니다."

나와 나를 태워준 남자 외에 외지인이 있을 줄은 몰랐다.

증인으로 나선 이는 아직 젊은 남자였다. 차림새로 보아 여행자 같았다. 이런 오지까지 여행이라니, 호기심 왕성한 젊은이라고밖에 할 말이 없었다. 증인은 단상으로 뛰어올라가 내가 알아듣지 못하는 말로 쉴 새 없이 떠들었다.

"저 사람은 누굽니까?"

그렇게 물으며 옆을 보자, 남자는 예상치 못한 사태를 즐기는 듯한 표정으로 대답했다.

"저 사람은…… 자신이 목격자라고 주장하고 있습니다. 환생을 위해 이곳에 왔고, 자신의 내세를 걸고 진실을 말하겠다는군요. 하지만 이곳 사람도 아닌 여행자가 증언해도 되는지 불안해서 지금까지 입을 다물고 있었다고, 나약한 자신을 용서해달라고 말하고 있습니다."

"목격자라."

"결정적인 목격자입니다. 저 젊은이는 사건의 처음부터 끝까지 전부 보았다고 합니다. 아, 증인으로 채택되었군요."

세 재판관은 다시 자리에 앉았다.

여행자는 가슴에 손을 올렸다. 선서 자세와 비슷했지만, 지금까지 그러한 행동을 보였던 증인은 없었다. 아마도 동요를 진정시키려는 것 같았다.

마을 사람들의 흥분은 가라앉지 않았다. 하지만 기침 소리 한번 내는 이조차 없었다.

천천히 심호흡을 한 번, 또 한 번 한 뒤, 목격자는 입을 열었다. 내가 알아듣지 못하는 말로.

도중에 재판관들의 눈이 휘둥그레졌다.

피고의 아내가 오열했다.

그리고 마지막에는 심지어 지금까지 꿈쩍도 하지 않았던 피고마저 얼굴을 감싸고 외마디 비명을 질렀다. 그것이 신호라도 된 양 광장은 눈 깜짝할 새에 광란에 휩싸였다. 초승달처럼 휜 검을 든 사형집행인이 앞으로 한 걸음 내디뎠다.

나는 남자를 찾았다. 그에게 통역을 부탁해야만 했다. 하지만 남자 또한 광란에 동참하고 있었다. 뭐라 외치며 두 손을 번쩍 들고 있었다.

나는 그 팔에 달라붙어 외쳤다.

"어떻게 된 겁니까? 저 사람이 대체 뭐라고 한 거죠?"

남자는 가르쳐주었다. 이곳 말로.

추상오단장

"영어로 말씀해주세요. 영어로."

햇빛을 받은 칼이 번뜩인다. 날뛰는 마을 사람들 때문에 누구를 베려 하는지 잘 보이지 않았다.

남자가 간신히 영어로 말하기 시작한 것은, 집행인이 칼을 휘두른 바로 그 찰나였다.

《신유대》1973년 겨울 호

3

「환생의 땅」을 보내며 요시미쓰는 간략하게 편지를 동봉했다. 형식도 제대로 갖추지 못했고, 쓰는 본인도 짜증이 날 정도의 악필이었다. 전하고 싶은 것은 오직 '답장은 필요없다'는 말뿐이었다. 이 소설을 보내면 가나코는 분명 감사 편지를 보내리라. 혹시라도 그 편지 때문에 일을 가로챈 사실이 큰아버지에게 알려지면 곤란해진다. 그런 생각에 "나중에 전화를 드릴 테니 편지는 보내지 말아주십시오"라고 써서 보냈다.

그렇기 때문에 고이치로가 편지를 건넸을 때에는 놀라기보다는 화가 났다.

"또 너한테 온 편지다."

열은 보라색 화지 봉투 겉면에 적힌 글씨가 낯익었다. 보내지 말라고 했는데도, 가나코는 또 편지를 보낸 것이다. 다행히도 고이치로는 조카가 받은 편지에 전혀 관심이 없었다. 혼자만의 걱정이었다는 사실을 깨닫자, 더부살이 처지를 과하게 의식하는 제 모습에 새삼 비참해졌다.

요시미쓰는 가나코의 편지를 읽었다.

유려한 글씨는 전과 다를 바 없었지만, 기분 탓인지 자신감 없이 줄어들어 있던 글자가 기운차게 커진 것 같다는 생각이 들었다. "몇 개월, 혹은 몇 년이 걸릴지도 모른다고 각오하고 있었는데, 이리도 빨리 두 번째 이야기를 찾아주실 줄은 몰랐습니다. 정말 감사드립니다. 역시 댁에 부탁드리길 잘했다 싶어 참으로 기쁩니다." 격식을 차리고는 있었지만, 따뜻한 말들이 이어져 있었다.

첫 번째 장은 시종일관 정중한 감사 인사로 채워져 있었다. 하지만 먼저 편지에서도 그랬듯, 두 번째 장부터는 조금 분위기가 달라졌다. 첫줄에는 이렇게 적혀 있었다. "그건 그렇고, 말씀하신 바가 있음에도 불구하고 이렇게 편지를 보낸 것은 상황이 급진전을 보였기 때문입니다. 폐를 끼쳤다면 죄송합니다." 꼼꼼하게 읽다 보니, 두 번째 장부터 본론이 시작되도록 글자 수를 조절했다는 사실을 알 수 있었다.

추상오단장

아버지의 유품을 정리하고 있다는 말씀은 전에도 드렸지요. 실은 연하장 중에서 도움이 될 만한 편지 한 통을 발견했습니다.

연하장에 적힌 주소로 그 댁에 연락을 드렸지만, 연결이 되지 않았습니다. 아무래도 십 년쯤 전 주소니, 이사를 가셨을지도 모른다는 생각에 기대는 하지 않았습니다만.

하지만 얼마 전에 답장이 왔습니다. 아무래도 사이타마 현 아사카 시에 아버지의 소설이 있는 모양입니다. 저로서는 물론 기쁘지만, 의뢰를 드린 스고 서점에는 정말 죄송할 따름입니다.

다음 주 목요일에 그분을 만나 아버지의 소설을 받기로 했습니다. 그래서 드리는 말씀입니다만, 혹시 괜찮으시면 저와 함께 그분을 만나보시겠습니까? 나머지 두 편을 찾는 데 도움이 될지도 모른다는 생각에 연락을 드립니다.

그건 그렇고 보내주신 「환생의 땅」 말입니다만, 저는 아직도 의아할 따름입니다. 이 소설을 아버지가 쓰셨다니, 전혀 납득이 가지 않습니다. 소설을 읽고 많은 생각을 했지만, 그 이야기는 직접 만나 뵙고 말씀드리려 합니다. 우선 결말을 보내드립니다.

요시미쓰는 편지를 물끄러미 쳐다보았다.

요시미쓰 개인으로서는 당연히 아쉬운 일이었다. 수입이 줄었으니 말이다. 하지만 산고의 소설을 찾는 일은 애초부터 가나코의 개인적인 문제다. 나머지 세 편이 전부 그녀의 집 천장에서 나와도 이상할 것은 없었다. 다른 경로로 찾았다 한들, 가나코가 요시미쓰에게 미안해할 필요는 없다.

그런데도 일부러 연락을 주고, 그 자리에 함께해달라고 부탁까지 하다니. 아마도 배려에서 비롯된 행동이리라. 관계자인 요시미쓰를 무시하지는 않겠다는 의사 표현이다. 그 정중함이 오히려 마음에 걸렸다.

처음에 받은 편지와 마찬가지로, 마지막 장은 복사용지였다. 흐트러진 글자가 원고지 위에 휘갈겨져 있었다. 이 또한 한 줄이었다.

그리고 어린아이까지 목숨을 잃었다. 나는 그저 두 눈을 감을 수밖에 없었다.

제3장

●

소비전래 小碑伝来

1

그날, 스고 서점에는 책을 매각하겠다는 손님의 예약이 들어와 있었다. 이미 노령에 접어들었지만 정정한 노인으로, 가게 단골손님이었다.

중요한 손님은 아무래도 사장이 직접 응대한다. 고이치로는 아침부터 텔레비전 삼매경이었다. 1시가 지나자 손님이 찾아왔다. 책은 종이봉투 세 개 분량이라 얼마 되지 않았지만, 값어치가 상당한 책이 들어 있었는지 매수액은 상당했다. 그걸로 하루 일과가 끝났다는 듯 고이치로는 훌쩍 외출했다.

그 틈을 타 요시미쓰는 쇼코에게 편지를 보여주었다. 유려한 글씨로 써 내려간 가나코의 편지를 쓱 읽고, 쇼코는 고개를 갸웃거렸다.

"이 사람 입장에서는 연락하는 게 당연할 수도 있지만, 그래도 너무 정중한 것 같지 않아?"

고이치로는 일을 시키고 나갔다. 낡아서 종이에 힘이 없어진 책을 비닐로 포장했다. 이야기하면서도 쇼코는 쉬지 않고 손을 움직이고 있었다.

"일반적으로 생각하면 구실인 것 같아."

"구실?"

"혼자서는 불안하니까 같이 가달라는 거 아냐. 그게 구실이지 뭐야."

셀로판테이프를 잡아당기자 찌익, 하는 소리가 났다. 그 소리가 왠지 편안하게 느껴졌다.

"만나고 싶다는 뜻이지."

쇼코는 요시미쓰의 얼굴을 보더니 심술궂게 웃었다.

"하지만 음, 그건 아닌 것 같네."

대충 맞장구치며 웃은 뒤, 요시미쓰는 하품을 참았다. 어제도 북스시트에서 자정 지나서까지 아르바이트를 했기 때문이다.

"그게 아니면 이쪽 기분을 상하게 하기 싫은 거겠지. 어쨌든 한 편은 찾아줬잖아. 우리가 쓸모 있어 보이니까 잘 대해

추상오단장

주려는 건지도 몰라."

"그렇겠지. 그런 거라면 기분은 나쁘지 않네."

한 권 포장을 마치자, 쇼코는 다음 책으로 손을 뻗었다. 대형본이라 기성 규격의 비닐로는 포장할 수 없었다. 먼저 비닐 두 개를 하나로 이었다.

요시미쓰도 작업을 하고 있었다. 그는 책 표면에 묻은 얼룩을 지우개로 지워나갔다. 힘을 너무 주면 종이가 상해 주의해야 하지만, 어려운 작업은 아니었다.

"기분은 나쁘지 않지만, 손해는 손해지."

"손해? 아……."

쇼코는 웃었다.

"사례금은 날아갔구나."

"뭐라고 조언이라도 해서 찾아낸 거면 일부는 줬을지도 모르지만, 의뢰인이 스스로 찾아냈으니 어쩌겠어. 십만은 포기해야지."

얼룩을 지우며 그렇게 말하자, 쇼코는 살짝 얼굴을 찡그렸다.

"난 용돈벌이라도 하려고 하는 일이지만, 넌 그런 건 아닌 것 같아. 돈 필요해?"

"필요해."

"미안, 말을 잘못했네. 무슨 이유가 있어서 필요한 건지 물으려던 거야."

"구두를 사고 싶다는 것도 어엿한 이유가 될 수 있지."

"여행 갈 돈이 필요하다든지, 그런 이유 말이야."

요시미쓰는 손을 멈추고 물었다.

"갑자기 웬 여행?"

"아니, 그냥 왠지……."

쇼코는 고개를 갸웃거리며 말했다.

"너한테는 왠지 보헤미안의 분위기가 있거든. 여기서 평범하게 일하고 있긴 하지만, 왠지 임시직이라는 느낌이 들어. 배낭여행이나 등산 같은 걸 좋아할 것 같다고 생각했는데, 내가 잘못 봤나?"

요시미쓰는 쓴웃음을 지으며 다시 얼룩을 지우기 시작했다.

"그렇게 봤을 줄은 몰랐네. 여행도 등산도 해본 적 없어."

"아니구나. 미안."

"더 단순한 이유야. 돈을 모아 학비를 내고 복학하고 싶어. 운 좋게 입학은 했지만, 공교롭게도 집에서 지원을 더 못 해 주게 되었거든. 지금 휴학중이야. 장학금을 받는다고 쳐도, 모아둔 돈이 한 푼도 없으니 무서워서 복학할 엄두가 나지 않더라고."

추상오단장

"어머, 너 학생이었어?"

쇼코는 동요했지만, 요시미쓰는 아랑곳하지 않고 고개를 끄덕였다.

"말 안 하려던 건 아니었어. 요새는 텔레비전만 켜면 해고 입네 구직난입네 하는 이야기가 나오잖아. 돈 때문에 고생하는 이야기는 너무 흔해서 딱히 말할 생각도 들지 않더라고."

쇼코는 요시미쓰의 눈치를 살피며 조심스레 물었다.

"음, 혹시 집이 파산했다거나……?"

"뭐, 그 비슷한 거야."

"그렇구나."

책에 비닐을 씌우며 쇼코는 중얼거렸다.

"남 일 같지가 않네. 우리 부모님도 초과근무수당이 줄어서 월급이 깎였다고 했거든."

요시미쓰는 덤덤하게 말했다.

"우울한 이야기는 그만하자. 남은 소설은 두 편이야. 모두 찾아내면 이십만 엔이니까 조금은 도움이 되겠지."

"……그래."

포장을 마친 책을 던져놓은 뒤, 쇼코는 힘차게 말했다.

"이런 현실적인 고생 이야기를 하다 보면, 아무리 큰돈을 준다 해도 생판 모르는 남의 유품을 찾는다는 게 바보처럼 느껴져. 그리고 뭔가 납득도 가지 않고."

"뭐가?"

어깨가 뭉쳤는지, 쇼코는 가볍게 팔을 휘둘렀다.

"그렇잖아, 자기 부모가 옛날에 썼던 소설을 일부러 찾아서 읽고 싶을까? 부모가 작가고 찾아내면 세기의 발견이다, 이런 경우면 또 몰라. 그런 게 아니라 돌아가실 때까지 존재도 몰랐던 소설이잖아. 만일 우리 부모님이 소설을 썼고, 그걸 보여주지 않은 채로 돌아가셨다고 쳐. 장례식이 끝난 후에 우연히 그걸 알게 되었더라도."

쇼코는 어깨를 살짝 으쓱하며 말했다.

"나라면 찾지 않을 거야."

작업을 계속하며, 요시미쓰는 혼잣말처럼 중얼거렸다.

"……그것도 그래."

"그렇지? 기타자토 가나코라고 했나? 그 사람은 자기 아버지를 정말 좋아했나 봐. 좀 무섭다는 생각도 들어. 겉보기엔 평범해 보였는데."

쇼코는 웃으며 말했다.

"하긴, 겉모습만 봐서는 그 사람의 집념까지 알 수 없는 법이니까."

흐음. 요시미쓰는 한숨을 내쉬며 턱을 쏠었다.

추상오단장

"듣고 보니 그러네."

"겉모습만 봐서는 모른다는 소리?"

"아니. 그런 걸 일부러 찾아서 읽고 싶을까 싶다는 거."

요시미쓰는 지우개를 내려놓고 생각에 잠겼다.

"네 말을 듣고 보니 그것도 그래. 의뢰인의 목적은 확실치가 않아. 이게 소설 속 이야기라면 흩어진 파편을 모두 모으면 보물 지도가 나오겠지. 기타자토 가나코가 다섯 편의 소설을 모으는 건 단순히 추억 때문일까?"

"뭔가 다른 이유가 있을 거란 소리야?"

요시미쓰가 대답하지 않자, 쇼코는 농담처럼 말했다.

"보물 지도라면 좋겠다. 보물이 나올지 괴물이 나올지는 모르지만."

편지에서 가나코는 아사카 시에 함께 가자고 간곡히 부탁하지는 않았다. 단순히 관심이 있으면 같이 가자고 적혀 있을 뿐이었다. 요시미쓰도 처음에는 갈 생각이 없었다.

하지만 그날 밤, 요시미쓰는 마쓰모토에 전화를 걸어 동행하고 싶다고 전했다.

가나코는 주오 본선을 타고 도쿄에 온다. 도쿄 지리에 어두운 가나코를 위해 요시미쓰는 신주쿠 역까지 마중을 나갔다.

처음 의뢰를 받은 뒤로 계절이 바뀌었다. 중요한 자리이기 때문인지 가나코는 격식 있는 짙은 남색 정장 차림이었다.

"도쿄는 따뜻하네요."

구름이 낀 날이었지만 그녀는 그렇게 말했다.

"마쓰모토는 아직 날이 안 풀렸나요?"

"네. 여기는 벌써 벚꽃이 폈네요. 보고 놀랐어요."

"그런가요? 몰랐네요. 벌써 계절이 그렇게 됐군요."

"아직 안 보셨나요?"

"꽃을 별로 안 좋아해서요."

가나코는 짐이라고는 핸드백 하나뿐인 가벼운 차림이었다.

"다시 한번 감사드립니다. 오늘도 일부러 와주시고."

가나코에게 그렇게 감사 인사를 들었지만, 혼잡한 신주쿠 역에서 오랫동안 서서 이야기할 수는 없었다. 요시미쓰는 대충 인사를 마치고 앞장을 섰다.

"아사카 역까지는 제가 안내할 수 있지만, 그다음은 어떻게 찾아가는지 아십니까?"

"주소를 아니까 괜찮을 거예요."

이케부쿠로로 가서 아사카로 향하는 열차를 기다렸다. 다행히도 거의 기다리지 않고 준급행열차를 탈 수 있었다. 어찌어찌 나란히 빈자리에 앉자, 가나코는 그제야 한숨을 쉬며 핸

추상오단장

드백에서 엽서를 꺼냈다.

"이분이 아버지의 소설을 가지고 계신다고 해요."

엽서는 연하장이었는데, 딱 십 년 전 날짜였다. 먹으로 쓴 근하신년이라는 글귀가 달필로 적혀 있었다. 아마 평소에도 붓을 자주 사용하는 사람의 글씨이리라. "그 뒤로 창작 활동은 잘되고 계신가? 딸아이도 이제 많이 컸겠군. 이쪽에 올 일이 있으면 연락 주게. 술 한잔 대접하지"라고 적혀 있었다.

"아, 내용 중에 창작이라는 단어가 나왔군요."

끝에 적힌 이름은 미야우치 쇼이치였다.

"실은 이 연하장을 발견한 건 고노 주조 선생님의 편지를 찾기 훨씬 전이었습니다. 연락하려고 곧바로 편지를 보냈지만 계속 답이 없어서서 단념하고 있었는데, 반년이 지나 겨우 답장이 온 거예요."

"반년이라니, 꽤 오래 걸렸네요. 하지만 그 심정도 이해는 갑니다. 저도 글 쓰는 걸 워낙 귀찮아해서."

"그 편지에는 거동이 불편해 멀리 나가지 못하니 아사카까지 와달라고 적혀 있었습니다."

요시미쓰는 자연스레 미간을 찡그렸다.

"……그건 이상한데요? 소설이라면 우편으로도 보낼 수 있잖습니까. 그런데 그분은 왜 일부러 부른 걸까요?"

가나코는 약간 난감하다는 표정을 지었다.

"제가 직접 가야만 소설을 주겠다고 하시더군요."

"너무하시네요."

"편지와 전화만으로는 기타자토 산고의 딸이 맞는지 알 수 없기 때문이라고요. 무슨 말씀인지 알겠지만, 조금 까다로워 보이는 분이라 실은 마음이 무겁습니다."

"그래서 마쓰모토에서 여기까지 오신 겁니까? 단순히 어려운 분이라면 그나마 다행이지만요."

남을 배려하지 않는 사람일지도 모른다는 암시를 흘렸다. 계속 생각에 잠겨 있는데, 가나코는 그를 두둔하듯 말했다.

"저도 어쨌든 아버지의 지인을 만나 뵙고 싶기는 하니까요."

준급행열차는 천천히 달리며 정차하지 않는 역을 하나둘 지나쳐 갔다.

불현듯 가나코가 질문을 던졌다.

"그러고 보니, 그걸 보고 어떻게 느끼셨나요?"

"「환생의 땅」 말입니까?"

"네."

가나코가 보낸 복사지에는 흐트러진 글씨로 아이의 죽음이 적혀 있었다.

추상오단장

가나코는 편지에 할 말이 많다고 썼었다. 입에 발린 칭찬을 바라는 것 같지도 않았기 때문에, 요시미쓰는 머릿속에 있던 말을 그대로 꺼냈다.

"실례되는 말인지도 모르지만, 결말이 마련되어 있는 리들 스토리란 생각만큼 달갑지 않더군요. 결말이 없는 「환생의 땅」을 먼저 읽었기 때문인지도 모르지만, 그 한 줄을 덧붙여 다시 읽으니, 역시 사족 같다는 생각이 들었습니다."

가나코는 고개를 끄덕였다.

"그렇죠? 그래서 아버지는 마지막 한 줄을 써놓기만 하고, 본문에 덧붙이지 않은 거라 생각합니다."

"리들 스토리 중에는 소설로서는 매력적이지만 적절한 결말이라 할 수 없는 것도 있습니다. 클리블랜드 모펫이라는 작가의 「수수께끼의 카드」 같은 작품이 그렇죠. 어설프게 결말을 갖다 붙일 수도 있겠지만, 그렇다고 재미있어지는 건 아니니까요. 하지만 단순히 결말을 쓰지 않은 것이 아니라, 독자에게는 밝히지 않았지만 결말을 써놓았던 가노 고쿠뱌쿠는 진지한 작가였다고 할 수 있을지도 모르겠네요."

거기까지 말한 뒤, 요시미쓰는 불현듯 의문이 생겼다.

"저기, 그런데 말입니다. 편지함 안에 다섯 장의 원고지가 있고 거기 각각의 결말이 적혀 있었다고 하셨죠?"

"네. 기억력이 좋으시네요."

기억하고 있던 건 벽장의 편지함이라는 단어가 마음에 들었기 때문이지만, 그 말은 하지 않았다.

"어떤 것이 「환생의 땅」의 결말인지 보자마자 바로 아셨습니까?"

가나코는 미소 지으며 고개를 저었다.

"읽기 전에 알았습니다. 댁에는 복사본을 보냈습니다만, 실은 원고지 뒷면에 제목처럼 보이는 단어가 적혀 있거든요. 그 원고지에는 「환생의 땅」이라 적혀 있었습니다."

"아, 그랬군요."

"아버지가 본인이 나중에 헷갈리지 않도록 적어놓으셨나 봐요."

원고지와 마주한 기타자토 산고의 모습이 요시미쓰의 뇌리에 문득 떠올랐다. 요시미쓰는 그의 얼굴을 모른다. 그저 뒷모습이 듬직하고 허리를 꼿꼿하게 편 사람이었을 것 같다는 생각이 들었다.

열차가 나리마스에 정차했다. 타고 내리는 승객이 많은 탓인지, 차내는 다소 북적댔다. 요시미쓰도 아사카에 가는 건 처음이라 소요 시간을 어림잡을 수 없었다.

"내용에 대해서는 어떻게 생각하시죠?"

추상오단장

재촉하는 가나코의 말에 요시미쓰는 계속해서 감상을 이야기했다.

"음, 부자연스럽다는 생각이 듭니다."

"그 말씀은?"

"가노 고쿠뱌쿠가 인도에 대해 잘 아는지 아닌지 잘 모르겠습니다. 분명히 인도에는 환생 사상이 존재하고, 윤회전생에서 중요한 의미를 지닌 성지가 있다는 이야기도 들어본 적 있습니다. 하지만 시체가 의미를 가진다니 이상하지 않습니까? 제 좁은 소견으로는 인도는 오히려 시체를 소중히 여기지 않는 곳이라고 생각합니다."

가나코는 진지하게 고개를 끄덕였다.

"네, 저도 그 부분에서 위화감을 느꼈습니다. 인도에서는 조장鳥葬을 치르지 않나요?"

"그렇죠. 하지만 조장은 조로아스터교의 장례 방식이니 주류는 아닐 겁니다. 대부분 화장을 치른다고 알고 있습니다. 그리고 시신을 태우고 남은 재는 강물에 흘려버리고요. 인도에서는 그렇게 시신에 집착하지 않는다는 이미지가 있죠. 사후 구원을 위해 시신이 필요하다니, 부활을 믿으며 매장하는 기독교나 이집트의 미라가 떠오르네요."

요시미쓰는 잠시 생각에 잠겼다 말을 이었다.

"애초에 인도는 넓은 곳이고, 저도 가본 적은 없으니까요. 가노 고쿠뱌쿠의 소설에 등장했던 풍습이 어딘가에는 남아 있을지도 모릅니다."

혹시 모를 가능성을 고려해 그렇게 덧붙였다.

"……고서점에서 일하는 분들은 참 대단하시네요. 그런 것까지 알고 계시다니."

요시미쓰는 그 말에는 아무 대꾸도 하지 않았다. 가나코는 살짝 고개를 갸웃거렸다.

"그런 풍습은 아마 없을 것 같아요. 일부러 사실과 다른 이야기를 써서 소설이라는 점을 강조한 게 아닐까요?"

"일본인이 루마니아를 여행한다는 「기적의 소녀」의 설정처럼 말이죠?"

"네. 의미가 있는지 없는지 모를 연출이지만요."

"하기야, 작가의 취향 문제인 것 같기도 합니다. 다섯 편을 모두 그렇게 썼는지, 아니면 발견한 두 편만 그렇게 설정했는지 모두 찾아서 살펴볼 때까지는 뭐라고 말할 수 없지만, 「환생의 땅」만 놓고 보자면 성공한 연출이라 생각합니다."

요시미쓰의 마음은 신기하게도 마음이 편안했다.

인도의 생사관이나 루마니아의 입국 심사에 대한 이야기를 하다 보니, 돈이나 고향 일은 어느새 뇌리에서 사라지고 늘

마음을 짓누르던 응어리가 풀리는 기분이 들었다.

그러나 요시미쓰에게는 소설의 감상이지만, 가나코에게는 아버지에 관한 이야기다. 그녀 나름대로 복잡한 뭔가가 있는 것 같았다.

"그렇군요. 아무튼 다 찾아내지 않는 한……."

요시미쓰는 조금 더 이야기를 나누고 싶었고 가나코도 더 할 말이 있는 듯했지만, 열차는 이내 아사카에 도착했다.

역에서 택시를 타고 목적지 근처에 내려서는 걸어서 찾았다. 조금 애를 먹기는 했지만, 우연히 지나던 우체국 직원에게 묻자 미야우치 씨네 댁은 바로 저기라며 위치를 알려주었다. 미야우치가는 단층에 기와지붕의 고풍스러운 전통 가옥으로, 담이며 외부 장식에 꽤나 공을 들인 것 같았다. 그러나 주위 집들과 조화를 이루지 못하는 이질적인 존재였다.

가정부로 보이는 여성이 현관을 열고 나왔다. 안내를 받아 들어간 거실에는 멋진 도코노마*와 선반이 있었다. 장식된 족자의 주제는 눈 덮인 심산유곡이었다. 상석에 놓인 오동나무

---

* 일본 건축에서, 객실인 다다미방의 정면에 바닥을 한 층 높여 만들어놓은 곳. 벽에는 족자를 걸고 바닥에 도자기, 꽃병 등을 장식해둔다.

의자만이 실내 분위기와 어울리지 않았다. 두 사람은 바르게 앉아 미야우치 쇼이치를 기다렸다. 쿵, 쿵, 하는 둔탁한 소리가 가까워지더니, 목발을 짚은 남자가 장지문을 열었다.

남자는 부드럽게 미소 짓고 있었다.

"이거 오래 기다리셨습니다."

사무에* 차림에 한쪽 발에는 버선을 신고 있다. 하지만 다른 한쪽 다리는 깁스를 하고 있었고, 철제 목발도 보는 이를 안타깝게 했다. 흰머리가 섞인 머리는 짧게 밀었고, 볼 언저리는 다소 살집이 있었다.

"제가 미야우치 쇼이치입니다. 죄송합니다, 보시다시피 꼴이 말이 아니라 좀 앉겠습니다."

자신의 허벅지를 툭 친 뒤, 미야우치는 조용히 자리에 앉았다. 예법이 몸에 밴 사람의 행동거지였다.

"기타자토 가나코입니다. 오늘은 귀한 시간 내주셔서 감사합니다. 이쪽은 아버지의 소설을 찾는 데 도움을 주고 계신 스고 서점의 스고 요시미쓰 씨입니다."

가나코의 소개에 요시미쓰는 정중히 고개를 숙였다. 그녀는 선물까지 준비해 온 모양이었다.

---

* 선종 승려들이 밭일 등 작업할 때 입는 옷.

추상오단장

"대단한 물건은 아니지만, 정성이니 받아주십시오."

"이러지 않으셔도 되는데. 먼 길 오시라 했는데 이렇게 마음 써주시니 감사합니다."

형식적인 인사를 마치자, 미야우치는 불현듯 어두운 표정으로 말했다.

"마쓰모토에서 여기까지 찾아오시느라 힘드셨죠. 제 다리가 멀쩡했다면 집까지 오시라 하지는 않았을 텐데. 정말 죄송합니다."

"아닙니다……. 어쩌다 다치셨나요?"

"난폭한 자전거에 부딪쳐 넘어지는 바람에 이리 되었습니다. 여행지에서 사고를 당해서, 입원이다 재활 치료다 정신없는 통에 그만 보내주신 편지를 분실하고 말았지 뭡니까. 정말 한심하기 짝이 없죠."

요시미쓰는 말없이 미야우치의 얼굴을 바라보았다. 듣기 좋은 억양에 서글서글한 성격으로 보아하니 겉보기에만 사람 좋은 척하는 것 같지는 않았다. 나이는 오십 대 초중반 정도로 보이는 것이 아직 사람 좋은 영감이라 불리기에는 이르지만, 아까 가나코가 걱정한 바와는 달리 까다로워 보이지는 않았다.

"보내신 연하장을 보고 연락드렸습니다."

흑단 책상에 엽서를 놓자, 미야우치는 눈을 가늘게 떴다.

"아, 이거 말이군요. 기타자토에게 연락이 없어서 언제부터인가 보내지 않았는데, 받긴 받은 모양이네요."

미야우치는 허리를 펴며 가나코를 바라보았다.

"으흠, 잘 알겠습니다. 하지만 막상 만나 뵙고 보니 이런 게없어도 얼굴만 봐도 알겠군요. 기타자토와 도마코 씨를 쏙 빼닮았어요. 장성했네요. 의심해서 죄송합니다."

정중히 고개를 숙이는 미야우치의 모습에 가나코는 당황한기색을 보였다.

"아니에요, 이러지 마세요. 저야말로 갑작스레 연락드리는바람에 놀라셨죠?"

"기타자토가 세상을 떠났다고 들었습니다. 아직 한창 나이인데 정말 유감입니다."

"조금 더 잘해드릴걸 그랬다고 후회하고 있습니다. 의사를싫어하던 분은 아니었는데, 어째서인지 병마와 싸울 기력이없으셨던 듯 입원하고 얼마 지나지 않아 떠나셨어요."

"정말 안타깝습니다. 소식을 들었다면 장례식에도 참석했을 텐데, 생전에 그 친구는 우리와는 거리를 두려는 것 같았지요."

가나코는 살며시 눈을 내리깔았다.

추상오단장

"저는 아버지가 예전에 도쿄에 계셨던 사실도 몰랐습니다. 조부모님과는 소원한 사이였다고 듣긴 했지만, 그래도 고향은 마쓰모토라고 생각했어요."

"……그렇군요. 뭐, 말할 기회가 없었겠지요."

"건강하셨을 때는 굳이 과거 일을 이야기하셨던 적도 없었거든요. 하루하루 살아가는 것만으로도 벅차서요."

"충분히 그럴 수 있죠. 고향은 도치기 현의 이마이치라고 들었는데, 지금도 거기 사시는지는 잘 모르겠군요. 혹시 연락할 생각이 있다면 제가 돕겠습니다."

가나코는 당혹스러운 표정으로 천천히 입을 열었다.

"아닙니다. 마음 써주셔서 감사합니다만, 이제 와서 연락하기도 저어되고 마음의 준비도 아직 하지 못했습니다."

그러자 미야우치는 잠시 씁쓸한 표정을 지었다.

"그러시군요. 하지만 조상님 산소도 그곳에 있을 겁니다. 지금 당장은 어려워도 언젠가는 찾아뵙는 편이 좋겠지요."

깊이 알 생각은 없었던 가나코의 사정이 하나둘 밝혀진다. 잠자코 있던 요시미쓰는 힐끗 가나코 쪽을 보았다. 가나코는 그 시선을 눈치채고 살짝 고개를 끄덕였다.

"감사합니다. 그건 그렇고 전화로 부탁드린 일 말씀인데요."

"아, 그렇죠."

미야우치는 조금 더 옛이야기를 하고 싶었던 모양이지만, 고개를 살짝 끄덕인 뒤 요시미쓰에게 눈길을 주었다.

"그쪽 분, 죄송합니다만 거동이 불편해서 그런데 좀 도와주실 수 있겠습니까? 저쪽 선반 아래에 서랍이 있죠. 그 안에 든 것을 꺼내주세요."

시키는 대로 서랍을 열자, 안에 책자가 들어 있었다. 제목은 행서체로, '아사카 구회'라 적혀 있었다. 요시미쓰는 미야우치에게 그 책자를 건네고 다시 자리에 앉았다.

"고맙습니다. ……찾으시는 소설은 이 안에 실려 있습니다."

요시미쓰는 저도 모르게 입을 열었다.

"저기, 그 잡지는 하이쿠 잡지 아닙니까?"

미야우치는 요시미쓰에게도 정중한 태도로 일관했다.

"서점에서 일하시는 분이라 신경 쓰이시나 보군요. 《아사카 구회》를 아십니까?"

"죄송합니다만 잘 모릅니다."

솔직하게 대답하자, 미야우치는 쓴웃음을 지었다.

"뭐, 소규모 동인지니 모르시는 것도 당연하죠. 하지만 이래 봬도 상당한 수작들이 실리곤 했습니다. 간토 지방에서는 제일이라 자부하고 있습니다."

요시미쓰는 그저 고개를 숙일 수밖에 없었다.

"제 공부가 부족했습니다. 그런데 어째서 하이쿠 잡지에 소설이 실리게 되었는지는 의아해서요."

"당연한 질문이십니다."

고개를 끄덕인 뒤, 미야우치는 천천히 의자에 몸을 기댔다.

"편지를 받고 당시 일을 떠올렸습니다. 벌써 이십 년쯤 전일이지요. 기타자토가 느닷없이 원고를 보냈더군요. 그 친구도 하이쿠 모임에 속해 있기는 했지만, 그다지 열심히 활동하지는 않았기 때문에 처음에는 웬일인가 했습니다. 그런데 막상 펼쳐보니 하이쿠가 아니라 소설이더군요. 하하, 우습기도 했지만 한편으로는 반끗했지요."

"그래서 그 소설을 실으신 겁니까?"

미야우치의 입가에 쑥스러운 미소가 번진다.

"아까는 간토 제일이라 말씀드렸지만, 실은 뭐, 매번 분량을 채우기도 힘들어서요. 솔직히 투고는 뭐든지 고맙게 받습니다. 그리고 기타자토도 저라면 실어줄 거라 생각하고 보냈을 테니, 그 생각에 친구의 기대를 저버릴 수도 없었지요. ……하지만 말입니다."

그는 옛날을 그리워하듯 중얼거렸다.

"저도 그 친구에 대해 잘 아는 편이라 생각했지만, 그때는 참 놀랐습니다. 따님 앞에서 말씀드리기도 뭐하지만, 그 소설이 여간 심술궂은 작품이었어야죠."

당사자인 가나코는 태연한 표정을 짓고 있었다. 「기적의 소녀」와 「환생의 땅」도 모두 반듯한 작품이라고는 할 수 없었으니, 짐작은 하고 있었으리라.

"제가 이 작품을 썼다면, 제 자식에게는 읽히고 싶지 않을 테지만……. 기타자토도 세상을 떠났다고 하니, 고인을 추모한다 생각하면 되겠죠."

가나코는 살며시 《아사카 구회》를 향해 손을 뻗었다.

"이건 제가 가져도 될까요? 갖고 계셔야 한다면 복사만 해 가겠습니다만."

"가져가셔도 됩니다. 아직 많이 있으니까요."

미야우치는 싱긋 웃으며 그렇게 말했다.

2
소비전래小碑伝来

가노 고쿠뱌쿠

일찍이 중국을 여행하다, 사천의 면양이라는 도시에서 기

추상오단장

이한 이야기를 들었다. 작은 음식점에서 알게 된 사내가 마을을 안내하겠다기에 부탁했는데, 척 보기에도 무식해 보이고 지저분한 그의 입에서 이백이며 구양수의 시가 청산유수로 흘러나오는 모습을 보고 나는 충격을 받았다. 아무리 이 고장에 연고가 있는 시인이라지만, 너무나도 의외라 얼빠진 표정을 짓자, 사내는 사람을 업신여기듯 웃으며 촉 땅에서는 어린애들도 이 정도는 읊고 다닌다고 얄밉게 말했다.

저 사당은 원나라 때 세워졌고 내력은 이러저러하며, 그쪽 무덤은 당나라 때 만들어졌으며 이러이러한 사람의 무덤이고, 이곳에는 이름난 정원이 있었지만 청나라 때 소실되었다. 그러한 이야기를 고사내력까지 줄줄 읊어가며 안내하던 사내였지만, 어느 이끼 낀 비석 앞은 그냥 지나치려 했다. 그 까닭이 궁금해 그를 불러 세웠다.

"이 비석에는 뭐라고 쓰여 있소?"

사내는 돌아보며 비아냥거리듯 웃었다.

"애도하는 내용이오."

"누구를?"

사내는 흠, 하고 중얼거리더니 운을 뗐다.

"그걸 말하기 위해서는 먼저 어떤 이야기를 해야 하오. 그리 긴 이야기는 아닌데, 들으시겠소?"

그렇게 말하며 근처 찻집으로 시선을 보내기에, 나는 차 한 잔을 대접하고 그 우화를 듣기로 했다. 다음은 그 이야기를 정리한 것이다.

남송 대, 영종의 치세에 한 남자가 살았다.

9척이나 되는 위풍당당한 체격에 목소리가 큰 남자였다. 전장에서는 양손에 검을 들고 능숙하게 휘둘렀고, 활을 쏘면 나는 새도 떨어뜨릴 정도였다.

용맹스러운 그와 그의 부하들은 도적과 싸우면 반드시 승리했기 때문에, 무공을 인정받아 부성芙城의 통치를 일임받았다. 준엄한 그의 통치에 도둑들은 겁을 먹고 그 고장을 떠났다. 그의 무용담은 만부부당이라 칭송받았고, 그 또한 부인하지 않았다.

어느 날, 근처 가도에 도적들이 출몰한다는 사실을 안 남자는 사람을 시켜 '장군이 칼을 갈고 있다'는 소문을 냈다. 그럼에도 불구하고 도적의 피해가 줄어들지 않자, '장군이 병량을 모으고 있다'는 소문을 내도록 했다. 그리했는데도 도적이 여전히 백성을 괴롭히자, '장군이 병사를 모으고 있다'는 소문을 내도록 했다. 그러자 도둑은 소굴을 버리고 도망쳤다. 그는 병졸 하나 잃지 않고 싸움에 승리했고, 그의 명성은 한층

추상오단장

더 높아졌다.

평소 그는 냉정한 사내였지만, 술이 들어가면 대언장담하는 버릇이 있었다. 어느 날, 술자리에 초대된 그에게 주인이 물었다.

"장군과 무용을 견준다면 누가 걸맞을까요?"

그는 웃으며 대답했다.

"주인장 좋으실 대로 생각하시오."

그러자 주인은 그를 칭찬할 요량으로 이렇게 말했다.

"장군의 무용은 한나라 한신에게도 뒤지지 않습니다."

그러자 그는 내키지 않는다는 표정을 짓더니 잔을 내려놓으며 말했다.

"항우라면 내 상대가 될지도 모르겠소."

그 말에 그 자리에 있던 모든 사람은 놀라 혀를 내둘렀다.

그 무렵, 황제의 권위가 약해져 남송은 내우외환에 시달리고 있었다. 세상은 난마처럼 어지러웠다. 궁중에는 간신배들이 판을 쳤고, 지방에서는 하루가 멀다 하고 반란이 일어났다.

익주에서도 여러 차례 반란이 일어났지만, 그 가운데에서도 산적이었던 난백순이 일으킨 반란은 기세가 등등하여 순식간에 한 고을을 제압했다. 난백순은 주변 성읍에 사자를 보내 궁중의 부패를 열거하고, 자신의 거병은 임금에게 아첨하는 간신을 제거하기 위함이니 협력하라고 전했다. 사자를 맞이한 수령들은 더는 관군에 의지할 수 없다는 사실을 알고 있었기 때문에, 앞다투어 난백순에게 항복했다. 하지만 부성만은 항복하지 않자, 난백순은 부하들을 이끌고 진군했다.

병력만 놓고 보자면 불리했기 때문에, 부성 사람들은 심하게 동요했다. 장유라는 이가 장군에게 진언했다.

"적의 숫자가 심히 많고 사기도 높습니다. 그에 비해 저희 군은 급히 모집한 병사가 많은데다 송나라에 충성을 다해야 하는지 갈등하는 자들도 적지 않습니다. 난백순은 성정이 난폭하다지만, 대의를 내걸고 있으니 무익한 살생은 하지 않을 겁니다. 지금은 전쟁을 피해 성문을 열고, 백성을 안심시켜야 합니다."

남자는 검을 뽑아 들어 단칼에 장유의 목을 날리고는, 주위의 장병들에게 말했다.

"이자는 싸우기 전부터 패배를 걱정하고 있다. 난백순 같은 도적에게 대의가 없다는 것은 자명한 사실이다. 그저 난백순의 기세가 등등하니 복종하는 것에 불과하다. 우리 부성이 만만한 상대가 아니라는 사실을 알려주면, 적들은 그 즉시 와해되어 줄행랑칠 것이다. 이 싸움은 결코 어렵지 않다."

그런 다음 남자는 장유를 효수했다. 그에 부성의 백성들은 안심하고, 장군이라면 반드시 승리를 거둘 것이라 믿었다.

이내 부성은 난백순의 십만 군사에 포위되었다. 적들의 깃발이 온 땅을 메우고 있는 듯했다.

난백순은 다시 한번 사자를 보냈다.

"귀공은 자신을 항우라 참칭했다 들었소만, 말 그대로 항우처럼 사면초가에 빠졌군. 사내답게 항복하여 부질없이 병사들의 목숨을 버리는 일이 없도록 해야 할 것이오. 우리는 의병이니 결코 도리에 어긋난 짓은 하지 않을 것이외다."

남자는 사자를 베어버리고, 누각에 올라 난백순을 조롱했다.

"내가 항우에 맞설 맹장이라 해도, 네놈은 한고조에 감히 댈 수 없다. 천한 도적이 주제도 모르고 날뛰는구나. 목이 떨어진 뒤에도 헛소리를 내뱉을 수 있는지 어디 한번 보도록 하마."

그 말을 들은 난백순은 대노하여 병사를 움직였지만, 날이 저물었기에 십 리 밖에 진을 쳤다.

남자는 부하 장병들을 소집해 이렇게 말했다.

"난백순의 군은 먼 길을 행군해 지쳐 있을 것이다. 적 진영을 야습해 몰살시키자."

모든 부하가 입을 모아 간언했다.

"말씀대로 야습을 해야겠지만, 적들도 대비책을 준비해놓았을지 모릅니다. 만일 장군에게 무슨 일이라도 생기면 부성은 순식간에 함락될 것이니, 부디 이번만은 자중해주십시오."

그 의견이 타당하다고 생각한 남자는 부하인 황상에게 병력 천을 주어 야습을 맡기기로 했다. 황상은 용맹하게 출진했지만, 잠시 함성 소리가 들렸을 뿐 아무도 돌아오지 않았다.

날이 밝자 다시 도적들이 공격해 왔다. 적의 선두에는 수급 천 개가 매달려 있었다. 난백순이 앞으로 나서 말했다.

"이런 하찮은 자에게 병사를 주어 아둔한 작전으로 군졸을 몰살시키다니, 장군의 무용이 과연 평판대로인지 의심스러울 따름이군. 다음에는 부성을 몰살시키겠다."

병사들은 결사의 각오를 굳혔다. 그렇지만 남자는 십만 군사가 지척까지 다가오자, 탄식하며 이렇게 말했다.

"황상에게 병사를 준 것은 내 잘못이다. 싸우기도 전에 천이나 되는 병력을 잃고 어찌 이곳을 지켜낼 수 있겠는가. 나는 무인으로 당당하게 죽기를 바라지만, 그러면 백성들이 너무 가엾다. 나는 전장에 숨어 적을 칠 기회를 노리겠다. 싸움을 원치 않는 자는 여기 남아 항복하도록 하라."

대다수의 병사들은 남자를 따르려 했지만, 그는 너무 많은

추상오단장

이가 따라오면 빠져나가기 힘드니 정예 백 명만 선발하라고 심복에게 은밀히 명했다.

선발된 백 명의 병사와 남자는 몰래 뒷문을 통해 부성을 빠져나갔다. 지휘관을 잃은 부성은 이내 함락되었다.

탈출한 남자와 병사들은 얼마 지나지 않아 발견되어 추격당했다. 그는 양손에 검을 들고 싸우려 했지만, 돌팔매를 맞고 정신을 잃었다. 백 명의 병사는 몰살당했고, 남자는 부성으로 끌려왔다.

포승줄에 묶인 남자는 난백순 앞으로 끌려갔다. 난백순은 남자를 보더니 분개하며 말했다.

"네놈은 정말 사람 놀라게 하는 재주가 출중하구나. 나는 네놈의 무용을 귀히 여겼는데, 네놈은 나뿐 아니라 제 부하와 백성까지 감쪽같이 속였다. 네놈은 우리 군이 백 리 밖에 있을 때에는 항복을 권하는 부하를 베었지. 우리 군이 성 밖에 있을 때에는 누각 위에서 나를 조롱했다. 우리 군이 십 리 밖에서 야영할 때는 부하를 그 수가 백 배나 되는 적진에 돌진하게 했다. 그리고 우리 군이 성을 공격하자 네놈과 함께 죽음을 각오한 수많은 병사를 남겨두고 성 밖으로 도주했어. 추격을 받자 그제야 칼을 빼 들었지만, 채 일합도 겨루지 못하고 졸도하여, 마지막까지 네놈을 믿었던 백 명의 병사가 죽었음에도 불구하고 이렇게 홀로 살아남아 내 앞에 끌려왔다."

남자는 가망이 없음을 알고 이렇게 말했다.

"난백순은 듣거라, 나는 네놈을 치기 위해 최선의 수단을 선택한 끝에 패배했다. 내게 더한 굴욕을 주지 말고 어서 내 목을 쳐라."

"네놈이 무인이었다면 그리하였을 것이다. 하나 일개 필부에게는 그에 합당한 대우를 해야 할 터."

남자는 목에 밧줄이 감긴 채 대로를 끌려다녔다. 부성의 백성들은 입을 모아 남자에게 욕설을 퍼붓고 돌팔매질을 했다. 난백순이 남자를 데려간 곳은 그의 집이었다.

군병과 백성들이 에워싼 가운데, 난백순은 남자의 밧줄을 끊고 이렇게 말했다.

"이 집에는 네놈의 처를 가둬두었다. 나는 인仁으로 천하의 과오를 바로잡겠다고 맹세한 몸이니, 부부를 함께 죽이지는 않겠다. 네놈이 진정 맹장이자 네 말대로 항우에 필적하는 자라면, 항우를 본받아 자문自刎하라. 하나 만일 네놈이 일개 필부에 시정 평판으로 명성을 쌓은 자라면, 목숨 아까운 줄 알고 이 집에 불을 지르라. 처는 불타 죽겠지만, 네놈의 목숨만은 살려주겠다. 그리고 부성의 그 누구도 네놈에게 손대지 못하게 하리라."

검과 횃불이 남자 앞에 놓였다.

"그래서 부성 사람들이 이 비석을 세운 거요. 부성은 지금
은 면양의 일부가 되었지."

남자는 그렇게 이야기를 마무리했다.

"그렇게만 말하면 내가 어찌 알겠소. 그 남자는 결국 어떻
게 된 거요?"

그렇게 묻자 남자는 히죽거리며 찻주전자에 손을 올렸다.
이야기하는 동안 주전자는 어느덧 비어 있었다.

"그쪽은 어느 쪽이 마음에 드시오? 용감한 남자의 이야기
와 겁쟁이 남자의 이야기. 내 그쪽이 원하는 대로 들려주리
다."

"내가 알고 싶은 건 진실이오."

그는 웃었다.

"그렇구먼. 날도 저물었겠다, 차로 배를 채우기에는 섭한
시간인데."

그렇게 말하며 근처 음식점으로 눈길을 주는 걸 보고, 나는
술과 고기를 대접하고 이야기를 듣기로 했다. 맛좋은 술에 거
나하게 취했을 무렵에야 그는 겨우 칼과 횃불 이야기의 결말

을 이야기하는 것이었다.

《아사카 구회》1975년 봄 호

3

가나코는 역시 그날 바로 마쓰모토로 돌아가겠다고 했다.
"휴가를 낼 수 있는 처지가 아니라서요." 그녀는 웃으며 말했
다.

신주쿠까지는 동행한다. 온 길을 되돌아가며, 가나코는《아
사카 구회》를 읽었다. 염원하던 소설을 손에 넣은 가나코가
어떤 감동에 휩싸일까, 요시미쓰는 힐끗 그녀의 표정을 훔쳐
보았다. 그러나 아무 변화도 없었다. 그녀는 매일 보는 조간신
문을 읽듯 덤덤한 얼굴로 아버지의 소설을 읽고 있었다.

지금까지의 두 편과 마찬가지로 이번 소설도 그리 긴 이야
기는 아니었다. 이케부쿠로에 도착하기도 전에 가나코는 이
야기를 다 읽고 살며시 무릎에 내려놓았다. 아무리 봐도 상념
에 잠긴 듯 보이지는 않았다. 불현듯 생각난 듯, 그녀는 요시
미쓰에게《아사카 구회》를 내밀었다.

"읽으실래요?"

고개를 끄덕이며 받았다. 줄거리를 훑는 정도로 대충 넘기다 보니, 어느새 신주쿠였다.

시계를 보니 마쓰모토행 특급이 도착할 때까지는 아직 시간 여유가 있었다. 소설을 복사해도 되겠느냐고 물었더니 가나코가 고개를 끄덕여서, 근처 편의점에서 복사를 했다. 그런 다음 누가 먼저 말을 꺼내지도 않았지만 근처의 카페에 들어가게 됐다. 요시미쓰는 다음 소설을 찾기 전에, 먼저 확인해두고 싶은 일이 몇 가지 있었다. 아무래도 가나코 역시 할 말이 있는 듯했다.

적당히 아무 가게에 들어갔는데, 막상 들어가 보니 담배 냄새가 심했고 앉은 자리는 테이블 다리가 흔들렸다. 마주앉은 두 사람은 자연스레 소설에 대한 이야기를 꺼냈다.

"어떠셨나요?"

가나코의 물음에 요시미쓰는 말을 아끼며 대답했다.

"신기한 이야기였습니다. 자기 자식에게 보여주고 싶지 않다고 하셨던 미야우치 씨의 말씀도 어렴풋이 이해가 가더군요."

"네. 확실히 그다지 단정한 작품이라 할 수는 없더군요."

"미야우치 씨는 아버님과 꽤 가깝게 지내셨던 모양입니다. 소설을 보낼 때, 내용이 고약하더라도 이해해줄 거라 생각하신 게 아닐까요."

"두 분 사이에 신뢰 관계가 있었나 보네요. 아버지의 어리광이었을지도 모르지만요."

가나코는 미소 지으며 말했다.

"그건 그렇고, 자문이라는 게 무슨 뜻인가요?"

"아, 스스로 목을 벤다는 뜻입니다. 정말 그런 일이 가능한지는 모르겠지만, 백발삼천장과 비슷한 맥락의 과장된 표현인데, 중국이 무대인 소설에 잘 어울린다고 생각합니다."

퉁명스러운 종업원이 주문한 커피를 가져왔다. 대화 소리가 들리지 않을 정도로 종업원이 멀어지자, 가나코는 핸드백을 열었다.

"잊어버리기 전에 이것부터 드릴게요."

하얀 봉투였다. 겉면에는 아무것도 적혀 있지 않다.

"약속드렸던 《신유대》의 사례금입니다."

"감사히 받겠습니다."

봉투를 받아 들자, 생각보다 두터운 감촉이 손끝을 통해 전해졌다.

"……그리고 오늘 동행해주셔서 감사합니다. 수고를 끼쳐드려서 죄송합니다. 감사의 마음도 함께 넣었으니 받아주세요."

"감사합니다."

봉투에서 눈을 뗀 요시미쓰는 그렇게만 대답했다.

"그리고 앞으로의 일에 대해서입니다만."

그렇게 말을 꺼낸 뒤, 가나코는 요시미쓰의 대답을 기다리는 듯했다. 봉투를 주머니에 넣은 뒤, 요시미쓰는 천천히 말문을 열었다.

"그게 말이죠, 이제부터 본격적으로 어려워질 것 같습니다. 《호천》과《아사카 구회》는 기타자토 씨 댁에 있던 편지를 단서 삼아 찾아냈죠. 《신유대》는《호천》에서 얻어낸 단서를 역추적하는 방식으로 찾아냈습니다만,《신유대》에서 인맥을 얼마나 역추적할 수 있는지는 아직 미지수입니다. 주로 대학 관계자들이라, 현재로서는 접촉할 기회를 찾기 어려운 것이 사실입니다."

"역시 만만치 않겠군요."

"소개라도 받지 않으면 힘들 것 같습니다. 오늘 찾아낸《아사카 구회》를 분석해보면 무언가 발견할 수 있을지도 모르지만, 어쨌든 원래 하이쿠 동인지니 그다지 기대하지 않는 게 좋겠죠. 기타자토 씨한테 달리 단서가 될 만한 건 없을까요?"

가나코의 표정이 어두워졌다.

"찾아볼 만큼 찾아봤다고 생각합니다. 아버지는 아무래도 입원하기 전에 저 몰래 신변 정리를 하신 모양이에요. 다행히 연하장 정도는 남아 있지만, 나머지는 딱히 이렇다 할 게 없네요."

"마쓰모토의 아버지 지인분들께는 물어보셨습니까?"

"아뇨. 전에도 말씀드렸지만, 마쓰모토에서 생활하던 무렵, 아버지는 도저히 소설 같은 걸 쓰실 분으로 보이지 않았습니다. 아버지 직장 동료 분들께는 장례식 때 많은 도움을 받았지만…… 그리 왕래가 있던 것 같지는 않았어요."

"막상 이야기해보면 예상치도 못했던 수확이 있을지도 모릅니다."

"그 말씀도 맞는 것 같아요. 돌아가면 한번 물어보겠습니다."

미소 지으며 고개를 끄덕였지만, 아무래도 가나코는 그 방면의 가능성은 희박하다고 보는 것 같았다.

아무것도 넣지 않은 커피를 스푼으로 휘젓는 가나코를 보며, 요시미쓰는 생각에 잠겼다.

단서가 전무한 것은 아니었다.

지금까지 발견된 세 편의 이야기는 모두 1975년경에 게재되었다. 그리고 소설 내적으로는 모두 리들 스토리라는 것 이외에도 중요한 공통 주제가 있다. 그 부근을 조사해보면 무언

추상오단장

가 새로운 사실이 밝혀지리라.

하지만 그것은 가노 고쿠뱌쿠의 소설을 찾는 영역을 넘어서, 기타자토 산고라는 남자의 과거를 파헤치는 일이나 마찬가지다. 요시미쓰가 망설이는 이유는, 그것이 가나코의 의뢰 범위를 넘어서는 행위로 여겨졌기 때문이다. 단지 소설을 찾아달라는 요청을 받았을 뿐인데, 사적인 영역에까지 발을 들여놓아도 괜찮은 걸까.

요시미쓰는 주저하며 물었다.

"더 깊이 조사해보면 가망이 있을지도 모릅니다. 하지만 그러기 위해서는 시간과 비용이 더 들 것 같습니다. 기타자토 씨, 아버님의 소설을 다섯 편 전부 찾아내겠다는 마음은 변함이 없으십니까?"

"네."

즉각 답이 돌아왔다. 딱히 의욕적으로 보이지는 않았지만, 가나코는 단호하게 말했다.

"제 마음은 변함없습니다. 꼭 찾아주시길 부탁드립니다. 비용 문제라면 영수증을 첨부해주시면 나중에 정산하겠습니다."

"……알겠습니다."

요시미쓰는 고개를 끄덕였다.

"의뢰인의 의지가 확고하시니, 저도 편하게 일할 수 있겠군요. 서두르는 것 같지만, 그럼 몇 가지 질문드리겠습니다."

"네, 뭐든지 물어보세요."

"기타자토 씨는 아버님께서 도쿄에 계셨던 것도 몰랐다고 하셨죠. 그러면 마쓰모토에서 사신 지는 얼마나 되셨습니까?"

가나코는 왜 그런 질문을 하는지 묻지 않았다.

"제가 다섯 살 때 이사 왔으니, 이십이 년이네요."

"그때까지는 어디서 사셨습니까?"

대답이 돌아올 때까지는 상당한 시간이 걸렸다. 당혹스러워하는지 망설이는지는 모르겠지만, 가나코는 조심스레 입을 열었다.

"스위스에서 집을 빌려 살았다고 들었습니다. 죄송해요, 자세히 기억나지 않네요."

"스위스요?"

"네……."

가나코의 행동거지는 흠잡을 데 없었지만, 옷도 그렇고 소지품도 그리 고급스러워 보이지는 않았다. 어린 시절을 스위스에서 보냈다고 들어도 실감이 나지 않았다. 가나코의 목소리가 작아진 것은 쑥스럽기 때문일까?

"죄송합니다. 예상치 못한 대답에 놀라서요. 그쪽에 친척이 살고 계셨나요?"

"아뇨. 그런 건 아니었다고 들었습니다."

그대로 입을 다문다. 기다려봐도 그 이상 끌어낼 수는 없을 것 같아서 요시미쓰는 다른 질문을 했다.

"그럼 미야우치 씨와 아버님이 어떤 사이였는지는 아십니까? 서신 왕래는 하셨던 모양이던데."

"자세히는 모르지만."

화제가 바뀌자 가나코는 안도한 눈치였다. 다시 침착한 태도로 말을 잇는다.

"같은 대학을 나오셨다고 들었습니다."

"일본에 있는 대학입니까?"

"네. 도쿄에요."

가나코는 고개를 끄덕였다. 요시미쓰는 깍지 낀 손을 테이블 위에 올려놓으며 말했다.

기타자토 산고는 도쿄에서 대학에 다녔고, 그후 일정 기간 스위스에 체류했다. 가나코는 그 전후에 태어났다. 이십이 년 전에 일본으로 돌아와 마쓰모토에 터를 잡았다. 지금까지 알아낸 사실은 대충 이 정도다.

아무래도 생각에 잠겨 있었나 보다. "저어, 이제 열차 시간이라……." 미안한 듯 말을 거는 가나코의 목소리에 요시미쓰는 현실로 돌아왔다. 손목시계를 본다. 개찰구에서 플랫폼까지 이동하는 시간을 생각해보면 그만 일어나야 할 시간이었다.

"아, 그러네요. 서두르셔야겠어요."

황급히 자리에서 일어났다. 가나코도 따라 일어났지만, 문득 무언가가 생각난 듯 가방을 열고 복사 용지 한 장을 꺼냈다.

"죄송합니다. 천천히 보여드리려 했는데 서두르게 됐네요. 이게 「소비전래」의 결말입니다."

"알겠습니다. 나중에 읽겠습니다."

두 번 접은 종이를 테이블 위에 올려놓더니, 가나코는 이번에는 계산서를 보았다. 괜찮으니까 빨리 가시라고 재촉하자, 그녀는 몇 번이고 고개를 숙이며 밖으로 나갔다.

남은 요시미쓰는 땅이 꺼져라 한숨을 쉬었다. 거의 입도 대지 않은 커피를 한 모금 마신 뒤, 마음을 진정시키고 종이를 펼쳤다.

이미 발견한 두 작품과 마찬가지로, 결말은 단 한 줄이었다.

남자의 목은 단칼에 떨어졌다 한다.

제4장

●

앤트워프의 총성

그로부터 일주일 동안 요시미쓰는 시간이 날 때마다 자료 조사에 매진했다.

낮에는 스고 서점에서 가게를 보았고, 밤에는 북스시트에서 아르바이트를 했다. 그리고 낮과 밤 사이의 자투리 시간을 이용해 도서관에 들락거렸다. 고이치로가 가게에 없을 때는 쇼코에게 일을 맡기고 빠져나온 적도 있었다.

"가게야 나 혼자도 볼 수 있지만, 고작 몇 시간 나가서 뭘 하고 오는 거야?"

쇼코는 미심쩍은 반응을 보였다.

"그 의뢰 때문에 알아볼 게 있어서."

"도와줄까?"

"아니, 됐어. 넌 그냥 큰아버지에게 비밀로 해주면 돼. 처음에 이 집에 신세 지러 들어올 때 도움은 되지 않겠지만 성실한 녀석이라고 과대광고를 해놓았거든."

그렇게 몇몇 도서관을 돌며 예전 잡지와 신문, 실록 등을 살펴보았다.

기타자토 산고가 어떤 인물인지 알기 위해서는 미야우치와 꼭 다시 한번 만날 필요가 있었다. 고마고메 대학의 이치하시도 산고와 교류가 있던 듯하지만, 사실대로 털어놓는다 해도 도와줄 위인은 아니었다. 역시 믿을 사람은 미야우치밖에 없었다. 하지만 이쪽이 아무것도 모르면 들을 수 있는 이야기도 듣지 못할 것이다. 그런 생각에, 요시미쓰는 준비에 공을 들였다.

그리고 일주일 뒤, 요시미쓰는 미야우치에게 전화를 걸었다. 전화번호는 《아사카 구회》에 실려 있었다.

통화할 때의 미야우치는 직접 만나 이야기했을 때보다 노쇠해 보였다. 다쳤음에도 정정하게 움직이던 모습이 미야우치를 젊게 보이게 했는지도 모른다.

"네, 여보세요."

"불쑥 전화드려 죄송합니다. 미야우치 선생님 댁입니까?"

추상오단장

"네, 맞습니다만."

미야우치는 가라앉은 목소리로 퉁명스레 대답했지만, 스고 서점의 스고 요시미쓰라 밝히자 목소리가 부드러워졌다.

"아, 가나코 씨와 함께 오셨던 분이군. 일전에는 가나코 씨에게 아주 좋은 선물을 받았습니다. 고맙다고 전해주십시오."

희미하게 기침 소리가 들렸다.

"……그런데, 오늘은 무슨 일로?"

요시미쓰는 배에 힘을 주었다. 가나코가 진짜 기타자토 산고의 딸인지 확인하기 위해 일부러 마쓰모토에서 불렀을 정도다. 원래는 먼젓번 만남에서 받았던 인상만큼 호인은 아니리라. 심기를 거스르지 않도록 말을 골랐다.

"얼마 전에 귀중한 시간을 내주셨는데, 또 연락드려 죄송합니다. 실은 기타자토 가나코 씨의 의뢰가 벽에 부딪혀서 그런데, 부디 미야우치 선생님의 힘을 빌릴 수 있을까 해서 전화드렸습니다."

"제가 별 도움이 될 것 같지는 않습니다만."

미야우치는 웃는 듯했다.

"일단 사정을 들어보죠."

"감사합니다. 의뢰인이 선생님께 어디까지 사정을 이야기드렸는지 알 수 있을까요?"

"기타자토의 소설을 찾는다는 이야기밖에 못 들었습니다. 스고 씨는 가나코 씨를 도와 그 소설을 찾고 있다고 했죠?"

미야우치가 묻는 대로, 요시미쓰는 자세한 사정을 이야기했다. 기타자토 산고가 다섯 편의 소설을 남긴 것 같다는 사실. 가나코가 그 소설을 찾고 있다는 사실. 미야우치가 보관하던 것을 포함해 세 편은 찾아냈지만 나머지 두 편을 찾을 실마리가 없다는 사실 등을 털어놓았다.

미야우치는 기타자토 산고가 쓴 소설이 또 존재한다는 이야기를 듣고도 놀라지 않았다. 그저 그 모든 이야기가 리틀 스토리라는 사실을 듣고는 낮게 신음했다.

"흐음. 참 이상한 이야기군요……. 그래서 제가 뭘 도와드리면 될까요?"

"기타자토 산고 씨의 과거 교우 관계를 알고 싶습니다. 미야우치 선생님처럼 소설을 받으신 분이 계실지도 모르니까요."

"아, 그거라면……."

요시미쓰는 미야우치의 말을 어찌어찌 막으며 말했다.

"아닙니다, 당장 알려주시지 않아도 됩니다. 아무래도 오래전 이야기니, 만일 폐가 되지 않는다면 조만간 다시 찾아뵙고 말씀 듣고 싶습니다."

추상오단장

"……저야 상관없습니다."

미야우치는 의아해했지만, 요시미쓰는 아랑곳하지 않고 약속 날짜를 잡았다.

전에는 가나코와 둘이었지만 이번 아사카 방문에는 혼자였다.

달라진 건 그뿐만이 아니었다. 아사카 역에서 미야우치의 집까지 가는 데 택시를 타지 않았다. 가나코는 경비를 지불하겠다고 했지만, 그렇다고 해서 마음대로 돈을 쓸 수는 없었다. 요시미쓰는 운동 겸 아사카 시내를 걸어 미야우치의 집까지 향했다.

도착하자, 저번처럼 안내를 받아 거실로 들어갔다. 미야우치의 차림도 이전과 같은 사무에였다. 하지만 전과 달리 도코노마에 철쭉을 꽂은 작은 꽃병이 놓여 있었다. 그리고 결정적으로 미야우치의 표정이 달랐다. 환영하는 기색이 전혀 없었다.

"여기까지 오시느라 고생하셨습니다."

아직 깁스를 풀지 못한 듯, 목발을 내려놓고 의자에 앉은 미야우치는 그렇게 말했다. 인삿말을 건네는 말투에 왜 일부러 찾아왔느냐는 기색이 역력했다.

"금방 끝날 이야기라면 전화로 하시라고 했을 텐데, 일부러 먼 걸음을 하셨군요."

"바쁘신데 찾아와서 죄송합니다."

"기타자토의 교우 관계를 알고 싶다 하셨죠?"

미야우치는 대충 인사를 마무리 짓더니, 거두절미하고 본론으로 들어갔다.

요시미쓰는 자세를 바로 하고 고개를 숙였다.

"실은 그전에 여쭙고 싶은 것이 있습니다."

미야우치는 슬며시 팔짱을 꼈다. 의자가 삐거덕 소리를 낸다. 요시미쓰는 눈을 내리깔고 있었지만, 자신에게 쏟아지는 시선을 느낄 수 있었다. 미야우치의 목소리가 한층 더 낮아졌다.

"……그럴 거라 짐작은 했습니다. 역시 뭔가 꿍꿍이가 있어서 여기까지 오신 거군요."

"꿍꿍이라 할 만큼 음흉한 마음을 가지고 있지는 않습니다."

요시미쓰는 고개를 들며 말했다.

"의뢰인인 기타자토 가나코 씨는 기타자토 산고 씨가 도쿄에 사시던 무렵의 일을 전혀 모르시는 듯합니다. 저는 작가 가노 고쿠뱌쿠의 과거 교우 관계뿐 아니라, 그분이 당시 어떤

추상오단장

분이셨는지도 알고 싶습니다."

"이유가 뭐죠?"

"'앤트워프의 총성'에 대해 알기 위해서입니다."

그 말을 입에 담은 순간, 미야우치의 표정이 한층 험악해졌다. 그는 검붉어진 얼굴로 단호하게 말했다.

"그 이야기라면 저는 드릴 말씀이 없습니다. 그만 가시는 편이 좋겠군요."

"기타자토 가나코 씨와 함께 있을 때에는 차마 여쭈어볼 수가 없었습니다. 다른 날 다시 찾아뵙는 게 낫겠다고 생각했습니다."

"당연한 말입니다. 그 자리에서 그 이야기를 꺼냈다면 사람을 불러 내쫓았을 겁니다. 지금도 그러고 싶군요."

격렬한 반응이었다. 요시미쓰는 서둘러 비장의 카드를 꺼냈다.

"무언가 오해가 있으신 것 같은데, 제 목적은 그저 가노 고쿠뱌쿠의 소설을 모으는 것뿐입니다. 제 생각에는 기타자토 산고 씨가 다섯 편의 소설을 남긴 이유가 '앤트워프의 총성'이라 생각하기에 여쭈어보는 겁니다."

잠시 침묵이 흘렀다. 미야우치는 괴로운 듯 인상을 찌푸리고 있었지만, 가까스로 흥분은 가라앉힌 것 같았다.

"……어디까지 알고 계십니까? 아니, 가나코 씨가 어디까지 알고 있느냐고 물어봐야겠군요."

"의뢰인이 어디까지 알고 있는지는 모릅니다. 어쩌면 아무것도 모를 수도 있고요. 저는 그 다섯 편의 소설을 꼭 찾아내고 싶다는 의뢰를 받았을 뿐입니다. 그분이 목적을 달성하도록 돕는 것이 제가 할 일입니다. 그것 말고는 아무 속셈도 없습니다."

요시미쓰는 침을 삼키고 다시 말을 이었다.

"'앤트워프의 총성'에 대해서는 고마고메 대학의 이치하시 교수님께 들었습니다."

그 이름을 들은 미야우치는 나지막한 신음을 흘렀다.

"이치하시라고요! 설마 아직도 그 일 때문에……. 그 말을 그대로 믿은 겁니까? 말해두지만, 그자의 말을 믿어선 안 됩니다."

"아닙니다. 이치하시 선생님께서 그 사건을 슬쩍 언급하시기는 했지만, 사건 자체에 대해서는 직접 알아봤습니다."

이 순간을 위해 요시미쓰는 미리 사건의 전말을 암기해두었다.

"1970년. 기타자토 산고의 부인 기타자토 도마코 씨가 벨기에 앤트워프에서 세상을 떠났습니다. 벨기에 경찰은 남편인 기타자토 씨를 체포해 취조했습니다. 하지만 기소는 하지 않았고, 기타자토 씨는 석방되었죠.

도마코 씨는 목을 맨 상태로 발견되었습니다. 기타자토 씨가 혐의를 받게 된 건, 도마코 씨가 사망하기 전후로 옆방 투숙객이 총성을 들었기 때문입니다. 기타자토 씨는 부인을 총으로 위협해서, 자살로 위장해 죽였다는 혐의를 받았습니다. ……이것이 '앤트워프의 총성'의 대략적인 개요입니다."

미야우치는 팔짱을 낀 채 아무 말도 하지 않았다.

"한편, 의뢰인의 기억에 의하면 기타자토 씨가 마쓰모토에 정착한 것은 이십이 년 전. 1971년입니다. 그전에는 스위스에서 살았다고 합니다. 요컨대, 스위스에서 장기 체류하던 중에 어떠한 계기로 벨기에를 찾았고, 그곳에서 사건이 일어났다고 봐야겠죠. 제 의뢰와 관련 있는 내용은 이때부터입니다.

기타자토 씨가 귀국하고 이 년 후인 1973년, 그는 두 편의 소설을 발표했습니다. 한 편은 고노 주조 씨가 발행을 담당했던 《호천》에 게재되었고, 다른 한 편은 이치하시 선생님이 관여했던 《신유대》에 게재되었죠. 일전에 주신 《아사카 구회》에 세 번째 소설이 실린 것은 그 이 년 후인 1975년이었습니다. 요컨대, 기타자토 씨가 이 소설을 지인에게 보냈을 당시, 그는 마쓰모토에 있었다고 봐야겠죠."

잠깐 숨을 내쉰 뒤 이야기를 계속했다.

"《호천》에 실린 단편은 아이를 맹신하는 어머니의 이야기였습니다. 이 어머니는 거의 제정신이 아닌 것처럼 그려졌죠. 《신유대》에 실린 단편은 어느 재판 이야기였습니다. 재판에 회부된 사람은 남자지만, 판결 결과에 따라 남자의 아내와 자식까지 사형당할 수 있는 상황이었습니다.

그리고 제일 직접적이었던 건 《아사카 구회》에 실린 이야기입니다. 이야기는 남편이 자신과 아내 중 한 사람의 목숨을 내놓아야 하는 상황에 빠지는 장면에서 끝납니다. 일반 소설이라면 심리소설이라 생각하고 말겠지만, 지은이가 '앤트워프의 총성'으로 아내를 살해한 혐의를 받는 기타자토 씨라는 사실을 알고 읽으면, 작품을 보는 관점도 달라집니다. 선생님께서도 심술궂은 작품이라고 말씀하셨죠."

미야우치는 무거운 한숨을 내뱉었다.

"……자세히 알아보셨군요. 그리고 그 친구가 쓴 다른 소설도 그런 식인 줄은 몰랐습니다. 스고 씨의 말씀대로, 그 사건과 기타자토의 소설 사이에 아무 관련도 없지는 않겠지요."

그는 천천히 팔짱을 풀며 말했다.

"실례했습니다. 그 무렵에는 저도 기자들에게 된통 시달리는 바람에 좋은 기억이 없거든요. 게다가 가나코 씨가 아무것도 모른다면 그냥 덮어두고 싶었습니다. 가나코 씨 본인이 원한다면 알려드려야겠지만요. 하지만 설마 이십 년이나 지난 일에 대해 다시 이야기하게 될 줄은 몰랐습니다."

살며시 웃은 뒤, 기침을 하고는 자세를 바로잡았다.

"알겠습니다. 기타자토에 대해 알고 싶다고 하셨죠. 하지만 저와 그 친구는 대학에서 알게 된 사이라 그전의 일은 모릅니다."

"그 이야기는 가나코 씨에게 들었습니다. 아시는 것만 부탁드립니다."

요시미쓰가 고개를 숙이자, 미야우치는 눈을 감았다. 잠시 조용한 시간이 흘러갔다.

이윽고 미야우치는 눈을 뜨고 이야기를 시작했다.

"가나코 씨에게도 이야기했지만, 기타자토의 고향집은 이마이치입니다. 하지만 어릴 적에는 가시마에서 살았다고 들었습니다.

부친은 가시마에서 금속 가공 공장을 운영했다고 합니다. 그리 큰 공장은 아니었지만, 전쟁 특수 덕분에 제법 돈을 번모양이더군요. 기타자토도 부족한 것 없이 컸다고 했습니다."

산고의 나이를 생각해보면, 전쟁 특수란 아마도 한국전쟁 특수이리라.

"대학에 진학하면서 도쿄로 상경해, 저하고도 그때 만났습니다만, 참 묘한 매력을 가진 친구였습니다. 단순히 머리가 좋아서만은 아니었어요. 똘똘한 친구들은 얼마든지 있었죠. 자존심이 세고 그만큼 시니컬한 면이 있었는데, 그런 걸 싫어하는 사람들도 있었지만 저와는 신기하게도 죽이 잘 맞았지요.

어학에 묘한 재능이 있어서, 프랑스 사람이든 중국 사람이든 가리지 않고 말을 걸어댔고 반년도 채 지나지 않아 그 나라 말로 농담을 주고받을 정도였습니다. 정말 신통한 친구였죠.

집이 유복했기 때문에 달라붙는 이들도 많았지만, 손이 큰 건지 씀씀이가 헤픈 건지, 보고 있으면 걱정이 되더군요. 아무리 봐도 갚을 것 같지 않은 사람에게도 돈을 빌려주곤 하기에 걱정되어 조심하라고 했더니, 자기 돈은 죄 눈먼 돈이나 다름없다며 안 갚아도 그만이라고 하는 겁니다."

가나코는 아버지에 대해, 취미라고는 밭을 일구는 것밖에 없는 사람이라 평했다. 들은 이야기와는 상당히 다르다.

"그렇게 흥청망청 놀던 기타자토는 한 신극배우와 만나게 되었습니다. 그 사람이 바로 도마코 씨였죠. 결혼 전 성은 이누이였다고 기억합니다. 도마코 씨도 화려한 사람이었지만……."

미야우치의 목소리가 다소 낮아졌다.

"이제 와서 하는 얘기지만, 저는 도마코 씨가 그다지 마음에 들지 않았습니다. 기타자토의 화려함과 도마코 씨의 화려함은 전혀 달랐어요. 기타자토는 어딘지 모르게 퇴폐적이었죠. 기타자토는 자신이 고생 없이 자란 세상 물정 모르는 도련님이라는 걸 알고 있었어요. 그런 자각이 있었기 때문에 그토록 방탕하게 놀았던 겁니다.

하지만 도마코 씨는 그런 게 아니었습니다. 갖가지 소문이 돌았지만, 제 눈에는 약아빠진 사람으로 보였어요. 남자와 즐긴다기보다는, 남자를 저울질하는 느낌이 들었죠. 배우라는 말도 어디까지 믿어야 할지…… 기타자토가 부잣집 도련님이라는 걸 알자, 그때까지 사귀던 남자들을 정리하고 곧바로 달려오더군요.

아, 그때 버림받은 남자 중 한 명이 이치하시입니다. 당시에는 아마 대학원생이었을 텐데, 기타자토에게 원한을 품고 요란하게 치고받았죠."

"그러면 기타자토 씨는 그 이치하시 씨가 참가했던 《신유대》에 소설을 보낸 겁니까?"

"게재 여부의 결정권자가 이치하시였는지는 모르겠지만, 그만큼 기타자토가 시니컬한 사람이었다는 걸 보여주는 예라고 할 수 있죠."

미야우치는 잠시 미소 지었지만, 그 웃음은 금세 사라졌다.

"저만 도마코 씨와의 관계를 걱정하던 게 아니었습니다. 친구들도 모두 입을 모아 질이 나쁜 여자라고, 안 된다고 뜯어말렸죠. 하지만 이미 불이 붙었으니 어쩌겠습니까. 대학을 졸업하자마자 결혼하더군요.

이 결혼으로 기타자토는 적을 많이 만들었습니다. 저도 자세한 내막은 모르지만, 꽤나 다툼이 있었던 모양입니다. 배짱이 두둑한 친구였지만 성가신 일은 싫어했죠. 저한테 와서 도쿄를 뜨겠다고 하더군요. 너는 괜찮겠지만 도마코 씨는 원치 않을 거라 말하자, 도마코 씨 본인이 직접 꺼낸 이야기라고 하는 겁니다. 이상하다는 생각에 어디로 갈 거냐고 물었더니……"

미야우치는 말하다 말고 요시미쓰를 보았다.

"아시는 대로 스위스로 가겠다고 하더군요. 아무 계획도 없는 초호화 신혼여행을 떠난 셈이죠. 듣다 보니 황당해서, 스위스든 어디든 마음대로 가버리라고 했고요.

아이는 그곳에서 태어났다고 들었습니다. 아마 그 아이가 가나코 씨겠죠. ……한 대 피우겠습니다."

거기까지 말한 뒤, 미야우치는 품에서 담배를 꺼냈다. 조심스레 불을 붙인 뒤, 깊이 연기를 빨아들인다. 요시미쓰에게도 손짓해 권했지만 사양했다.

"도마코 씨가 자살했다고 들었을 때 설마 하는 생각이 들었던 것도 사실입니다. 이런 말은 좀 그렇지만, 반대 상황은 일어날 수도 있겠다고 생각했거든요. 도마코 씨의 바람기와 낭비벽에 괴로워하던 기타자토가 궁지에 몰려 죽음을 선택한다. 충분히 있을 법한 일이었죠. 하지만 도마코 씨가 죽고 기타자토가 체포됐다니. 대학 친구들과도 이미 그 무렵에는 소원해졌지만, 들리는 건 모두 나쁜 소문밖에 없더군요.

잡지나 텔레비전에서도 몇 번이나 그 사건을 다루었습니다. 기타자토를 완전히 범인 취급하더군요. 아까도 말씀드렸듯, 저한테도 기자가 찾아왔었습니다."

당시 일을 떠올렸는지, 미야우치는 얼굴을 찌푸렸다.

"그건 취재도 아니었습니다. 별의별 수단을 동원해 기타자토에 대해 나쁘게 말하게 하려 했죠. 한마디만 해도 왜곡해서 썼기 때문에 나중에는 상대도 하지 않았습니다. ……정말 힘든 시간이었죠."

미야우치는 담배를 끈 뒤, 말을 이었다.

"귀국했을 당시, 기타자토는 재산을 많이 축낸 상태였습니다. 그 멋쟁이라고는 상상도 못 할 초라한 행색으로 어느 날

불쑥 저를 찾아왔더군요. 지금도 똑똑히 기억이 납니다. 히죽 거리며 저에게 항의하러 왔다고 합니다.

잡지를 내밀었는데, 보고 깜짝 놀랐습니다. 제 이름을 멋대로 써서 만난 적도 없는 상대에 대해 하지도 않은 말을 실은 겁니다. 너만은 믿었는데, 저한테 그렇게 말하더군요. 물론 농담이었죠. 기타자토는 난리법석을 떠는 일본 언론에 진절머리가 났던 모양입니다."

"그랬는데 일부러 우스갯소리를 하기 위해 선생님을 찾아온 겁니까?"

"그렇죠. 그래서 저는 기뻤습니다. 기타자토가 하나도 변하지 않았다는 걸 알 수 있었거든요."

미야우치는 아련한 눈빛으로 말했다.

"그날 밤은 주간지를 안주 삼아 밤새 마셨습니다. 그런 이야기도 쓰여 있었다, 어떤 녀석은 이런 이야기를 했다, 뭐 이런 자기한테 불리한 기사를 읽으며 밑 빠진 독에 물 붓듯 마셔대더군요. 어떤 기사는 특히 마음에 들지 않았는지, 발로 밟기까지 했습니다. 하지만 그러면서도 태연히 웃었습니다. 밤새 함께 마셨지만, 그 친구의 굵은 신경에는 정말 혀를 내두르게 되더군요.

술이 깨고 나서 앞으로 어쩔 거냐고 물으니, 도쿄에서는 딸아이를 키우기 어려울 것 같다고 하더군요. 저에게까지 기자들이 찾아올 정도니, 기타자토의 집에는 벌써 들이닥치고도 남았겠죠. 어딘가에서 남몰래 딸아이와 함께 유유자적하겠다고 했습니다.

저는 솔직히 이 자존심 센 친구가 과연 그럴 수 있을지 미심쩍었습니다. 하지만 기타자토는 훌륭히 해내더군요. 《아사카 구회》로 소설을 보낼 때까지, 저는 기타자토가 어디 사는지조차 몰랐습니다."

그후, 기타자토는 마쓰모토의 운송 회사에 취직했다. 가나코와 단둘이 생활하며, 쉬는 날에는 밭을 일구다 이십 년 후 암으로 세상을 떠났다.

"기타자토 씨는 어째서 '앤트워프의 총성'과의 관계를 암시하는 듯한 소설을 쓰신 걸까요? 그리고 왜 그걸 선생님께 보내신 걸까요?"

요시미쓰의 물음에 미야우치는 고개를 끄덕이며 대답했다.

"그래, 그걸 이야기해야겠죠.

기타자토는 당하고만 있을 친구가 아니었어요. 자신을 살인자 취급하는 세상에 뭐라 한마디해주고 싶었을 겁니다. 하지만 대놓고 반박한들 아무도 들어주지 않을 게 뻔했죠. 그런 꼴사나운 방식은 도저히 견딜 수 없었을 테고요.

가나코 씨의 편지를 받고 그 당시 일을 떠올렸습니다. 그 친구는 '일이 이리 됐으니 소설이나 쓸까' 같은 말을 했거든요. 실록소설을 써서 세상을 깜짝 놀라게 해주겠다면서요."

"하지만 기타자토 씨가 쓰신 소설은 독자도 얼마 없는 동인지에 조용히 실렸을 뿐이잖습니까."

"마쓰모토에 정착하고, 아이가 커가면서 기타자토도 더이상 세간의 주목을 받기 싫었던 게죠. 소설과 함께 보낸 편지에는 이 소설은 자네 마음대로 하라고 적혀 있었습니다."

미야우치는 그렇게 말한 뒤 입을 다물었다. 그러다 이내 고개를 갸웃거리며 이야기했다.

"그러고 보니 그 편지도 어디 두었을 겁니다. 편지는 대부분 보관하거든요……. 혹시 필요하시면 찾아보겠습니다만."

그 편지에는 기타자토 산고가 소설을 통해 세상에 반박하려던 결심을 포기하게 된 이유가 적혀 있으리라. 어쩌면 다른 두 편을 찾는 실마리가 될지도 모른다. 요시미쓰는 부탁드린다고 말했다. 그리고 잠시 생각한 뒤, 준비해온 메모지를 한 장 뜯어 구제 쇼코의 주소를 적어 건넸다.

"자, 제가 아는 건 이게 답니다. 오래된 일이라 사소한 부분에서 오류가 있을 수도 있지만, 대략적인 사실은 얼추 맞을 겁니다. 기타자토의 당시 친구들과 만나고 싶다면 소개해드

　　　　　　　　　　　　추상오단장

릴 수도 있고요. 하지만 제 솔직한 심정으로는 이미 다 끝난 일을 더이상 파헤치지 않았으면 좋겠군요."

그렇게 이야기를 마무리한 뒤, 미야우치는 천장을 올려다보며 한숨을 쉬었다.

요시미쓰는 고개 숙여 인사했다.

"감사합니다. 기타자토 씨에 대해 이제 조금 알 것 같습니다."

지금 들은 이야기에 의하면 가노 고쿠뱌쿠의 소설은 원래 세상에 대한 반론이었을 가능성이 높다. 필명의 유래도 알 것 같았다.

찾아낸 세 편의 소설은 각각 '기적의 소녀', '환생의 땅', '소비전래'란 제목이었고, 비꼬려는 의도가 아니라 내용을 그대로 반영한 제목이다. 기타자토 산고는 그런 면에서 허세를 부리지는 않았다.

그렇다면 필명도 글자 그대로의 뜻이었을지 모른다. 가노 고쿠뱌쿠ᆞ黑白. ……할 수만 있다면, 흑백을 가리고 싶다.

미야우치는 온화한 표정으로 말했다.

"아까 기타자토가 무분별하게 돈을 빌려줘서 걱정이었다고 말씀드렸죠."

"네."

"그렇게 말하긴 했지만, 실은 저도 형편이 어려울 때 기타자토의 도움을 받은 적이 있습니다."

그는 쑥스러운 듯 웃었다.

"제 조부님은 쓰리시노부를 만드는 분이셨습니다. 스고 씨처럼 젊은 사람들은 그게 뭔지 모르겠죠."

잠시 생각하다, 요시미쓰는 말없이 고개를 끄덕였다.

"여름철 처마에 매다는 장식입니다. 그래, 분재를 매달아놓았다 생각하면 되겠군요. 분재와는 달리 철사에다 이끼나 넉줄고사리 등을 곁들여놓은 물건이지만. 조부님은 실력은 좋았지만 장사에는 영 소질이 없으셨습니다. 그러다 종국에는 남의 빚보증을 섰다 곤란한 지경에 처하게 되었죠. 물론 우리 가족도 피해를 봤고요.

그 일을 알게 된 기타자토는 훌쩍 조부님의 작품을 보러 와서는, 마음에 들었다며 상당한 고가에 사들였습니다. 덕분에 숨통이 트였습니다. 애초에 기타자토는 저에게 고맙다는 말을 들으려 하지 않았지만요."

"쓰리시노부라는 게 그렇게 작은 물건은 아니지 않습니까?"

"네. 나중에 들은 이야기지만, 그 무렵 기타자토의 하숙집의 창문이란 창문에는 온통 쓰리시노부가 다닥다닥 매달려 있었다는군요."

빙그레 미소 지으며 미야우치는 천천히 팔짱을 꼈다.

"저는 그 친구를 좋아했습니다. 은혜도 입었고요. 하지만 결국 힘이 되어주지는 못했습니다. 마쓰모토에 찾아가볼 수도 있었는데, 그조차 하지 않았죠. 그러던 중에 기타자토가 가버렸네요. ……후회가 됩니다. 그런 까닭에 그 친구의 딸에게 도움이 될 수 있어 다행이라 생각합니다.

또 알고 싶은 일이 있으면 언제든 연락하십시오. 제가 도울 수 있는 일은 돕겠습니다."

요시미쓰는 재차 정중하게 고개를 숙였다.

돌아오는 열차 안에서, 요시미쓰는 산고와 가나코를 생각했다.

가나코가 소설을 찾는 이유를 알 것 같았다. 그녀가 아무것도 모르지는 않으리라.

용의자로 거론된 아버지, 어머니의 죽음. '앤트워프의 총성'이 있었던 당시, 가나코는 네 살이었다. 모든 일을 기억하지는 못하겠지만, 기억의 편린 정도는 남아 있어도 이상할 것 없다.

기억하고 있기 때문에 아버지의 과거를 알려 하는 것이리

라. 고서점에 거액의 보수를 약속하면서까지 단장斷章을 찾으려는 것이다.

무사시노의 스고 서점에 돌아오자, 고이치로가 먼저 돌아와 있었다.

오늘은 가게 정기 휴일이라 큰아버지는 아침부터 자리를 비웠을 터였다. 아직 파친코가 문을 닫을 시간은 아니다. 아마 계속 돈을 잃기만 해서 돌아왔을 것이다. 요시미쓰는 살며시 방으로 들어가려 했다.

고이치로가 그런 요시미쓰의 뒷모습을 향해 말을 걸었다.

"어이."

"……네."

"어머니한테 전화 왔었다."

고이치로는 작고 나지막한 목소리로 말했다.

요시미쓰의 어머니인 스고 하나에는 가케가와에서 홀로 살고 있다.

"너도 알잖아. 이제 며칠 안 남았다."

"알아요."

"미리 준비도 해야 하니까 빨리 오라고 하더라."

"그건 알지만……."

요시미쓰는 말끝을 흐렸다.

추상오단장

"새로 서점 아르바이트를 시작했는데, 휴가를 길게 낼 수 있을지 몰라서요."

"야."

험악한 목소리가 날아왔다. 고개를 들었지만, 고이치로는 등을 돌리고 있어서 표정이 보이지 않았다.

"네가 뭔가 하는 건 안다. 요즘 같은 세상에 아르바이트도 쉽지는 않을 테지. 하지만 기본적인 도리도 지키지 못하는 놈을 내 집에 둘 수는 없다."

"물론 갈 거예요. 일단 제가 상주니까요. 사정이 여의치 않을 경우에는 당일치기로라도 다녀올 작정입니다."

"그래. 알면 됐다. 나도 뒤따라갈 테니 먼저 가 있어라."

고이치로는 텔레비전을 켰다. 야구 중계를 하는 채널을 틀더니, 고개를 돌려 요시미쓰를 보았다.

"그, 가급적 일찍 내려가라. 가게 일은 신경 쓰지 말고. 다른 아르바이트도 있으니 별문제 없을 거야."

그렇게 말한 뒤, 고이치로는 미간을 잔뜩 찌푸렸다.

"얼굴이 왜 그러냐."

"네? 얼굴이 뭐가요?"

"그렇게 싫은 표정 짓지 마라. 네 부모 일 아니냐."

큰아버지는 다시 텔레비전 쪽으로 돌아앉으며 중얼거렸다.

"어머니가 울더라. 혼자 지내기 적적하다고."

텔레비전 옆에 달력이 걸려 있었다. 요시미쓰는 무심코 달력에 눈길을 주었다.

어느샌가 일주일 후의 날짜에 동그라미가 그려져 있었다. 낯익은 큰아버지의 글씨로 '일주기'라 적혀 있었다.

제5장

◉

그 자신의 단장斷章

휴가를 내고 싶다고 말하는 요시미쓰의 말에, 북스시트의 점장인 다구치는 처음에는 달갑지 않은 얼굴로 말했다.

"미리 말해줘서 고맙긴 한데, 지금 정말 일손이 부족해서 말이야. 뉴스에서는 일자리가 없다며 난리들인데 참 희한하지?"

폐점 후의 가게 안은 이미 조명을 한 단계 어둡게 해놓았다. 좁은 사무실에서 근무표를 뚫어져라 바라보며 다구치는 혼잣말처럼 중얼거렸다.

"음, 구도 씨에게 부탁해야겠군. 그건 그렇고, 갑자기 왜 휴가를 달래? 게으름 피우는 타입으로는 안 보이는데."

"아뇨, 저도 게으름 피울 때는 피웁니다. 하지만 이번에는 집안일로 고향에 돌아가봐야 해서요. 원래는 당일치기로 갔다 오려고 했는데 전날에는 내려가봐야 할 것 같습니다."

"그래?"

다구치는 별 관심 없는 얼굴로 물었다.

"시골에 계신 할머니라도 돌아가셨나?"

"아뇨, 아버지 일주기라서요."

다구치의 얼굴에 아차, 하는 표정이 번졌지만, 입으로는 태연하게 "흐음, 그렇군. 뭐, 다들 힘들지" 하고 말할 뿐이었다.

스고 서점에서는 일이 더 쉽게 풀렸다. 요시미쓰가 하루만 더 일해줄 수 없느냐고 부탁하자, 쇼코는 선선히 그러겠다고 대답했다.

"그리고 부탁이 하나 더 있어. 부탁이라 하긴 뭐하지만."

쇼코는 살짝 목소리를 낮추며 물었다.

"그 일에 관련된 거야?"

요시미쓰는 작게 고개를 끄덕였다. 가게에 나오지는 않았지만, 고이치로가 안에 있었다.

"전에 부탁한 일 말인데, 너희 집으로 편지가 갈 거야."

"사서함이 되어달라는 말이구나? 알았어. 우편함 자주 확인할게."

아버지의 일주기 전날에 가케가와로 내려갔다 당일 밤에 올라오기로 했다.

원래는 도카이도 본선을 타고 내려갈 생각이었는데, 직전에 고이치로가 일만 엔짜리 지폐를 건넸다.

"신칸센 타고 가라. 느린 기차 타고 거북이걸음으로 가면 어머니도 걱정할 테니."

요시미쓰는 말없이 고개를 숙였다.

봄이 지나려 하고 있었다.

요시미쓰가 처음으로 신칸센을 타고 도쿄에 상경한 건 초봄이라 하기에는 아직 이른 2월, 대학 입시를 위해서였다. 부모님은 어려운 관문을 통과한 요시미쓰에게 정말 고생했다며 축하해주었다.

그다음에 신칸센을 타본 건 봄이었다. 대학에 진학하는 요시미쓰를 어머니가 역까지 배웅해주었다. 아버지는 바쁘다며 현관까지 나와보지도 않았다.

세 번째는 딱 작년 이맘때쯤이었다. 부고를 듣자마자 정신없이 달려갔다.

차창 너머로 태평양이 보인다. 점점 짙어지는 하늘에는 구름 한 점 없다. 전망 좋고 시원한 풍경이었다. 하지만 가케가와에 도착하자 비가 내리고 있었다.

고향집에는 도착 시간을 알리지 않았다. 마중 나온 사람을 찾지 않고, 요시미쓰는 버스 정류장에 섰다. 도쿄보다 따뜻한 지역인데도 우산과 가방을 들고 서 있으니 아직 몸이 으슬으슬했다.

도착한 버스를 타고 집으로 향했다. 승객은 거의 없었다. 신칸센을 타기는 했지만 여행의 피로가 남아 있는지 버스가 흔들릴 때마다 속이 울렁거렸다.

태어나 자란 마을에서 벚꽃을 보았다. 한창 좋을 때를 지나 떨어진 꽃잎이 비에 젖어 아스팔트 위에 달라붙어 있었다. 그 옆으로는 벌써 수국 봉오리가 봉긋하게 부풀어 있었다. 요시미쓰는 조용히 시선을 돌렸다.

버스로 이십 분. 내려서 십 분 정도 걸으면 셔터를 내린 작은 공장이 보인다. 이미 기계도 모두 팔아넘긴 공장 건물에는 '스고 가공'이라는 간판만 남아 녹슨 글자를 드러내고 있었다. 현관문은 열려 있었다. 훔쳐 갈 물건도 없다면서, 어머니는 항상 문을 잠그지 않았다.

"저 왔어요."

그렇게 말하자, 불이 꺼진 어두운 복도 안쪽에서 비명 같은 소리가 터져 나왔다.

추상오단장

"거기…… 요시미쓰니?"

쿵쾅거리는 소리를 내며 하나에가 뛰쳐나왔다. 신발도 제대로 신지 않고 현관으로 내려와 아들에게 매달렸다.

"아무 연락도 없이……. 잘 왔어. 정말 잘 왔다. 비가 이렇게 오는데 오느라 고생했어. 어디 아픈 데 없고?"

아들을 껴안은 채, 어머니는 어깨 너머로 몇 번이고 요시미쓰의 등을 토닥였다.

"일부러 나올까 봐 연락 안 했어."

"그런 말이 어디 있니, 바보처럼."

"일단 들어갈래. 신발이 다 젖었어."

하나에는 그제야 요시미쓰를 놓았다. 신발을 벗고 올라간 요시미쓰는 집 안을 둘러보았다. 조금 퀴퀴한 냄새가 나긴 하지만, 그가 마지막으로 이 집을 나간 뒤로 조금도 변하지 않은 것 같았다.

"준비하느라 바쁠 줄 알았어."

"준비는 무슨 준비."

"아직 제사를 치러본 적이 없어서. 일주기에는 뭘 하면 돼?"

"스님을 불러서 하시는 말씀을 들으면 돼. 동장님이 여러모로 신경 써주셔서 우리가 할 일은 거의 없단다."

"……할 일이 없구나."

요시미쓰는 그렇게 중얼거린 뒤, 입을 다물었다. 하나에는 당황한 듯 말했다.

"그래도 네가 있으니 엄마도 안심이 된다. 아무렴, 네가 있고 없고는 천지 차이지. 자, 올라가서 옷 갈아입고 오렴. 젖은 옷 계속 입고 있다간 감기 든다. 네 방도 다 치워놨어. 갈아입을 옷도 준비해놨고."

쫓기듯 2층으로 올라갔다. 방문에 손을 대려던 요시미쓰는 문손잡이까지 깨끗이 닦여 있다는 사실을 깨달았다.

책장이 방의 세 면을 차지하고 있었다. 책장은 요시미쓰가 좋아했던 소설이며 기행문, 전기, 만화, 고등학생 때까지 썼던 참고서 등으로 채워져 있었다. 불을 켜지 않은 채 옷을 갈아입고 거실로 내려가자, 하나에가 차를 끓이고 있었다.

테이블 주변에는 방석 두 개가 놓여 있었다. 요시미쓰는 텔레비전을 바로 볼 수 있는 자리에 놓인 방석을 가져와 다른 자리에 앉았다. 그 모습을 지켜보던 하나에는 왠지 쓸쓸하다는 듯 말했다.

"아직도 그런 걸 신경 쓰니."

"아니, 버릇이 들어서."

텔레비전 정면 자리에는 항상 아버지가 앉았다. 아직은 앉기가 꺼려졌다.

추상오단장

차를 따른 뒤, 하나에는 조용히 찻잔을 내밀었다. 살짝 고개를 숙이자 무척 서먹한 기분이 들었다.

모자는 한 마디 한 마디 조용히 대화를 나눴다.

"큰아버지는 같이 안 오셨어?"

"내일 오신대."

"넌 언제까지 있을 거니?"

"내일 큰아버지랑 같이 올라가려고. 아르바이트가 있거든."

"하루만 있다 가려고? 전에는 가끔 와 있었잖아. 조금 더 있으면 안 돼?"

"남한테 폐 끼칠 수는 없잖아."

"……그래, 엄마도 억지로 있으라는 말은 아닌데."

대화가 끊기자 서로에게 숨 막히는 침묵만이 남았다. 빗소리와 낡은 벽시계의 초침 소리만이 울려 퍼졌다. 손대지도 않은 차는 차갑게 식어갔다.

침묵을 견디지 못하고 먼저 입을 연 사람은 하나에였다.

"요시미쓰. 너도 많이 힘들지? 지난 일 년 동안 정말 고생했을 거 아냐."

"아냐……. 고생은 무슨."

그 대답이 들리지 않은 양, 하나에는 봇물이 터진 듯 이야기를 쏟아냈다.

"안 해도 될 고생을 시켜서 미안하다. 네 마음도 충분히 알고, 엄마도 도와주고 싶어. 하지만 너도 알다시피 우리 형편에 더이상 돈이 없잖니."

"그러니까 돈은 내가 알아서 한다고 했잖아. 그리고 이미 내가 이것저것 알아보고 있어."

반박하려 했지만 말이 제대로 나오지 않았다.

"……큰아버지 댁에 얹혀사는 건 나도 꼴사납다 생각하지만."

"큰아버지는 그런 거 신경 안 쓰셔. 원체 말수가 없는 분이지만, 엄마한테는 네가 있어서 많이 도움이 된다고 하시더라. 그래도 이제 그만 단념하고 돌아와서 할 수 있을 때 새 출발을 해야 엄마도 마음을 놓을 거 아니니. 이번 일주기 준비도, 동장님이나 다른 분들은 싫은 내색 한번 없이 도와주셨지만, 엄마가 마음이 편치 않더라."

"엄마 마음 불편하게 해서 미안해."

하나에는 고개를 저었다.

"누가 그것 때문에 그러니. 그런 건 아무래도 좋아."

"돈 문제도 아니다, 남들 이목도 상관없다, 그럼 대체 무슨 얘기를 하고 싶은데?"

"엄마는……."

추상오단장

하나에는 기어들어가는 목소리로 말했다.

"네가 돌아왔으면 해. 엄마 혼자 있으니 집이 너무 휑해."

코를 훌쩍이더니, 억지로 밝게 말한다.

"내일 돌아가야 한다니 어쩔 수 없네. 하지만 조만간 집에 오렴. 그때 다시 이야기하자."

요시미쓰는 찻잔에 손을 대고 살짝 고개를 끄덕였다.

"알았어. 생각해볼게."

그날 밤. 내리는 비는 그치지 않았고, 지붕을 때리는 빗소리는 커져만 갔다.

약간 열린 커튼 사이로 가로등 불빛이 새어 들어왔다. 자리에서 일어나 창가에 서자, 꽃이 거의 다 진 벚나무가 눈에 들어왔다. 요시미쓰는 눈을 돌렸다.

그는 꽃이 싫었다.

매화가 피면, 작년 매화가 핀 뒤로 일 년이 지났다는 사실을 뼈저리게 느끼게 된다.

벚꽃이 피면, 작년 벚꽃이 핀 뒤로 일 년이 지났다는 사실을 뼈저리게 느끼게 된다.

꽃이 피면, 속절없이 그저 시간이 흘렀다는 사실을 싫어도 깨닫게 된다. 그래서 그는 꽃이 싫었다. 이대로 수국이 피고,

해바라기가 피고, 석산화가 피리라 생각하면, 어두운 구렁에 빠진 듯한 심정이 되었다.

그는 커다란 책장에 에워싸인 채, 불도 켜지 않은 좁은 방 한가운데에 우두커니 서 있었다.

기타자토 가나코는 아마 아버지를 추모하기 위해 다섯 개의 단장을 찾는 것이리라. 요시미쓰는 보수를 약속받고 그 일을 돕고 있다.

가나코의 이야기는 이랬다. 암으로 돌아가신 아버지, 산고의 유품을 정리하던 가나코는 산고가 일찍이 소설을 썼다는 사실을 알게 된다. 가나코는 어쩌면 산고의 과거를 알고 있었을지도 모른다. 그는 한국전쟁 특수로 부자가 된 일가의 아들이자, 도쿄에서 염문을 뿌리던 남자였다. 사내들의 뜨거운 시선을 받던 배우를 손에 넣었지만, 일본에 있기 불편해져 스위스에 신접살림을 차린다. 어느 날 방문하게 된 앤트워프에서 어떠한 일이 벌어져 부인이 죽었다. 귀국한 산고는 부인을 살해한 혐의를 받고, 마쓰모토로 이주해 그곳에서 조용히 딸을 키우다 죽었다. 지난날 다섯 편의 소설을 썼다는 사실을 딸에게 밝히지 않고.

스고 요시미쓰는 고향집의 자기 방에서 홀로 그 자신의 이야기를 회상했다.

요시미쓰의 아버지, 아키요시는 조부에게 물려받은 금속 가공 공장을 경영했다. 하나에와는 지역 은행 중역의 소개로 만나 결혼했다. 일은 주로 다른 공장에서 주조된 금속판을 프레이즈반과 선반으로 가공해 자동차 문을 만드는 것이었다. 거래처가 얼마나 되는지 요시미쓰는 들어본 적이 없었다.

요시미쓰가 성장해 법학부에 진학하겠다고 했을 때, 아버지는 별로 달가워하지 않았다. 하지만 심하게 반대하지도 않았다. 그저 굳이 법 공부를 하겠다면 민법을 전공하라고 말했을 뿐이다.

나중에 어머니에게 들은 이야기에 따르면, 요시미쓰가 아직 철들기 전에 아버지는 친구의 빚보증에 휘말려 고생했던 적이 있다고 한다.

"아버지는 법을 몰라서 속았던 게 분했던 거야. 네가 법 공부를 하는 건 기뻐하실걸."

요시미쓰는 노력 끝에 원하던 대학에 입학했다.

세상은 유래 없는 호황에 들떠 있었고, 스고 가공도 쏟아지는 주문에 바쁘게 움직였다. 그 무렵 아버지는 공장에 프레스기를 들여놓았다. 기계가 있으면 작업 폭도 훨씬 넓어진다. 고가의 기계였지만, 장래를 생각한 투자였다고 한다.

요시미쓰는 대학에서 열심히 공부했지만, 그만큼 열심히

놀기도 했다. 동아리에서 친구들을 사귀었고, 수업에서 여자
친구를 사귀었다. 마작을 배워 자주 밤새 놀기도 했다.

그리고 한 시대가 끝을 맞이했다.

들여놓은 프레스기는 제대로 한번 사용해보지도 못했다.
아버지는 자금을 융통하러 이리저리 뛰어다녔다. 주문이 끊
긴 것이다. 모든 것이 연기처럼 사라졌다. 그 무렵 도쿄에 있
던 요시미쓰는 자세한 전후 사정을 알지 못한다. 하지만 이야
기를 종합해보면, 가망 없는 상대에게 큰 기대 없이 돈을 빌
리러 갔다 상대의 비위를 맞추려 진탕 술을 마셨고, 결국 음
주운전으로 강에 추락했다고 한다.

생명보험금으로 채무는 대부분 변제했다. 공장의 기계를
사겠다는 사람이 나타났고, 이것저것 제하니 약간의 돈이 수
중에 들어왔다. 하지만 가족은 생계 수단을 잃었다. 어머니는
적막해진 공장 겸 자택에 홀로 남겨졌고, 학비와 생활비를 감
당할 수 없게 된 요시미쓰는 학교를 휴학하고 큰아버지 집에
서 더부살이를 하게 되었다. 친구도, 연인도 모두 그를 떠났
다. 자신도 대학교 친구들과 연락하려 하지 않았다. 최소한 복
학할 때까지는. 그리고 생각지도 못한 가나코의 의뢰를 덥석
받아, 큰아버지의 일을 가로채 남의 아버지가 남긴 이야기를
찾아 헤매고 있다.

추상오단장

이것이 그 자신의 이야기다.

기타자토 산고의 이야기에 교수는 경멸을 표했고, 시인은 옛 추억을 회고했다. 젊은 날의 기억으로 그의 삶과 죽음은 화려하게 장식되었고, 추상되기 충분한 빛깔을 얻었다.

그리고 요시미쓰는 암흑 속에서 자신에게도 아버지에게도 이야기가 존재하지 않는다는 사실을 새삼 곱씹었다. 불황의 여파에 힘겨워하는 생활. 집으로 돌아오라는 어머니와 거부하는 아들의 눈치 싸움이 눈앞에 닥친 최대 문제다. 각 장면은 무섭게 긴박하지만, 그 속에는 한 조각의 이야기도 존재하지 않는다.

비단 자신과 아버지만 이야기 없는 삶을 살아온 건 아니었다. 아내를 병으로 잃은 뒤, 큰아버지는 가게를 팔라는 압박에 시달렸다. 무사시노의 간선도로에 위치한 스고 서점은 여러모로 쓸모 있는 땅이었다. 평당 가격은 하루가 다르게 치솟았고, 가게를 찾는 부동산 업자는 회유와 협박을 번갈아가며 구사했다. 아내와의 추억을 위해 가게를 지키던 큰아버지가 겨우 거금에 흔들리기 시작했을 무렵, 버블이 붕괴했다. 남겨진 것은 가게를 접고 싶어진 초로의 한 남자뿐이었다.

아버지의 일주기를 하루 앞두고, 요시미쓰는 울었다.

과연 인간의 생사에 위아래가 존재하는 것일까. 편당 십만

엔이라는 거금으로 타인의 이야기를 찾는 동안, 꽃 피는 계절
은 지나가려 하고 있었다. 어쩌다 이렇게 되어버린 걸까.

지독한 공허가 가슴을 뒤덮었다. 빗소리만 시끄럽게 울려
퍼지는 밤이었다.

다음 날, 어머니의 차로 가케가와 역까지 큰아버지를 마중
하러 갔다.

"얼굴이 왜 그 모양이냐."

요시미쓰를 본 큰아버지는 그렇게 중얼거렸다.

추상오단장

제6장

어두운 터널

1

꼭 오늘 올라가야 하느냐, 하루만 더 있으면 안 되겠느냐며 끈질기게 붙잡는 어머니의 목소리를 뒤로하고, 제사가 끝나자마자 바로 요시미쓰는 큰아버지와 집을 나섰다.

버스를 타고 가케가와 역으로 가, 역에서 '고다마'를 타고 도쿄 역에서 내려 주오선으로 갈아탔다. 올라오는 동안, 두 사람 모두 변변한 대화조차 나누지 않았다. 아타미를 지날 즈음 고이치로가 혼잣말처럼 "일주기인데 사람이 너무 없었어" 하고 말하자, 요시미쓰는 "어쩌겠어요"라고 대꾸했다. 그것이 유일하게 대화다운 대화였다.

다음 날, 근처 중화요릿집에서 점심을 먹은 요시미쓰가 돌아왔을 때, 가게에는 구제 쇼코밖에 없었다. 잘 다녀왔다고 말하는 것도 어울리지 않는 듯해, 퉁명스레 물었다.

"큰아버지는?"

쇼코 역시 시큰둥하게 대답했다.

"물건 들이러 가셨어."

"오전에는 그런 말씀 없으셨잖아."

"진짜야. 요코하마에서 이사하려고 짐을 정리하는 사람이 있댔어."

요시미쓰는 적당히 대꾸했다.

"아버지 일주기였다면서. 힘들었겠다."

그 말을 들으니 고작 일 년 사이에 부쩍 푸념이 많아진 어머니가 떠올랐다. 즐거운 귀향이 되지 않으리라 예상하고는 있었지만, 생각보다 훨씬 피곤했다.

"힘들기는. 스님이랑 동장님이 죄다 알아서 해주셨어. 나야 시간 죽이느라 지루해서 혼났지."

"흐음, 그렇구나."

자기가 먼저 물어봤으면서 쇼코의 대답은 심드렁했다. 그러고는 천천히 앞치마 주머니에서 갈색 봉투를 꺼내 내밀었다.

"이거, 미야우치란 분이 너한테 보낸 편지야. 오늘 아침에 받았어. 그 일에 관련된 편지인 것 같아서 먼저 뜯어봤어. 미안."

봉투는 깔끔하게 가위로 개봉되어 있었다.

"나야말로 귀찮은 일을 부탁해서 미안해."

그렇게 사과하자, 쇼코는 무언가 할 말이 있는 표정으로 중 얼거렸다.

"그건 상관없어."

봉투에는 두 종류의 편지지가 들어 있었다. 줄이 그어진 새 편지지가 두 장, 그리고 화지로 만든 낡은 편지지가 열 장 남 짓. 대충 훑어보니 모두 세로쓰기였다.

처음 두 장은 미야우치가 쓴 편지였다. 정중한 계절 인사와 유려한 글자가 과연 시인다웠다.

일전에 말씀드린 기타자토의 편지를 찾았기에 보내드립니 다. 그 친구가 자신의 속내를 제게 내보인 것은 아마 이 편지 가 처음이자 마지막일 겁니다.

그토록 절절한 편지를 받아놓고도 스고 씨가 찾아오실 때 까지 까맣게 잊고 있었으니, 제 일이지만 인간의 마음이 얼마 나 무정하고 시간의 흐름이 얼마나 덧없는지 실감합니다. 기 타자토가 이미 이 세상 사람이 아니고 가나코 씨가 그리 아름 답게 성장하다니, 십수 년 전의 편지를 다시 읽기만 해도 감

개가 무량합니다. 본인은 이런저런 이유를 댔지만, 요컨대 그 친구는 역시 편언척자片言隻字로라도 반론하지 않고는 참을 수 없었던 거겠죠.

약속대로 이 편지를 동봉하지만, 저도 가끔씩 기타자토를 추억하고 싶습니다. 그러니 죄송하지만 다 읽으신 뒤에는 돌려주시길 부탁드립니다.

화지로 된 편지지가 기타자토 산고가 보낸 편지이리라. 편지를 봉투 안에 도로 넣었다. 고개를 들자 쇼코가 카운터 옆에 턱을 괴고 물끄러미 이쪽을 바라보고 있었다.

"안 읽어?"

"나중에 천천히 읽으려고."

"그래, 그러는 게 좋을지도."

적당히 대답한 뒤에도 쇼코는 계속 이쪽을 쳐다보았다.

"내가 뭐 잘못한 거 있어?"

쇼코는 살짝 고개를 기울였다.

"그것도 그렇지만, 나도 너한테 미안한 게 있어."

"주소 때문에 그래?"

"그건 상관없다니까."

턱을 괸 채, 쇼코는 살며시 한숨을 내쉬었다.

추상오단장

"있잖아, 갑자기 이런 말해서 미안한데, 난 그만둘래."

"어?"

"가노 고쿠뱌쿠의 소설 찾는 일 말이야. 그만둔다고."

이미 마음을 정한 눈치였다. 짐작 가는 데가 없는 것도 아니었다.

"널 따돌리려던 건 아니었어."

"과연 그럴까? 도움받을 일이 없어지니까 아무 말도 안 해줬으면서."

"미야우치 씨에게 들은 이야기를 말 안 한 건 내가 미안해. 하지만 집안일 때문에……."

"그 일이 없었어도 나한테는 얘기 안 했을걸? 도서관에서 알아보면서도 일언반구 없었잖아."

요시미쓰는 입을 다물었다. 쇼코의 말은 정당했고, 그에게는 그녀를 붙잡을 만한 말도 이유도 없었다.

쇼코는 천천히 턱에서 손을 떼며 말했다.

"아, 하지만 착각하지 말아줬음 좋겠어. 널 탓하는 게 아니야. 그 편지 읽었다고 했잖아? 읽고 나니까 뭔가 생각이 달라지더라고."

쇼코의 표정이 갑자기 싸늘해졌다.

"넌 이 일에 꽤 진지하게 임하고 있고, 의뢰인 역시 마찬가지겠지. 옛날이야기까지 나와서 뭔가 일이 복잡해진 것도 같고. 그런데 나만 아르바이트의 연장선처럼 생각하고 있었어. 그냥 사고 싶은 신발이 있어서 시작한 일이었고. 그러니까 나도 미안하게 생각해."

그러고는 슬며시 시선을 돌렸다.

쇼코와 요시미쓰 사이에 희미하게 생겨났던 공범 의식은 이제 어디에도 없다. 얼마 남지 않은 셀로판테이프를 갈기 시작한 쇼코가 막 생각났다는 듯 이렇게 덧붙였다.

"그리고 여기 아르바이트도 그만둘 거야. 졸업논문은 대충 마무리했는데, 취직이 잘 안 되네."

현관문을 세게 닫는 소리가 들렸다. 큰아버지가 돌아온 모양이다. 시계를 보니 9시가 지난 시각이었다.

고이치로가 이 시간까지 일하다 돌아온 적은 없었다. 요코하마에 물건을 들이러 갔다는 소리는 들었지만, 전철을 탔는지 차를 가지고 갔는지는 알지 못한다. 만일 차를 가지고 갔다면, 사들인 책을 한가득 싣고 왔을지도 모른다. 그렇다면 짐 내리는 일을 거들어야 하건만, 요시미쓰는 기타자토 산고의 편지에서 눈을 뗄 수가 없었다.

만년필로 쓴 글씨. 글자를 쓰는 데 익숙한 사람 특유의, 적당히 흘려 쓴 글씨였다.

전략

 상황이 여의치 않아 이곳으로 내려온 뒤로 연락도 제대로 못 해서 미안하네. 이 내가 산간 지방 생활에 적응할 수 있을지 걱정했건만, 정들면 고향이라더니 역시 옛말에 틀린 말이 없더군. 이번 여름, 내가 밭에 심어둔 오이에만 신경 쓰며 보냈다고 하면, 자네는 웃을지도 모르겠네. 이것참, 감언이설이 통하지 않는 상대라 대하기가 여간 어렵지 않더군.

 오늘 내가 붓을 든 것은 그저 오랜만에 안부 인사를 전하고, 내 소박한 채소밭을 자랑하기 위해서는 아닐세. 아마 동봉한 단편을 먼저 읽었으리라 믿네.

 무릇 사람들은 남의 사정 따위는 금세 잊어버리는 법이지. 게다가 그날은 자네도 나도 거나하게 취해 있었으니, 어쩌면 자네는 내가 왜 이런 실없는 이야기를 썼는지 이해하지 못할지도 모르겠군.

 모두 내 자존심 때문이네. 그 대단한 자존심 때문에 나는 도마코와 결혼을 강행했고, 수년에 걸친 해외 생활을 하게 되었지. 이제 와 생각하지만, 도마코 일도 결국 같은 이유에서 비롯된 것 같아.

하나 만일 그렇다 해도, 우리가 스위스에서 보낸 몇 년의 시간을 우습게 여기는 건 참을 수 없네. 우리가 그 아름다운 땅에서 어떤 가정을 꾸렸는지 대체 누가 안단 말인가. 나와 도마코의 속마음은 하늘도 모를 걸세.

한편으로 벨기에에서 일어난 일은 명백하네. 도마코는 이제 이 세상 사람이 아니야. 벨기에 경찰이 신사적인 태도를 취했다고는 할 수 없네만, 내 불어 실력이 녹슬지 않았다면, 그들은 결국 나를 체포했던 것이 부당했다고 틀림없이 인정했네. 아니, 자네에게도 자세한 이야기는 하지 않았네만, 애초에 나는 경찰 조사를 받았을 뿐이었어. 그것을 체포라 할 수도 없을 걸세.

이후 돌아온 고국에서 내가 받은 수많은 굴욕을 자네는 기억하고 있나. 있는 그대로의 사실과 이랬으면 좋겠다는 자신들의 바람, 게다가 일이 그랬으면 재밌어질 것이라는 흥미 본위의 관심조차 구별하지 못하는 인간들이 나를 가리켜 악귀라며 공공연히 지탄했네. 그 무렵 나는 자신이 이런 아둔한 자들이 넘쳐나는 나라로 돌아왔다는 사실을 깨닫고 그저 암담할 따름이었네. 앤트워프의 총성이 다 뭔가, 아는 척하는 것도 정도가 있지. 과거의 나였다면 가만히 당하고만 있지는 않았겠지만, 나에게는 가나코가 있었네. 나는 침묵을 지켰어. 일본의 미덕인 인내를 익혔지.

그들은 내 침묵을 죄책감이라 해석했네. 내가 좋아하는 작가의 말을 빌리자면 이랬지. "묵살하든 반론하든, 중상모략은 스페인 독감처럼 퍼져나간다."

하지만 내가 좋아서 묵살을 택한 건 아니네. 그렇게 할 수밖에 없었던 거지. 그러나 그 침묵을 가지고도 왈가왈부하는 그들의 어리석음에 내 자존심은 견디지 못했어. 아무 말도 하지 않으면서 널리 주장한다. 나는 그 명제를 풀기 위해 후카시*에서 졸필을 들었네. 그렇게라도 하지 않으면 발작적으로 비명을 지르며, 내게 유일하게 남은 가나코마저 내팽개치고 광기의 세계로 도망칠 것 같았기 때문이지. 취미로 시를 읊는 자네와는 사정이 다르네. 나는 반드시 써야만 하는 다섯 개의 단장에 무한한 경멸을 담아 한 글자 한 글자 써 내려갔어.

물론 세상에 널리 물을 생각이었네. 나를 살인자라 낙인찍은 일억 명을 도발할 생각이었어. 처음에는 그 사건에 선정적인 이름을 붙인 남자에게 보낼 생각이었지. 쓰루마키라 했던가.

---

* 마쓰모토 시의 옛 이름.

아, 하지만 나는 그에게 단 한 편만을 보냈네. 내 마음의 오분의 일에 불과하더라도, 자네의 《아사카 구회》에 보냈다간 일억 명 중 십만 분의 일도 읽지 않을 테니까. 이 모순을 설명해야겠지.

물론 모두 가나코 때문이었네. 내가 제 자존심을 위해 진실을 고백했다고 쳐보세. 아마 나를 둘러싼 상황은 무엇 하나 바뀌지 않는다 해도, 가슴속 응어리는 크게 가라앉을 테지. 지금은 그걸로 족할 게야. 하지만 장차 어떻게 될까. 가나코의 앞날에 내 장황한 한탄이 그늘을 드리우지는 않을까. 오랜 세월이 지난 후, 내가 남긴 한 편의 소설이 과거를 파헤쳐 가나코까지 힘들게 만드는 건 아닐까.

자네에게는 솔직하게 고백하겠네. 아니, 지금 나는 자네 말고 털어놓을 이가 없어.

스위스에서 가나코는 방해물이라고 하기엔 뭣하지만, 도통 다루기 힘든 아이였네. 나는 내 세 치 혀가 통하지 않는 상대는 영 껄끄러웠으니까. 가나코는 내 인생을 너무나 속박했어. 그것이 부모가 되는 일이라는 건 이해하네. 하지만 그렇다고 그게 즐겁지만은 않았어. 어미를 잃은 딸아이가 가여웠기 때문에, 나는 최소한 모국어로 아이를 키우기 위해 일본으로 돌아왔네. 하지만 그후의 굴욕을 생각하면 내가 무엇 때문에 인

추상오단장

내하고 있는지 번뇌하게 되는 것도 당연하다고 생각하지 않나?

하지만 미야우치, 모든 상황이 달라졌네.

이 허름한 집에서 가나코가 믿고 의지하는 사람은 오직 나뿐이야. 누군가가 자신에게 의지할 때 비로소 어엿한 인간이 된다 했던가. 나는 나에게 닥친 불행이 아니라, 가나코에게서 어미를 빼앗아 간 운명을 저주하게 된 거야. 그래서 당장 제 울분을 풀기보다는, 미래의 가나코에게 재앙의 씨앗을 남기지 않기를 바라게 되었지.

나는 내 이야기를 버려야만 한다. 그런 생각에 나는 채소밭 구석에 모닥불을 피웠네. 불속에 원고지 다발을 던져 넣고, 그 사건의 모든 것을 껴안고 죽을 때까지 침묵을 지킬 작정이었어. 진심으로 그리할 생각이었네.

하지만 우습게도 나는 그러지 못했네. 도저히 그 종이 뭉치를 태워버릴 수가 없었어. 일이 이 지경이 되었는데도 기타자토 산고는 알량한 자존심을 버리지 못했는가, 기가 막혀 말도 나오지 않았지. 하지만 다른 변명도 있네. 자네와 비등한 풋내기 시인이 짧은 시 안에 죄 담지 못해 심혈을 기울여 고심 끝에 내놓은 작품. 그저 태우기 아까웠을 뿐이라 생각하니 마음이 편하더군.

대략 이러한 까닭에 자네에게 소설을 보내는 걸세.

보내기 전에 결말을 삭제했네. 이래서는 아무 의미도 없겠지만, 생각해보니 세상에는 리들 스토리라 불리는 소설도 있잖나. 그런 부류라 생각해주게. 그리고 이 소설이 자네 잡지에 어울리지 않는다면 버려도 상관없어. 오히려 나는 그편이 기쁠지도 모르겠네.

만일 실어준다면 필명은 가노 고쿠뱌쿠라 해주게.

부족하나마 이만 마치네.

기타자토 산고

미야우치에게

한 번 읽고 나서 가만히 숨을 내뱉고, 다시 한번 처음부터 읽어 내려갔다.

편지를 원래대로 정중히 접어 봉투에 넣었다. 미야우치가 복사본이 아니라 원본을 보낸 이유를 알 것 같았다. 낡은 종이의 빛깔과 질감이 흘러간 세월을 여과 없이 불러일으키고 있었다. 아버지의 과거를 알고 싶어 하는 가나코에게 이 편지는 기쁜 발견이 될 것이다. 어쩌면 다섯 편의 단장을 전부 모으는 것보다 훨씬 도움이 될지도 모른다.

문득 이대로 가나코에게 편지를 보내도 되는지 생각했다. 산고는 아마도 이 편지에 자신의 심정을 숨김없이 적었을 것이다. 나중에 철회하긴 했지만, 자신을 분명 방해물이라 표현한 문구를 보고 가나코가 슬퍼하지는 않을까. 그녀를 위해 숨겨야 하는 게 아닐까. ……하지만 요시미쓰는 머리를 흔들어 금세 그 생각을 털어버렸다. 가나코가 무엇을 알고 무엇을 몰라야 하는지, 자신에게는 그것을 정할 권리가 없다.

요시미쓰는 편지에 적힌 '앤트워프의 총성' 기사를 이미 알고 있었다.

도서관에서 찾아낸 당시의 잡지는 기타자토 산고를 범인으로 지목해 비난하고, 그의 방탕한 과거를 폭로했으며, 벨기에 경찰의 무능함을 비웃고 세상에 과연 정의가 존재하느냐며 통탄했다. 산고가 아내를 살해한 것을 기정사실로 못박으면서, 문제는 사법제도의 허점에 있다고 주장하는 기사가 줄줄이 나와 있었다.

산고는 침묵을 지켰다.

침묵했지만, 소설을 남겼다.

갈증을 느낀 요시미쓰는 방을 나왔다. 부엌에서 수돗물을 컵에 담아 목을 축였다.

거실에서 불빛이 새어 나오고 있다. 평소에는 텔레비전 소리도 들리는데, 오늘은 조용했다. 깜빡 잊고 불을 끄지 않은 건가 싶어 살며시 문을 열어보니, 고이치로가 구부정한 자세로 책을 펼치고 있었다. 검은 테 안경을 쓰고, 읽는다기보다는 책장이 상했는지 확인하듯 대충 넘기고 있었다. 바닥에는 오늘 들여온 책 한 무더기가 쌓여 있었다. 스무 권까지는 안 되어 보인다.

가게에는 수만 권의 책들이 읽어줄 이를 기다리고 있다.

어쩌면 그 한 권 한 권의 배후에 산고의 인생과 같은 이야기가 존재할지도 모른다.

편지를 읽고 새롭게 알게 된 사실이 있다.

하나는 가노 고쿠뱌쿠의 소설은 분명 '앤트워프의 총성'을 바탕으로 쓰였다는 사실이다. 엄밀히 말하자면, 그 사건으로 기타자토 산고가 범인으로 지탄받은 일을 바탕으로 쓰였다고 해야 하리라. 미야우치의 말에 신빙성이 더해졌다.

다른 하나는 그 소설들이 처음부터 리들 스토리는 아니었다는 사실이다. 가나코와 이야기했을 때에는, 가노 고쿠뱌쿠가 결말을 준비해둔 이유를 그가 성실한 작가라서 그랬다고 해석했다. 하지만 소설에는 원래 결말이 있었고, 일단 완성한

추상오단장

뒤에 미야우치에게 보내며 리들 스토리로 바꾸었다고 한다. 편지에는 '결말을 삭제했다'고 간략하게 적혀 있었지만, 마지막 한 줄을 삭제했더니 우연히 리들 스토리가 됐을리는 없겠지. 아마도 전체적으로 수정했을 것이다. 그런 수고를 감수하면서까지 기타자토 산고는 결말을 감추기를 원했다.

하지만 물론 제일 중요한 것은 네 번째 소설의 행방을 알아냈다는 점이다. 벨기에에서 일어난 그 사건에 '앤트워프의 총성'이라 이름 붙인 기자. 산고는 그에게 다섯 편 중 한 편을 보냈다. 그의 이름은 쓰루마키. 분명히 어딘가에서 본 적이 있는 이름이었다.

하지만 이렇게 많은 정보를 얻었음에도 불구하고 요시미쓰가 네 번째 소설을 입수하기까지는 생각지도 못한 긴 시간이 걸렸다.

그는 우선 도서관을 찾아 잡지 기사 사이에서 쓰루마키란 이름을 찾았다. 대략 한 시간 정도 지나, 쓰루마키 아키오란 이름으로 그가 기사를 썼던 잡지 《심층》을 찾을 수 있었다. 그 정보를 바탕으로 요시미쓰는 출판사에 전화를 걸었다. 하지만 여기서 막다른 골목에 직면했다.

요시미쓰는 스고 서점과 북스시트에서 일하고 있었지만, 이제껏 출판사에 전화를 걸 일은 없었다. 좀더 정중하게 응대하겠거니 했는데, 안내를 거쳐 연결된 《심층》 편집부에서 전화를 받은 이는 자못 거만한 말투의 남자였다.

"네, 《심층》 편집부입니다."

전화는 공중전화로 걸었다. 초록색 전화기는 지저분했고, 일이 원하는 대로 풀리지 않은 누군가의 화풀이 대상이 되었는지 긁힌 상처까지 눈에 띄었다. 전화박스 안에는 성인용품 가게와 유흥업소 광고지가 덕지덕지 붙어 있었고, 기분 탓인지 이상한 냄새까지 나는 것 같았다.

요시미쓰는 최대한 담담하게 물었다.

"바쁘신데 죄송합니다. 귀사의 잡지를 애독하는 스고라고 합니다."

"아, 감사합니다."

"저기, 기자분 중에 쓰루마키 아키오란 분이 계십니까?"

"쓰루마키? 그게 누구지? 잘 모르겠는데요."

귀찮은 것인지, 아니면 지쳐서 예의를 차릴 여유가 없는 것인지는 알 수 없었다. 목소리를 잘 들어보니 전화를 받은 사람은 제법 젊은 것 같았다.

요시미쓰는 가지고 온 노트를 보며 다시 한번 물었다.

"귀사의 잡지에서 1971년에 기사를 쓰신 분입니다만."

"1971년이라고요?"

　　　　　　　　　　　　　　　　추상오단장

웃음 섞인 목소리였다.

"그럼 당연히 모르죠. 내가 초등학생 땐데."

"이제 그 회사에는 안 계십니까?"

"우리 편집부에는 없네요. 그런 용건이라면 대표번호로 문의하시죠."

오래전 일이라 요시미쓰도 애초에 쓰루마키가 아직 현역이리라고는 생각하지 않았다. 그는 물러서지 않고 다시 물었다.

"예전 일을 잘 아시는 분은 안 계십니까?"

"이보세요, 누군데 그런 걸 묻습니까?"

"기사를 읽은 스고라고 말씀드렸는데요."

"쓰루마키란 사람과 아는 사이도 아니잖습니까. 우리 쪽에 이러시면 곤란합니다."

상대는 말끝에 불쾌함을 내비치며 말했다. 요시미쓰는 무의식적으로 손을 움직여 주머니의 동전을 꽉 쥐었다. 더이상 진전이 없을 거란 생각에 손이 망설여졌다. 그래도 만일의 경우란 것을 기대하며 십 엔짜리 동전을 전화기에 넣자, 수화기 너머에서 다른 기척이 났다. 쓰루마키가 어쨌는데? 그렇게 묻는 누군가의 목소리가 들렸다. 상대는 비웃듯 이상한 전화예요, 하고 말했다. 무언가 둔탁한 잡음이 귀를 찌르더니 다른 상대가 전화를 받았다.

"실례합니다. 전화 바꿨습니다. 부장인 이소자키라고 합니다. 쓰루마키 씨를 찾으신다고요."

처음 전화를 받은 남자보다는 정중했지만, 그래도 격의 없다는 느낌을 지울 수가 없었다. 요시미쓰는 힘주어 말했다.

"쓰루마키 씨가 1971년에 쓰신 '앤트워프의 총성'이란 기사를 읽었습니다. 당시 일을 꼭 듣고 싶습니다만."

"그러시군요."

이소자키라는 남자는 아무것도 묻지 않았다. 쓸데없는 소리는 일절 하지 않고, 주저 없이 답했다.

"그건 어렵겠군요. 쓰루마키 씨는 세상을 떴습니다."

기타자토 산고도 고인이 되었으니, 어쩌면 그럴지도 모른다는 생각은 했다. 각오했던 만큼 요시미쓰는 재빨리 마음을 추스르며 말했다.

"그렇군요. 유감입니다. 그럼 유족분들은."

"전화로 그런 것까지는 대답해드릴 수 없습니다."

"당연한 말씀입니다만……."

하지만 이소자키는 말을 이었다.

"일반적으로는 이렇게 대답해야겠지만, 쓰루마키 씨의 경우는 조금 다릅니다. 독신이었기 때문에 생전에 가깝게 지냈던 유족도 없을 거라 생각합니다. 적어도 제가 아는 바로는

추상오단장

없습니다."

"그렇군요."

"용건이 끝나셨으면 이만 끊어도 될까요?"

"아, 네. 감사합니다."

통화를 끝내려는 말에 감사의 뜻을 전하자, 일 초가 아깝다는 듯 전화는 금세 끊어졌다. 공중전화는 동전을 되돌려주지 않았다. 요시미쓰는 잠시 수화기를 귀에 댄 채 우두커니 서있었다.

네 번째 소설을 찾을 실마리는 제대로 따라가볼 새도 없이 뚝 끊어졌다.

이십 년 전에 받은 소설을 개인이 지금까지 보관하고 있으리라는 보장은 없다. 그래도 기타자토 산고가 쓰루마키 아키오에게 소설을 보냈다는 사실이 명확해진 지금으로서는 그를 찾을 수밖에 없었다. 하지만 이미 고인이 된데다 독신이었다고 하니 어찌 손쓸 방법이 없었다.

열흘이 지나고, 스무 날이 지났다. 그리고 언제 시간이 흘렀는지도 모른 채 한 달이 지났다. 요시미쓰는 길모퉁이에 핀 수국을 가급적 보지 않으려 애썼다.

일이 순조롭게 풀릴 때는 혼자서도 어떻게든 해낼 수 있을 것만 같았다. 하지만 정체 상태에 들어서자 비로소 아무 도움도 되지 않는다 해도, 이야기할 사람이 있었으면 좋겠다는 생각이 들기 시작했다. 하지만 구제 쇼코는 이제 없다.

이 난국을 어떻게 헤쳐 나갈지, 이렇다 할 생각이 도통 떠오르지 않았다. 습기 찬 계절이 지나고, 뙤약볕이 살갗을 찌르는 듯 느껴지기 시작한 어느 날이었다.

북스시트의 심야 아르바이트는 여름이 시작되고 해가 길어지면서 폐점 시간인 자정까지 일이 늘어 바빠졌다. 하지만 유독 그날에는 손님의 발길이 끊겼고, 가게에는 유선방송에서 흘러나오는 음악만이 쓸쓸하게 울려 퍼지고 있었다.

요시미쓰가 맡은 일 중에 슬립 정리가 있었다. 슬립이란 책 사이에 끼우는 길쭉한 종이로, 매상을 파악하는 데 쓰인다. 쌓인 슬립에 적힌 책 제목을 보고 참고서나 실용서, 만화 등 이런저런 분야에 따라 나누면 된다. 수많은 책 제목을 보다 보면 즐겁기도 하지만, 익숙해지면 그저 기계적인 작업일 뿐이다.

슬립 매수는 평소보다 적었다. 예정보다 정리가 빨리 끝나서 문을 닫을 때까지 시간이 비었다. 요시미쓰는 카운터에 놓인 메모지에 볼펜으로 낙서를 했다.

메모지에 적은 이름은 가노 고쿠뱌쿠, 기타자토 산고, 기타자토 도마코, 기타자토 가나코, 그리고 쓰루마키 아키오였다.
잠시 정신을 빼놓고 있었는지 등 뒤에 다구치가 서 있는 것도
눈치채지 못했다.

"흔한 이름은 아니네. 손님이 개별 주문한 책이야?"

다구치의 목소리에 요시미쓰는 뒤를 돌아보며 무뚝뚝하게
대답했다.

"아, 아닙니다."

메모를 찢어버리기 위해 손을 뻗었지만, 불현듯 든 생각에
무심코 질문을 던졌다.

"아시는 작가인가 보죠?"

"잘은 몰라. 작가던가?"

"아뇨, 아닙니다. 같은 성이 셋이니 가족으로 보이죠?"

하지만 다구치는 의아한 표정을 지었다.

"그렇지. 그런데 내가 물어본 건 이 쓰루마키란 사람이야.
옛날에 잠깐 쇼트쇼트란 장르가 유행했을 때, 유행에 편승한
책을 낸 적이 있거든. 읽어봤는데 영 별로였지만."

요시미쓰는 잠시 생각에 잠겼다. 다시 한번 가게를 둘러보
았지만, 역시 손님은 없었다.

"이 사람, 잡지 기자던가 자유기고가던가였다고 하던데요."

"그래? 그래서 그런 책을 냈군."

"지금 이 사람에 대한 정보를 모으고 있는데, 벌써 돌아가셨다고 하더군요. 저서는 그 한 권밖에 없나요?"

"글쎄. 책 뒷부분을 보면 거기 서지 정보가 실려 있을지도 모르지."

만일 쓰루마키가 '앤트워프의 총성'에 관련된 책을 썼다면, 참고 자료로 산고의 단장을 실었을지도 모른다. 가능성이 희박하다는 사실은 알고 있었지만, 지푸라기라도 붙잡는 심정으로 매달릴 수밖에 없었다. 심야 근무에 따라오는 졸음도 날아갔다.

"저기, 그 책 지금도 가지고 계세요?"

다구치는 고개를 갸웃거렸다.

"글쎄. 쇼트쇼트는 다 사 모으던 시절이 있었으니 아마 가지고 있을 거야. 집에 가서 찾아볼게."

"제목을 가르쳐주시면 제가 도서관에서 찾아볼게요."

"문고본인데 도서관에 있을까? 그리고 제목은 잊어버렸어."

말끝을 흐리더니, 다구치는 손뼉을 짝 치며 말했다.

"자, 그보다 이제 문 닫을 시간이야. 카운터 부탁해."

일주일 뒤, 다구치는 북스시트에 낡은 문고본을 들고 왔다. 책 제목은 『쓰루마키 아키라의 쇼트소설 극장』. 아키라와 아키오, 이름은 달랐지만 지은이 소개를 보니 '쓰루마키 아키오 명의로 논픽션 저서 다수'라 적혀 있었다.

"미리 말해두는데, 재미있는 건 하나도 없었어."

다구치는 책을 건네며 몇 번이나 못을 박았다.

초판 발행은 1978년.《아사카 구회》에 가노 고쿠뱌쿠의 소설이 실렸던 게 1975년이니, 출간되기까지 시간적으로 다소 공백이 존재했다.

찌는 듯 무더운 밤이었다. 창문을 열고 환기를 시킨 뒤, 요시미쓰는 자기 방 어스름한 전등불 아래서 그 낡은 문고본을 펼쳤다. 기대했던 서지 정보는 찾을 수 없었다. 그 대신 수록 작품이 발표된 지면이 적혀 있었다. 거의 대부분이 단행본에서 처음 발표된 작품이었고, 얼마 되지 않는 잡지 게재 작품도 1977년도에 집중되어 있었다. 하지만 딱 한 편, 1974년에 발표된 작품이 있었다.

요시미쓰는 별생각 없이 그 작품을 펼쳤다. 제목은 '어두운 터널'. 첫줄을 읽은 순간, 등줄기에 전류가 흘렀다.

그 이야기는 이렇게 시작하고 있었다.

"일찍이 남미를 여행하다, 볼리비아의 포토시란 도시에서 기이한 이야기를 들었다."

2
어두운 터널

쓰루마키 아키라

일찍이 남미를 여행하다, 볼리비아의 포토시란 도시에서 기이한 이야기를 들었다. 부득이한 사정으로 빚을 진 남자가 간신히 그 빚을 갚을 돈을 마련했지만, 어쩌된 일인지 이미 수중에 있어야 할 돈을 아직도 받지 못했다고 한다. 그의 처자가 산 너머 마을에서 돈을 가지고 오기로 했는데, 전날 저녁에 도착했어야 할 이들이 날이 밝아도 도착하지 않았다 한다. 변제 기한은 당일 6시, 그 시간이 지나면 안됐지만 재산은 압류를 면치 못하리라 했다. 처자의 안부와 파산의 위기. 호탕하다 소문난 남미 사내도 피할 수 없는 두 문제와 직면하자 낯빛이 어두워졌다.

남자는 내가 묵는 여관으로 달려왔다. 여관 주인과 가까운 사이인 모양이다. 상쾌한 아침을 위해 마테차를 마시던 내 옆에서, 두 사람은 이런 이야기를 나눴다.

"내 잘못이야. 아내와 딸아이에게 무슨 일이라도 생긴다면, 돈이 다 무슨 소용이겠어."

"고개를 넘어오잖아. 시간은 걸리지만 험한 길은 아니야. 하지만 혹 다쳤을지도 모르겠군. 나도 같이 갈 테니 찾아보자고."

"아니, 실은 그게 아냐. 그 둘은 고개를 넘지 않았어."

"고개를 넘지 않았다고? 설마하니 자네……."

남자는 마지못해 고개를 끄덕였다.

"그래. 터널을 지나라고 했어. 요새 고개에 도적이 출몰한다는 이야기를 들었거든."

말이 끝나자마자 여관 주인의 얼굴이 벌겋게 달아올랐다.

"이 사람아, 어찌 그런 멍청한 짓을 했어. 있는지 없는지도 모르는 도적 때문에 제 손으로 처자식을 사지로 내몰아? 우리 둘만으로는 부족하겠군. 마을 사람들을 불러와야겠어."

여관 주인이 뛰쳐나가자, 남자는 힘없이 근처에 놓인 의자에 털썩 주저앉아 머리를 감싸고 꿈쩍도 하지 않았다.

여정에도 얼마간 여유가 있었고, 이야기를 훔쳐들어놓고 모른 척하는 것도 매정한 짓이다. 그리고 무엇보다 유명한 볼리비아의 동굴을 가까이서 볼 좋은 기회였다. 곧바로 결성된 수색대에 나도 참가하기로 했다. 나는 여관 주인이 몸 둘 바 몰라 할 거라 생각했다.

"손님도요? 그러면 고맙죠."

그런데 주인은 말은 그렇게 했지만 딱히 고마워하는 기색도 없이 승낙했다.

한 수색대원이 트럭을 몰고 왔고, 장정들은 트럭 짐칸에 올라타 이동했다. 고지대인 까닭에 하늘 빛깔이 무척 푸르러서, 나는 줄곧 하늘만 올려다보고 있었다. 하지만 뒤늦게 수색대원들의 침통한 얼굴이 눈에 들어왔다. 그 표정은 우리가 앞으로 하려는 구조 작업이 얼마나 위험한지 암시하고 있었다.

그 가운데 오직 한 사람, 위도 아래도 보지 않은 채 입을 꼭 다물고 있는 사내가 있었다. 다른 장정들은 노동으로 단련된 강철 같은 육체를 지니고 있었지만, 그 혼자 피둥피둥 살진 몸을 하고 있었다. 그런데도 날카로운 눈빛만은 다른 이들을 압도했다. 내 시선을 눈치챈 사내는 조소하듯 미소를 지으며 휙 고개를 돌렸다. 눈에 거슬리는 사내였다.

그대로 삼십 분 남짓 이동했을까. 풀 한 포기 찾아보기 힘든 살풍경한 바위산에 도착했다. 포장도 되지 않은 험한 길가에 입을 떡 벌리고 있는 터널이 보였다. 폭은 성인의 두 팔 너비 정도였고, 장신의 남자라도 머리를 숙이지 않고 들어갈 수 있을 만한 높이였다. 남미의 이글거리는 태양은 터널 입구에서 몇 걸음 들어간 곳까지 비췄지만, 그 안쪽으로는 새까만 어둠이 자리하고 있을 뿐이었다.

하나 터널이 어두운 건 당연지사다. 무엇을 그리 두려워할 필요가 있는지 도무지 이해가 가지 않았다. 곧바로 터널 안으로 돌입할 거란 내 생각과는 반대로, 강인한 장정들은 멀찍이 떨어져 터널 입구를 둘러싸고 있을 뿐이었다.

"발자국은 없군."

여관 주인은 웅크리고 앉아 발밑 땅을 만져보면서 대단한 발견이라도 한 양 그렇게 말했다.

거의 대부분의 사람이 손전등을 소지하고 있었으니 어두워서 주저하는 것은 아닐 터였다. 어서 구해야 하는데, 서로 얼굴을 마주 보며 그런 뻔한 소리를 속삭이기만 할 뿐 아무도 먼저 나서려 하지 않았다. 그런 주제에 처자식 걱정에 애간장이 타는 남자가 자기가 가겠다며 앞장서자, 모두 나서 위험하니 서두르지 말라고 만류하는 것이었다. 두 사람으로는 부족하니 도움을 청하겠다고 한 것은 사람이 아니라 용기가 필요했기 때문이리라.

하지만 그들이 단순히 겁을 먹고 저런 태도를 취하는 것 같지는 않았다. 고개를 갸웃거리는 나를 향해 조금 떨어진 곳에서 살진 사내가 손짓하고 있었다. 가까이 다가가자 사내는 내 어깨에 팔을 두르고 다른 이들로부터 멀어졌다. 그는 이렇게 말했다.

"당신 여행자지? 무슨 연유로 여기 있는지는 모르지만, 괜한 짓은 말라고."

좋은 마음으로 도우려 한 사람에게 하는 말치고는 너무 심하다. 슬그머니 화가 났다.

"그럴 생각은 없소. 그저 도우려는 것뿐이오. 그러는 당신은 누구요?"

"난 경찰이지. 경찰이었어. 내 말 잘 들어."

사내는 비아냥대듯 얼굴을 찡그린 채 웃었다.

"두려움을 모르는 자가 제일 용감한 법이지. 아무래도 당신은 목숨 아까운 줄 모르고 저 터널에 들어가려는 모양이군. 하찮은 일로 이 나라 사람들이 죽어나가는 건 일상다반사지만, 여행자가 그랬다간 일이 성가셔지거든. 그러니 얌전히 있어."

나는 어깨를 으쓱하며 말했다.

"가지 말라면 가지 않겠소. 하지만 경찰이라면 당신이 선두에 서야 하는 거 아니오? 슬그머니 뒤꽁무니로 빠지지 말고."

"경찰이었다고 했잖아. 이제는 아니야. 그리고 설령 내가 현역이라 해도 그런 짓은 안 해. 나도 목숨 아까운 줄 아는 사람이라고."

추상오단장

"저 터널의 무엇이 그리 두려운지 모르겠소. 그저 어두운 통로일 뿐이잖소. 저 안에 괴물이라도 사는 거요?"

전직 경찰은 사람을 업신여기듯 기분 나쁘게 웃었다.

"괴물이라. 상상력이 풍부하시군. 상상력은 어린애들에게 불가결한 요소지. 하지만 아니야."

한차례 비웃더니, 그는 불현듯 진지한 얼굴로 말했다.

"저 터널은 오랫동안 산 양쪽을 이어왔어. 자동차가 보급되고 고갯길이 뚫리자 사람들의 발길이 뜸해졌지만, 그래도 하루에 몇 명씩은 꾸준히 다녔지. 나도 어릴 적에 저 터널을 지나다녔고. 내부는 일직선이 아니라 제법 구불거리지. 그래서 빛이 들지 않는 거야."

수색대원들은 누가 어떤 순서로 터널에 들어갈지 아까부터 줄곧 논의만 하고 있었다. 명예를 중시하는 사내들이 자신이 가겠다고 나설 때마다 다른 누군가가 만류하고는 했다.

"예전에 혁명군이 이 근처를 점령했다 상황이 불리해진 적이 있지."

전직 경찰이 설명을 시작했다.

"처음에는 포토시에 백 명이 왔지만, 달아날 때는 고작 열 명이었어. 고갯길이 막히자 그들은 이 터널을 지나 어딘가로 사라졌어. 사람들이 이 터널을 멀리하게 된 건 그때부터야.

이곳 사람이라면 누구나 알고 있는 소문인데, 혁명군은 터널 내부에 갖가지 함정을 설치해 정부군의 추적을 막았다고 하더군. 아무것도 모른 채 들어간 사람들도 있었지만, 함정에 빠졌는지 폭탄에 당했는지, 아무튼 살아 돌아오지 못했어."

나는 무심코 캄캄한 터널 내부를 쳐다보았다. 강렬한 햇빛만큼 땅에 드리운 그림자도 짙었다.

하지만 이 불쾌한 사내의 말을 곧이곧대로 믿기도 왠지 싫었다. 나는 이렇게 물었다.

"정부군은 그 뒤처리를 하지 않은 거요?"

"왜 군에서 그렇게까지 해야 되는데?"

사내는 기분 나쁘게 히죽거리며 그렇게 반문했다.

"그리고 어디까지 소문이야. 어쩌면 별 탈 없이 지나갈 수 있을지도 모르잖아."

"왜 아무도 확인하지 않은 거요?"

"차가 있으면 고개를 넘으면 되니까. 그리고 자동차 보급률도 예전보다 훨씬 높아졌다니까."

별안간 터져 나온 큰 소리에 나는 뒤를 돌아보았다. 남자가 터널 안을 향해 여자의 이름을 부르고 있었다. 행방불명된 처자식의 이름이리라. 그 비통한 목소리가 가슴을 찔렀다.

하지만 이상하다는 생각이 들었다. 나는 전직 경찰에게 물

추상오단장

었다.

"그럼 왜 저 남자는 자기 처자식에게 이 길을 지나오라고 한 거요? 그리고 그네들은 왜 순순히 그 말대로 터널에 들어간 거요? 이곳 사람은 누구나 다 알고 있는데, 저들만 위험한 줄 몰랐다는 거요?"

전직 경찰은 처음으로 혐오감을 드러내며 얼굴을 찡그렸다. 외부인의 참견에 불쾌해하는 줄 알았는데, 아무래도 아닌 것 같았다. 목이 터져라 처자식의 이름을 외치는 남자를 힐끗 본 뒤, 사내는 나지막한 목소리로 말했다.

"당신은 여행자니 내일이라도 이곳을 뜨겠군. 그러니 특별히 가르쳐주지. 이 터널 안에 함정이 있는지 없는지, 저자는 진실을 알고 있어. 알고 있어도 이상할 게 없지. 왜냐면 저자는 혁명군과 내통했기 때문이야. 저자가 바로 포토시에 혁명군을 끌어들인 장본인이라고. 나에게 자비심이라는 게 없었다면, 벌써 총살형에 처했을 테지."

나는 두 번 놀랐다. 저 남자가 터널의 진실에 대해 알고 있을지도 모른다는 사실에 한 번 놀랐고, 그리고.

"스파이인데 어떻게 아직도 살아 있는 거요? 이 나라 정부가 그렇게 관대할 줄은 몰랐소만."

전직 경관은 발치를 내려다보며 말했다.

"관대는 무슨. 정부는 나에게도 관대하지 않았어. 그래서 난 정부에 대한 충성심이 없지."

수색대의 몇몇이 손전등을 껐다 켰다 하고 있었다. 아무래도 이제야 안으로 들어갈 사람이 정해진 모양이다. 나는 얼마간 편해진 마음으로 그들을 볼 수 있었다.

"그렇소? 그럼 안심할 수 있겠군."

"무슨 소리지?"

"저 남자는 가족에게 터널을 지나서 오라고 말했소. 요컨대, 터널 내부에 함정이 없다는 사실을 알고 있단 거겠지. 아내와 아이도 남자가 내통했다는 사실을 알지 않겠소? 그런 남자가 하는 말이니 당연히 믿고 따랐을 거고. 이렇게 늦는 걸 보니, 아마 오다가 발목이라도 삐었나 보군."

남자가 애타게 처자를 걱정하는 양 가장한 것은, 자신이 터널 안에 함정이 없다는 것을 안다는 사실을 감추기 위해서이리라. 그러고 보니 그의 외침은 격정적이기로 유명한 남미 사내인 걸 감안하더라도 다소 과장되게 들렸다. 하지만 그 역시 내막을 알고 나니 웃으며 받아들일 수 있었다.

하지만 전직 경찰의 표정은 여전히 어두웠다.

"그랬으면 좋겠지만, 그렇진 않을걸. 당신은 저자에 대해 아무것도 몰라."

"스파이라는 사실은 들었소."

"그래. 패배한 쪽의 스파이였지. 과거 일이긴 하지만 용서받을 수는 없어. 내일이라도 집으로 헌병이 찾아올지 몰라."

그가 무슨 말을 하려는지, 나는 도통 이해할 수가 없었다.

"불안에 시달리고 있었다는 뜻이오? 저 남자의 정신이 불안정하다고?"

"그래."

전직 경찰은 힐끗 굴 안쪽을 보았다.

"불안해서 정신이 불안정해졌지. 그래서 녀석은 이 나라에서 도망치려 하고 있어. 그걸 위해서는 돈이 필요하고, 도주 생활을 하려면 홀몸이어야 편할 테니까."

요컨대 이 전직 경찰은 이런 말을 하려는 것이다.

저 남자는 처자에게 '함정은 없다. 혁명군과 내통하던 내가 제일 잘 알고 있다'고 말하며 처자를 죽음이 도사리고 있는 터널로 밀어 넣은 것이 아닌가? 빚을 구실 삼아 모은 돈을 가지고 도망치려는 것이 아닌가?

"그건 당신 억측이잖소."

"물론 그렇지."

조심해! 하고 외치는 목소리가 들렸다. 수색대원 중 가장 몸집이 작은 남자가 허리에 밧줄을 묶고 터널 안으로 들어갔다. 사람을 이렇게 모았는데도 들어가는 이는 단 한 명뿐이다. 조금 전까지라면 의아하게 생각했을지도 모른다. 지금은 이해가 간다. 만일의 경우에 대비해 희생자를 최소한으로 줄이기 위해서다.

선택된 남자의 얼굴에는 긴장의 빛이 역력했지만, 두려워하는 기색은 보이지 않았다. 그는 자세를 낮추고 천천히 신중하게 터널 안쪽으로 사라졌다.

"스파이 놈의 아내는 마음씨 고운 여자야. 딸아이도 사랑스럽지."

굴 안쪽의 어둠을 바라보며 전직 경관은 혼잣말처럼 중얼거렸다.

"만일 그 두 사람이 이 굴에서 죽은 채 발견된다면, 난 그 즉시 시내로 돌아가 헌병대에 연락할 거야. 그러면 날이 저물기 전에 모두 마무리되겠지."

그의 눈빛은 무척이나 싸늘했다.

여관 주인이 큰 소리로 외쳤다. 터널 안쪽에서 대답이 돌아왔다.

무사하냐고 외친다. 무사하다는 대답이 돌아왔다.

태양이 슬슬 중천이다. 고지대이기는 하지만, 무척 무더운 날이었다. 이 마을 남자들은 아무렇지도 않아 보였지만, 나는

추상오단장

자신이 이렇게 비 오듯 땀을 흘린다는 사실에 놀랐다.

찾았느냐고 외치는 소리가 들린다. 찾지 못했다는 대답이 돌아왔다.

이 자리에 있는 사람들 모두가 같은 생각을 하고 있으리라. 함정은 과연 있을까, 없을까?

전직 경찰조차 확신하고 있지는 않다. 혹은 이 살진 남자의 말을 믿어야 하는지도 의심스럽다. 스파이였던 남자 역시 함정의 유무 같은 건 모르고 있을지도 모른다.

피부가 따끔거리는, 불쾌한 시간이 이어졌다.

터널에 들어간 남자의 목소리는 점차 작아졌지만, 그래도 여전히 들리기는 했다. 구불거리는 모퉁이를 지났는지 그의 손전등 불빛은 더이상 보이지 않았다. 무엇을 빌었는지는 모르지만, 전직 스파이가 신의 이름을 되뇌는 소리가 들렸다.

줄곧 손목시계를 보고 있었기 때문에 기다린 시간이 채 오 분도 되지 않은 건 확실했다. 하지만 나 역시 그 시간이 오 분도 되지 않았다는 사실을 믿을 수가 없었다. 이내 들려온 남자의 목소리는 비명이었다. 좁은 터널 벽에 부딪쳐 반향을 일으켰는지 그 소리는 흡사 지옥에서 들려오는 비명 소리 같았다.

"찾았어, 찾았다고! 부인이야, 이럴 수가!"

그후로 목소리는 들리지 않았다. 누구 하나 그를 부르지 않았다. 무거운 침묵이 흐르는 가운데, 터널 안쪽에서 빛이 반짝였다.

출구를 향해 다가오는 이의 모습을 확인하기 위해 나는 뚫어져라 터널 안을 쳐다봤지만, 인간의 눈이 어둠을 헤칠 수 있을 리 없었다. 그저 속절없이 기다릴 수밖에 없다.

빛이 다가온다.

『쓰루마키 아키라의 쇼트소설 극장』

3

「어두운 터널」을 읽자마자 요시미쓰는 복사본을 마쓰모토로 보냈다. 독특한 첫머리와 어딘가 옛스러운 문체, 그리고 리들 스토리적 구성. 「어두운 터널」이 잃어버린 단장 중 하나라는 사실은 거의 확실했다.

그후, 요시미쓰는 잠시 생각에 잠겼다. 왜 『쓰루마키 아키라의 쇼트소설 극장』에 가노 고쿠뱌쿠의 소설이 실려 있는 것일까?

짐작해볼 수는 있었다. 산고는 자신이 쓴 소설을 그야말로

추상오단장

내던지듯 각각 다른 지인에게 보냈다. 그는 친구에게 쓴 편지에서 그 소설들을 한번은 진심으로 불태우려 했다는 사실을 고백했다. 완성된 이야기들은 그에게는 부질없는 것이었다.

다르게 말하자면, 저작권에서 손을 뗐다고 받아들일 수도 있다. 「어두운 터널」이 쓰루마키의 이름으로 발표되었다는 사실을 산고는 알고 있었던 것이 아닐까. 물론, 어차피 세상에 내놓지 않을 소설이니 잘됐다고 생각한 쓰루마키가 표절했을 수도 있겠지만, 기타자토 산고와 쓰루마키 아키오 모두 이 세상 사람이 아닌 지금, 진실은 아마 영원히 수수께끼로 남으리라.

그리고 의아한 점이 또 하나 있었다.

요시미쓰는 '앤트워프의 총성'이란 기사를 복사해 몇 번이고 다시 읽었다.

그후로 일상생활 중에도 문득 상념에 잠기는 일이 많아졌다.

가나코의 의뢰를 받은 후로 다섯 개의 단장이 이토록 요시미쓰의 머릿속을 차지했던 적은 처음이었다. 몇몇 키워드가 머릿속에 휘몰아쳐서 평정을 유지할 수가 없었다.

그 때문인지, 어느 날 스고 서점의 카운터를 보던 요시미쓰는 실수를 저질렀다. 가게 문을 닫은 뒤 금전출납기의 돈을 세다가 매상 금액이 칠천 엔 모자란다는 사실을 발견했다. 아마도 만 엔짜리 지폐와 천 엔짜리 지폐를 헷갈렸던 모양이다. 하루 매출이 얼마 되지 않는 스고 서점에서는 큰 손해였다. 요시미쓰는 고개 숙여 사과하며 큰아버지에게 변상하겠다고 말했다.

"돈을 만지다 보면 종종 있는 일이지. 다음부터는 조심해라."

큰아버지는 뚱한 얼굴로 그렇게 말했을 뿐, 다시 그 일을 꺼내지 않았다.

마쓰모토에 「어두운 터널」을 보내고, 요시미쓰는 열흘 정도 기다렸다. 마음은 벌써 정한 뒤였지만, 그것이 변덕이 아니라는 사실을 확인하기 위해 기다렸다.

그리고 공중전화로 전화를 걸었다. 큰아버지가 안 계신 틈에 전화를 쓸까도 생각했지만, 전화 요금이 마음에 걸렸다. 이제껏 더부살이하며 심하게 눈치를 본 적은 없지만, 매사에 조심스러워져 마음이 조금씩 비굴해지는 것 같았다.

십 엔짜리 동전으로 불룩해진 주머니로 공중전화박스에 들어갔다. 저녁 시간대, 통화 연결음이 몇 번 울린 뒤 가나코가 전화를 받았다.

"네, 기타자토입니다."

추상오단장

직접 만났을 때에도 가나코는 어딘지 모르게 격식 차린 목소리로 말했다. 전화를 받을 때에는 그런 분위기가 한층 더했다.

요시미쓰는 전화를 받을 때에도 점잔을 빼지는 않는다. 그의 목소리는 낮고, 어딘가 음침한 느낌이 든다.

"스고 서점의 요시미쓰입니다. 기타자토 가나코 씨 맞으시죠?"

"아!"

목소리에 희색이 돈다.

"보내주신 소설 읽었습니다. 분명 아버지의 작품이 맞습니다."

"쓰루마키 아키라가 가노 고쿠뱌쿠의 작풍을 모방했을 가능성은 없을까요?"

"없습니다. 그 제목을 알고 있었거든요."

가나코는 다섯 단장의 제목을 가지고 있다. 그 안에 「어두운 터널」이 있었으리라. 이렇게 될 줄 알았다면 처음부터 그 제목을 들어둘걸 그랬다. 요시미쓰는 요령 없는 자신을 한탄했다.

"감사합니다. 이제 한 편 남았네요. 그건 그렇고, 받았을 때는 놀랐습니다. 아버지의 소설이 다른 분 이름으로 출판되었을 줄은 몰랐거든요."

"쓸데없는 참견입니다만, 아마 권리는 주장할 수 있을 겁니다. 그 쓰루마키란 분도 이미 고인이 되셨습니다만."

"그랬군요. 하지만 그럴 생각은 없습니다. 아버지도 납득하셨을 거라 생각하니까요."

녹색 공중전화는 부단히 무거운 기계음을 내고 있었다. 요시미쓰가 넣은 동전의 통화 시간이 다 되었다는 소리다. 이야기하며 주머니를 뒤졌다. 일전에 《심층》 편집부에 전화를 걸었을 때와는 돈 떨어지는 속도가 완전히 다르다. 잔돈을 충분히 가져왔다고 생각했는데, 길게 통화하기는 어려울 것 같았다.

"그건 그렇고, 이번 주나 다음 주 중에 집에 계시는 날이 있습니까?"

"네?"

가나코는 순간 당혹스러운 기색을 보였다.

"음, 이번 주 목요일은 하루 종일 집에 있습니다만. 혹시 보내실 물건이라도 있으신가요?"

"네, 집에 계신다니 다행입니다. 자세한 건 나중에 다시 연락드리겠습니다. 죄송합니다, 밖에서 거는 전화라 동전이 모자라서요. 끊기기 전에 하나만 여쭙겠습니다."

추상오단장

"네, 말씀하세요."

"나머지 한 편의 제목과 「어두운 터널」의 결말을 알려주시겠습니까?"

어쩌면 대답을 듣기 전에 끊어질지도 모른다는 생각이 들었다. 가나코가 찾아볼 테니 잠깐 기다리라고 대답한다면, 아마 십 엔짜리 동전은 사라지리라.

하지만 가나코는 그 답을 외우고 있었다. 아, 하고 중얼거리더니 곧바로 대답했다.

"마지막 이야기는 '눈꽃'이란 제목이었습니다. 그리고 「어두운 터널」의 결말은."

아슬아슬하게 들을 수 있었다. 가나코의 말이 끝나자마자 기다렸다는 듯 전화가 끊어졌다.

그녀의 마지막 말이 귓가에 맴돌았다.

겸연쩍은 듯 억지웃음을 지으며, 어둠 속에서 여자아이가 나타났다.

1

　요 근래 요시미쓰와 고이치로가 저녁 식사를 함께하는 일
은 드물었다. 저녁 시간에 고이치로는 대개 파친코에 갔다가
밖에서 적당히 끼니를 해결하고 들어오기 때문이다.

　두 사람 모두 음식의 맛에는 그리 집착하지 않았다. 슈퍼에
서 사 온 닭고기 튀김이라도 상에 오르면 그날은 진수성찬이
었다. 밥에 반찬이라고는 달랑 매실장아찌 하나밖에 없는 경
우도 허다했다.

　정해진 일은 아니었지만, 식사 준비는 요시미쓰가 전담했
다. 더부살이를 시작했을 무렵에는 고이치로에 대한 감사한
마음을 담아 정성스레 음식을 만들었던 적도 있었다. 하지만

금세 그만두었다. 고이치로가 종종 저녁 시간에 돌아오지 않아서이기도 하지만, 다른 이유도 있었다. 둘이서 저녁을 먹어도 서로 아무 대화도 없이 분위기는 썰렁했고, 텔레비전이 시끄럽게 떠드는 가운데 눈치만 보였기 때문이다.

그래도 가끔 서로 시간이 맞으면 작은 식탁에 마주 앉아 식사를 하고는 했다. 그날 식탁에는 전갱이 튀김과 단무지가 올랐다. 텔레비전에서는 야구 중계가 흘러나왔다. 고이치로는 자주 교진의 경기를 시청했지만, 열렬한 팬은 아닌 듯 교진의 시합이 우천으로 취소된 오늘은 요코하마와 한신의 경기를 틀어놓았다.

무사시노에도 비가 내렸다. 8월은 내리는 비조차 무더웠다. 집에 에어컨이 있기는 하지만, 고이치로는 더위도 추위도 태연하게 견뎠다. 요시미쓰가 없었다면 여름 내내 에어컨을 한번 틀어보지도 않았을 것이다.

간단히 식사를 마치고 나서 요시미쓰는 웬일로 차를 끓였다. 요코하마 베이스타즈가 일방적으로 이기고 있는 경기였는데, 고이치로는 처음부터 보는 둥 마는 둥 했다. 그래도 요시미쓰는 광고가 나올 때까지 기다렸다가 조심스레 말을 꺼냈다.

"큰아버지, 부탁이 있는데요."

요시미쓰는 정좌하고 앉았다. 격식을 차리려는 게 아니라, 거실에서는 정좌하는 것이 버릇이 되었기 때문이다. 고이치로는 책상다리를 하고 구부정하게 앉아 있었다. 힐끗 요시미쓰를 보더니 나지막하게 대답했다.

"뭔데?"

"일전에 제사 때문에 휴가를 낸 지 얼마 되지도 않았는데 죄송합니다만, 이번 목요일에 휴가를 낼 수 있을까요. 금요일 아침에 돌아오겠습니다."

요시미쓰가 내심 기대했던 대로, 고이치로는 그다지 관심 없다는 듯 말했다.

"그래, 그러든지."

쇼코가 그만둔 뒤로, 다음 아르바이트는 아직 구하지 못했다. 다음 목요일, 스고 서점에는 임시 휴업 간판이 내걸릴 것이다.

이걸로 이야기가 끝났다고 생각한 요시미쓰는 자리에서 일어나려 했다. 하지만 큰아버지의 혼잣말 같은 목소리가 그를 불러 세웠다.

"일은 잘되어가냐? 어떻게, 학교로 돌아갈 수 있을 것 같아?"

복학할 수 있게 되면 곧바로 이 집을 나가 혼자 자취하겠다고 말해두었다. 잊어버리지는 않았지만, 만일 요시미쓰가 나가면 고이치로는 홀로 남겨진다. 불현듯 그 사실이 떠올랐다.

"아마도요. 아니, 잘은 모르겠어요."

"그러냐."

큰아버지가 아내와 사별한 지도 벌써 십 년이 다 되어간다. 요시미쓰는 고이치로의 아내인 큰어머니를 거의 기억하지 못한다. 어릴 적, 명절에 몇 번쯤 얼굴을 보았을 텐데도.

홀몸이 된 뒤로, 큰아버지는 눈이 오나 비가 오나 스고 서점을 지켜왔다고 한다. 하지만 지금은 그런 흔적조차 찾아볼 수 없다. 자신이 이 집을 나가면 큰아버지는 과연 이 고서점을 계속할까. 문득 그런 생각이 든 순간, 고이치로는 요시미쓰의 마음을 꿰뚫어 보듯 말했다.

"뭐, 네 인생이니 내가 왈가왈부하진 않겠다. 하지만 언제까지 이 집에 둘 수는 없어."

"알아요. 더 폐를 끼치기 전에 방법을 찾아볼게요."

"폐라."

텔레비전에서 다시 야구 중계가 흘러나왔다. 시합에 무언가 큰 변동이라도 있었는지, 아나운서의 목소리가 컸다.

"네가 한 밥을 얻어먹는데 폐는 무슨 폐. 하지만 더는 가게 이름을 내세우지는 마라."

고이치로는 테이블 위의 찻잔을 바라볼 뿐, 요시미쓰에게
는 눈길조차 주지 않았다.

"스고 서점에서 이러이러한 책을 찾고 있다며 헤집고 돌아
다니지는 말라는 소리다."

"……네."

"다시는 그런 짓 마."

"네."

고이치로는 요시미쓰가 스고 서점의 이름을 팔고 다녔다는
사실을 알고 있었다. 어떻게 알았는지, 그런 말은 일절 하지
않았다.

언제부터 알았는지도 모르겠다. 쇼코가 흘렸을까? 아니면
단장을 가지고 있던 다른 누군가를 통해서일까? 짐작은 가지
않았지만, 어찌되었든 고이치로는 그 이상 요시미쓰를 나무
라지 않고 용서했다.

그때 요시미쓰는 더이상 이 집에는 있을 수 없겠다고 생각
했다.

큰아버지 앞으로 들어온 일을 가로채 몇 푼의 돈을 벌었다.
하지만 어차피 인생을 헤쳐나갈 수 있을 정도의 큰돈도 아니
었다. 이 집에서 나가야 한다면 더더욱 그랬다. 가나코의 의뢰
도 이제 곧 끝난다.

자리에서 일어나 방으로 돌아가려는데, 큰아버지가 말했다.

"이 일을 통해 누군가에게 무언가 해주고 있다고 생각하지 마라. 결국 물건 사고파는 장사치일 뿐이야. 장사치면 장사치답게 끝까지 책임을 지고."

요시미쓰는 고개를 끄덕였지만, 고이치로는 등을 돌린 채였다.

텔레비전 속 야구 경기는 무사만루 찬스를 맞이하고 있었다.

도쿄에서 마쓰모토까지 가는 데에는 여러 루트가 있다.

이전에 가나코는 특급열차를 타고 왔다. 그 역시 하나의 방법이다. 물론 같은 노선을 보통열차를 타고 갈 수도 있다.

양쪽 모두 망설여졌다. 특급열차를 타면 돈이 든다. 보통열차를 타면 여러 번 환승을 해야 하니 네다섯 시간은 족히 걸리리라.

여러 가지로 생각한 끝에 고속버스도 있다는 사실을 깨닫고 그 방법을 택했다. 보통열차를 타는 것보다 빠르고, 무엇보다 요금이 저렴하기 때문이다. 이른 아침, 요시미쓰는 신주쿠 역에서 출발하는 버스에 홀로 몸을 실었다. 평일 첫차라 그런지 빈자리가 여럿 눈에 띄었다. 버스는 고슈 가도에서 주오

추상오단장

고속도로로 들어섰다.

짐은 달랑 가방 하나. 짐칸에 넣어둘 수도 있었지만, 그렇게 거치적거리지도 않아서 그냥 가지고 탔다. 가방보다는 그 안에 든 파일을 곁에 두고 싶었다.

파일에는 지금까지 모았던 네 편의 소설과 《심층》의 기사가 들어 있었다. 다시 꺼내 읽고 싶었지만, 아직 도쿄를 벗어나지도 않았는데 멀미라도 했다간 큰일이라 자중했다. '앤트워프의 총성'이라는 말을 지어낸 쓰루마키 아키오의 기사였다. 직접 읽지 않아도 눈을 감으면 그 내용을 떠올릴 수 있었다.

앤트워프의 총성

"처음 소식을 들었을 때는 항상 그랬듯 장난인 줄 알았어요. 남들 이목을 끄는 사람이었는데, 자주 고약한 장난으로 주변 사람들을 놀리고 재밌어했거든요."

피해자를 아는 여성은 처음 소식을 들었을 때 그런 인상을 받았다고 이야기했다.

1970년. 2월 10일 새벽. 벨기에의 주요 항구도시이자 수려

한 경관으로도 유명한 앤트워프의 SSQ 호텔은 때아닌 소동에 휩싸였다. 한 투숙객이 목을 맸다는 것이다. 사망자는 기타자토 도마코라는 일본인 여성으로, 당시 31세였다.

중세의 성곽을 연상시키는 모양새의 SSQ 호텔은 앤트워프에서도 손꼽히는 고급 호텔이다. 도마코 씨가 묵었던 322호실은 거실과 침실이 나뉘어져 있고, 실내에 배치된 가구들도 앤티크였다. 천장에는 호화로운 샹들리에가 걸려 있었는데, 도마코 씨는 이 샹들리에에 침대 시트로 목을 맸다고 한다.

"이 객실은 저희 호텔의 자랑이었는데, 그 사건 때문에 평판이 땅에 떨어졌습니다."

호텔 지배인 패트릭 브렐 씨는 그렇게 말했다. 올해 59세인 브렐 씨는 벽에 걸린 풍경화를 떼어내며 말했다.

"이것이 그때 생긴 탄흔입니다."

벽에 뚫린 작은 구멍은 당시의 상황을 말해주는 얼마 되지 않는 물증이었다.

기타자토 도마코 씨와 남편인 산고 씨, 그리고 네 살배기 딸, 가족 세 사람이 육로로 벨기에에 입국한 것은 사건 발생 사흘 전인 2월 8일이었다. SSQ 호텔에는 3개월 전부터 예약을 해두었고, 당일 저녁 8시 반에 투숙했다. 26세인 호텔 종

추상오단장

업원은 가족에 대해 "여행을 많이 다녀본 사람들 같았어요"라고 증언했다. 그리고 "팁도 후하게 줬고요"라고 덧붙였다. 팁은 주로 도마코 씨가 줬다고 한다.

다음 날인 9일과 10일은 시내 관광을 다녔다. 오랜 역사를 자랑하는 앤트워프에는 볼거리도 많다. 기타자토 일가의 행적을 자세히 추적하지는 못했지만, 1521년에 완성된 노트르담 대성당 같은 곳을 둘러봤으리라. 어린 자녀를 데리고 있었기 때문에, 갈 수 있는 곳은 한정되어 있었을 것이다. 이틀 동안, 기타자토 일가에게 특별히 문제가 있던 것처럼 보이지는 않았다고 한다. 10일 밤에는 룸서비스로 야식을 주문했다. 술은 주문하지 않았다.

호텔 프런트에 긴급 연락이 들어온 건 11일 오전 1시 37분이었다.

"남편인 기타자토 씨의 전화였습니다."

전화를 받은 종업원은 말을 아꼈다.

"아내가 목을 맸으니 의사를 불러달라고 했습니다. 프랑스어로 말했는데 무척 냉정한 어조였습니다."

호텔 측에서는 그 즉시 의사를 불렀고, 프런트에서 종업원 두 명을 곧바로 322호실로 파견했다. 그들이 322호실에서 본 광경은, 기타자토 씨가 바닥에 내려 양탄자에 눕혀놓은 도마코 씨와 샹들리에에 걸린 시트였다.

의사가 할 일은 없었다. 도마코 씨는 이미 숨을 거둔 후였
다. 호텔 측은 바로 경찰에 연락했다.

보고를 받은 지배인 브렐 씨도 현장에 동석했다.

"자살처럼 보였습니다. 경찰도 처음에는 이 일을 사건으로
다룰 생각은 없었던 모양입니다."

시체에는 목을 맨 흔적 외에도 왼팔에서 생채기가 발견되
었지만, 서둘러 시체를 내리려다 생긴 상처라고 생각했다. 처
음에는 경찰도 기타자토 씨에게 동정적인 태도를 취했다고
한다. 하지만 옆방 투숙객이 증언한 뒤, 상황은 일변했다.

"여러 손님들이 총소리를 들었다고 하셨습니다."

그리고 322호실을 수색한 결과, 벽에서 탄흔이 발견되었
다. 왼팔에 난 상처는 총알이 스치고 지나간 흔적이었다. 경
찰은 기타자토 씨에게 의혹의 눈초리를 보냈다.

"처음에 기타자토 씨는 경찰에게 알아들을 수 없는 말로
진술했습니다. 말을 알아듣지 못하는 척했던 거죠. 그게 일본
어였는지는 모르겠습니다만, 저희 호텔 측에게는 완벽한 프
랑스어를 구사했습니다."

그의 꿍꿍이는 금세 탄로 났고, 이로 인해 기타자토 씨의
입장은 더욱 난처해졌다. 자신의 입장이 불리하다는 사실을

깨달았는지, 그는 경찰의 수색을 받기 전에 자진해서 가지고
있던 루거 권총을 내놓았다. 진술에 의하면 세계대전중 독일
군이 사용했던 제식권총인데, 기념품으로 구입했다고 한다.
총신이 낡아 제대로 탄환이 제대로 날아갈지조차 의심스러웠
지만, 어쨌든 발포는 가능했다.

  기타자토 씨는 벨기에 경찰에 구속되었다.

  "물증이 없습니다."

  일본에서 사건을 담당한 경찰 수사관은 분한 목소리로 그
렇게 말했다.

  "검시했으면 무언가 알아낼 수 있었을지도 모릅니다. 하지
만 기타자토는 벨기에에서 부인의 시체를 화장했습니다. 유
골만 가지고는 어쩔 도리가 없죠."

  벨기에 경찰은 혐의불충분으로 기타자토 씨를 석방했다(총
기 불법소지로 벌금형 처분을 받기는 했다). 기타자토 씨는 아내
의 시체를 벨기에에서 화장했다. 매장이 주류인 유럽 사회에
서 화장터를 찾기란 여간 어렵지 않았을 테지만, 브뤼셀 주재
일본 대사관의 도움을 얻어 장례를 마쳤다. 결과적으로 그 일
은 이후 사법해부를 불가능하게 만들었다. 이에 대한 일본대
사관의 입장은 다음과 같다.

"객사한 자국민의 장례를 돕는 것은 대사관의 통상 업무 일환이며, 개별 사안에 대한 코멘트는 삼가겠습니다."

기타자토 산고 씨와 도마코 씨 부부. 그들은 어떤 인물이었을까.

피해자인 도마코 씨의 결혼 전 성은 이누이, 아이즈와카마쓰 출신이다. 고등학교를 졸업한 뒤 단신으로 상경해 신극배우로 이름을 알렸다.

"연기할 때 빛나는 타입은 아니었죠. 무대에서 내려와서야 진가를 발휘했다고 할까요."

당시의 도마코 씨를 아는 연극 관계자는 그녀에 대해 이렇게 회상했다.

"태연하게 남자를 농락하고는 싹 돌아서는 여자였죠. 하지만 왠지 미워할 수 없는, 매력적인 사람이었습니다."

항상 수많은 남자들에게 둘러싸여 있던 배우, 이누이 도마코를 차지한 사람은 당시 아직 학생이었던 기타자토 산고 씨였다.

당시 기타자토 씨의 부모님은 가시마에서 금속가공 공장을 경영하고 있었다. 공장은 그 분야의 장인이라 할 수 있는 기술자들이 모여 뛰어난 기술력으로 좋은 평가를 얻고 있었지만, 후계자인 기타자토 씨는 그런 착실한 생활에 관심을 보

추상오단장

이지 않았다. 그는 도쿄 클럽에서 아버지가 번 돈을 흥청망청 써대는 탓이었다.

앞서 인터뷰에 응한 연극 관계자는 기타자토 씨의 이야기가 나오자 얼굴을 찌푸렸다.

"학생 같지 않았어요. 돈 쓰는 것도, 성격도. 하는 짓마다 대단했죠. 그리고 조금 과하다 싶을 만큼 지기 싫어하는 성격이었고요. 뭐, 어린애 같다고도 할 수 있겠네요."

화려한 배우와 호기 넘치는 방탕아는 얼마 지나지 않아 맺어졌다. 하지만 결혼에 이르는 과정에는 몇 가지 문제가 있었다.

"일본에 미련이 없었는지 뒤도 안 돌아보고 떠나더라고요."

기타자토 씨와 도마코 씨가 선택한 곳은 스위스였다. 어학에 능통했던 기타자토 씨는 넉넉한 집안 재산을 바탕으로 스위스에서 생활했다. 이 별난 신혼생활 속에서 부부는 아이를 얻었다. 딸이었다. 이내 아이가 성장해 혼자 걸음을 떼자, 일가는 유럽 여행 계획을 세운다. 서독의 쾰른, 함부르크, 베를린을 관광하고, 벨기에의 앤트워프와 네덜란드의 암스테르담을 거쳐 스위스로 돌아올 예정이었다고 한다. 장장 한 달에 걸친 대장정이었다.

혼자 걸을 수 있다 해도 아직 어린 딸을 데리고 가는 여행
이라 하기에는 강행군이었다. 일본 경찰이 이 점에 대해 묻자
기타자토 씨는 육아에 지친 아내가 기분 전환을 하고 싶다며
조르는데 차마 거절할 수가 없었다고 설명했다.

그렇다면 그날 밤의 일에 대해서는 어떻게 설명했을까.

SSQ 호텔에 투숙한 지 사흘째. 새벽에 별안간 도마코가 샹
들리에에 시트를 걸더니, 목을 매 죽겠다고 했다. 필사적으로
말리려 했지만, 미처 손을 쓸 겨를도 없이 아내는 자살해버렸
다. 이미 목뼈가 부러져서 가망이 없다고 생각하기는 했지만,
지푸라기라도 잡는 심정으로 의사를 불렀다.

이상이 기타자토 씨가 벨기에 경찰에 진술한 내용이다. 경
찰은 당연히 그에게 이런 질문을 했다.

자살 동기는 무엇이라 생각하나?

그리고 무엇보다 권총을 발포한 사실을 어떻게 설명할 건
가?

기타자토 씨는 처음 질문에 대해서는 모르겠다고 대답했
다. 두 번째 질문에는 대답할 말이 궁했는지, 실로 믿기 힘든
설명을 했다.

시트를 목에 감은 아내는 내가 말리는 것도 듣지 않고 발판

에서 뛰어내렸다. 그래서 순간적으로 사이드테이블에 있던 권총으로 시트를 쏘려 했던 것이다.

"기타자토는 '시트를 쏘면 찢어져 아내를 구할 수 있을지도 모른다고 생각했다'고 대답했습니다. 오래된 총이었고, 그 자신도 총기를 잘 다루지는 못했기 때문에 빗나간 탄환은 도마코 씨의 팔을 스치고 벽에 박혔죠. 하지만 첫 발을 쏘았을 때의 충격에 놀라 다음 발은 쏘지 못했다고 합니다."

너무나도 절박한 상황에 처하면 사람은 평소에는 생각도 못 했던 행동을 취하기도 한다. 불이 난 아파트에서 필사적으로 도망친 사람이 신줏단지인 양 소중하게 베개를 안고 있었다는 우스갯소리도 있으니, 목을 맨 아내를 구하기 위해 시트를 권총으로 쏘았다는 그의 이야기를 무턱대고 말도 안 된다 단정 지을 수만은 없는 노릇이다. 하지만.

"그게 말이 됩니까. 다 지어낸 얘기죠."

일본 수사관은 분개하며 그렇게 말했다.

"처음부터 우리가 수사했다면 그런 이야기에 속아 넘어가지는 않았을 겁니다."

벨기에 경찰의 수사를 통해 기타자토 씨의 진술을 뒷받침해주는 증거들이 발견되었다. 예컨대 샹들리에에는 아직 시트가 묶여 있었고, 갑작스러운 충격을 견디지 못한 듯 천장에 부착된 연결 고리가 살짝 부서져 있었다. 호텔 종업원이 방에 들어왔을 때 도마코 씨는 맨발이었는데, 발판으로 추정되는 의자에는 도마코 씨의 발 지문이 남아 있었다.

하지만 도마코 씨의 자살 동기에 대해서는 아무것도 밝혀 내지 못했다.

"도마코 씨가 자살했다니, 믿을 수 없군요."

일찍이 도마코 씨를 쫓아다니던 한 남성은 그렇게 말했다.

"하지만 자살하려는 시늉은 충분히 할 수 있는 사람이죠. 남들에게 주목받기 좋아하던 사람이니까요."

설령 기타자토 씨가 도마코 씨에게 돈을 쓰지 못하게 했다면 어땠을까?

"아, 분명 난리를 쳤겠죠. 이런 가난뱅이 생활을 할 바에야 죽어주겠다면서요."

인터뷰에 응한 남성은 농담처럼 말했지만, 농담으로 치부할 수만은 없는 이야기였다.

기타자토 부부의 생활에 대해 조사하던 중, 필자의 머릿속에는 하나의 의혹이 생겨났다. 결혼하자마자 일본을 떠나 스위스에서 생활하던 기타자토 부부는 두 사람 다 이렇다 할 직업이 없었다. 기타자토 씨는 짧은 기행문을 써서 용돈벌이를 했던 모양이지만, 그것만으로 도마코 씨의 씀씀이를 감당할 수는 없었을 터였다.

두 사람이 여행중에 들렀던 재독일본인 모임 사람들도 기타자토 부부에 대해 그다지 좋은 소리는 하지 않았다.

"남들 앞에서는 금슬 좋은 척했지만, 자세히 관찰해보면 서로 눈도 안 맞추더라고요."

과연 고국을 떠나 머나먼 타지에서 살아가던 두 사람 사이에 무슨 일이 있었던 것일까. 그 내막을 아는 이는 없으리라.

"이건 어디까지나 가정입니다만."

앞서 등장한 수사관은 조심스레 이런 이야기를 했다.

"기타자토가 도마코 씨 앞으로 거액의 생명보험을 들어놓았다면 체포할 수 있었을지도 모릅니다. 분명히 보험을 들어놓았고, 기타자토는 아내의 죽음으로 돈을 벌었습니다. 하지만 그 금액이 상식 범위 안이라 혐의를 따질 수는 없더군요."

따라서 보험금을 노린 살인이라 보기는 어렵다.

하지만 사실관계를 정리하기만 해도 최소 네 가지의 커다란 의문이 발생한다.

기타자토 씨가 도마코 씨를 쏜 것은 그녀가 뛰어내리기 전이었나, 뛰어내린 후였나? 다르게 말하면, 기타자토 씨가 총을 쏜 뒤에 도마코 씨가 목을 맨 것일까, 아니면 도마코 씨가 목을 맨 후에 기타자토 씨가 쏜 것일까?

일설에는 목을 맨 사람은 경부골절로 즉사한다 한다. 하지만 이번 사건에 사용된 것은 부드러운 시트였다. 곧바로 죽지 않았을지도 모른다. 혹은 즉사했다 해도 몇 초 차이였다면 작은 생채기에서 생활반응을 찾기란 불가능하리라. 요컨대, 경찰 조사에 상관없이 발포와 액사縊死의 전후 관계는 확실하지 않다.

기타자토 씨는 순간적으로 사이드테이블에 놓인 권총을 도마코 씨에게 겨누었다고 한다. 아무리 그녀의 목숨을 구하기 위해서라고 해도, 그리고 혼란에 빠져 있었다고 해도, 아내에게 총을 겨눈다는 건 어떤 잠재의식의 발로가 아니었을까.

하지만 필자가 여기서 문제 삼으려는 건 그것이 아니다. 지금 눈앞에서 사람이 목에 밧줄을 걸고 발판에서 뛰어내리려 한다고 치자. ……그 자리에 있는 사람이 그의 목숨을 구하기 위해 취할 행동은 무엇일까?

밧줄을 자르는 일은 아니리라. 자살하려는 이의 몸을 받아들어 지탱하고, 다시 의자로 되돌려놓는 일이겠지. 그날 새벽, 앤트워프의 호텔에서 벌어난 사태가 아무리 급박했다 해도, 뛰어내린 사람을 받아주기보다 권총을 먼저 집어 들었다는 건 아무리 생각해도 부자연스럽다. 좋은 쪽으로 생각하자면, 기타자토 씨와 도마코 씨 사이에 무언가 물리적인 장애물이 있어 미처 말리지 못했다고도 생각할 수 있다. 하지만 그 설명은 다소 억지스럽게 느껴진다. 정말 그런 장애물이 있었던 것일까?

그리고 도마코 씨가 자살을 결심하고, 기타자토 씨가 그녀를 말리려 했던 동안, 또 다른 인물은 무엇을 하고 있었을까.

부부의 딸은 당시 네 살, 말을 알아들을 수 있는 나이다. 만약 정말로 부모가 죽네 사네 다투는 상황이었다면 딸이 과연 그냥 얌전히 잠들어 있었을까?

이러한 의문점을 종합해보면, 누구나 다음과 같은 추측을 절로 떠올리게 될 것이다. 누군가가 다른 누군가에게 총을 겨누는 것은 상대를 도우려 할 때 하는 일이 아니다. 사살하든지, 사살한다고 위협할 때이리라. 샹들리에에 시트를 묶고, 발판으로 의자를 준비하고, 그리고 조용히 권총을 들이댄다. 자, 의자에 올라가. 자, 시트를 목에 매.

기타자토 씨는 풀려났고, 더이상 그가 죄를 추궁당할 일은 없을 것이다.

앤트워프의 총성은 대체 무엇 때문에 울려 퍼졌을까? 기타자토 도마코 씨의 죽음은 정말 자살이었을까?

하지만 필자는 보다 인간적인 의문을 느끼고 있다. 즉, 기

타자토 산고 씨와 도마코 씨 사이에 과연 애정이 남아 있었을
까?

《심층》제107호

달달 외울 정도로 몇 번이나 읽은 기사를 반추하는 동안,
요시미쓰는 깜빡 잠이 들었다.

불현듯 눈을 뜨자, 버스는 고속도로에서 빠져나가고 있었
다. 정신없이 잠들었던 사이에 마쓰모토에 도착한 모양이다.

시간은 정오가 가까웠지만, 내내 버스를 탔다는 실감은 전
혀 들지 않았다. 큰 불편 없이 도착해서 다행이라고 생각했건
만, 막상 자리에서 일어나려니 뼈마디가 쑤셨다.

2

버스가 도착한 곳은 마쓰모토 역 바로 옆에 있는 버스 터
미널이었다. 내내 잠들어 있던 요시미쓰는 마지막으로 버스
에서 내렸다. 버스에서 내려 바깥 공기를 쐬자 시원한 바람이
피로를 풀어주었다. 해는 떠 있었지만, 도쿄보다 훨씬 기온이
낮았다.

추상오단장

올려다본 마쓰모토의 하늘은 웬지 드넓어 보였다. 평소에 도쿄의 하늘 아래서 생활했기 때문은 아니리라. 고향 가케가와의 하늘과 비교해보아도 역시 마쓰모토의 하늘이 훨씬 넓어 보였다.

가나코의 주소는 알고 있었지만, 일단 공중전화를 찾았다. 목요일은 집에 있다는 말대로 전화를 걸자 곧바로 가나코가 받았다.

"네, 기타자토입니다."

스고 서점이라고 말하려다 요시미쓰는 말을 삼켰다.

"스고 요시미쓰입니다."

가나코는 그 미묘한 변화까지는 알아채지 못한 모양이었다.

"아, 스고 씨. 그러고 보니 오늘이었군요. 뭔가 보낼 게 있다고 하셨죠."

"네, 그 일 때문입니다만."

수화기 너머에서 희미하게 시끄러운 소리가 들렸다.

"이야기가 길어질 것 같아서 직접 만나 뵙고 말씀드리는 편이 낫겠다고 생각했습니다. 지금 마쓰모토 역입니다."

"아, 네."

잠시 침묵이 흘렀다.

"……마쓰모토 역이요? 여기까지 직접 오신 건가요?"

"네, 불쑥 찾아와서 죄송합니다. 전 아무 때나 괜찮으니 오늘 안에 직접 뵙고 말씀 나눌 수 있을까요?"

"먼 길 오시느라 고생하셨습니다. 직접 오시지 않아도 제가 찾아뵈었을 텐데."

가나코의 목소리에서 불쾌한 기색은 느껴지지 않았다. 가나코와는 직접 만나 이야기를 해야만 했고, 상대방에게 마음의 준비를 할 시간을 주고 싶지도 않았다. 하지만 기별도 없이 들이닥쳐 불편하게 만들기는 싫었다. 요시미쓰의 목소리가 가벼워졌다.

"아닙니다. 중요한 이야기거든요. 어디서 뵐까요? 괜찮으시다면 가노 고쿠뱌쿠의 친필 원고를 보고 싶습니다."

전화 건너편에서 가나코는 잠시 생각에 잠긴 것 같았다.

"그러시군요. 집으로 오시겠어요?"

"찾아뵈어도 괜찮겠습니까? 실례는 아닌가요?"

"실은 오늘 마을 축제라 그리 오래 집을 비울 수가 없거든요. 사람들이 드나들지도 모르겠지만, 그래도 괜찮으시다면 전 상관없어요. 제가 마중 나가겠습니다."

"축제라고요? 죄송합니다, 제가 날을 잘못 잡았네요."

"아니에요, 오히려 더 나은 것 같아요. 조금 시끄럽긴 하지만요. 삼십 분쯤 후에 도착할 테니 역 앞 유료 주차장에서 기다려주세요. 눈에 띄는 데는 한 군데밖에 없으니까 금방 찾으실 수 있을 거예요."

약속 시간까지 앞으로 삼십 분. 요시미쓰는 역 안에서 샌드위치를 사서 끼니를 해결했다.

파란 차를 몰고 가나코가 나타난 것은 대략 한 시간이 지난 뒤였다.

차를 타고 역에서 십오 분쯤 이동하자 나무나 담장에까지 생활감이 짙게 느껴지는 주택가가 나왔다. 도중에 어느 쪽으로 달리는 거냐고 묻자, 남쪽으로 가고 있다고 생각하면 된다는 대답이 돌아왔다.

이내 전신주나 주택 문에 달린 독특한 장식이 눈에 들어왔다. 고헤이*를 가느다란 줄에 묶어, 간편한 금줄처럼 만들어 이 집에서 저 집으로, 모퉁이에서 모퉁이로 걸어놓았다.

"축제 분위기가 나서 좋네요."

"그런가요? 다른 지역에 사는 친구는 무슨 수상한 주술 같

---

* 막대기 끝에 길게 자른 흰 종이나 천을 끼운 무구. 신전에 올리거나 신관이 불제가 있을 때 사용한다.

다고 하던데.”

가나코는 그렇게 말하며 웃었다.

차는 좁은 골목을 지났다. 늘어선 민가 사이로 농경지가 보였다. 논에 심은 벼는 벌써 노랗게 익어 가을 수확을 기다리는 듯했다.

기타자토가는 나무 울타리로 에워싸인 단층 주택이었다. 눈이 많은 고장이라 지붕은 기와로 만들었다. 지은 지 얼마 안 되는 차고는 가나코의 차 한 대를 주차하기에는 너무 넓었다.

한 중년 여성이 차에서 내린 그녀를 재빨리 발견하고 다가왔다.

“아, 기타자토 씨. 외출했었어요? 아까 위원장님이 오셨다 가셨어요.”

가나코는 고개를 갸웃거렸다.

“무슨 일이시래요?”

“사람들에게 나눠줄 음식에 쓸 채소 때문에 오신 것 같던데.”

“아, 그 일은 제가 처리했어요. 죄송해요, 도와드려야 하는데.”

여성은 가볍게 손을 내저었다.

“어쩔 수 없죠. ……그쪽 분은 누구세요?”

추상오단장

그녀는 혼자 서 있던 요시미쓰를 바라보며 물었다. 요시미쓰는 어색하게 고개를 숙였다.

"고서점에서 일하는 분이세요. 아버지 장서 때문에 이것저 것 여쭤보고 있거든요. 어쩌다 보니 오늘 오시게 해서."

"어머, 그래요?"

그 대답으로 관심을 잃은 듯, 여성은 몇 마디 나눈 후 사라 졌다.

마음에 걸리는 일이 하나 있었다. 요시미쓰는 현관으로 향 하는 가나코를 향해 물었다.

"저어, 혹시 저 때문에 축제 준비를 돕지 못하게 되신 건가 요?"

가나코는 돌아보며 미소 지었다.

"아뇨. 아직 상중이라서요."

"그렇군요……."

"축제라 해도 칠석 행사예요."

"네?"

"여기서는 한 달 늦게 치른답니다. 그냥 동네 축제 같은 거 지만, 신사 경내에서 열리기 때문에 상중인 저는 일단 참석하 지 않기로 했어요."

문기둥에서 현관까지의 거리는 얼마 되지 않았지만, 그 사이에는 포석이 깔려 있었다.

멀리서 보았을 때에는 멋스러운 집이라고 생각했는데, 막상 들어가 보니 기둥도 바닥도 모두 낡은 티가 났다. 산고가 마쓰모토에 정착했을 때 구입한 집이라면 적어도 지은 지 이십 년은 족히 되었으리라. 다소 낡은 티가 나는 것도 당연할지 모른다. 하지만 그보다는 집의 넓이에 더 눈길이 갔다. 가나코가 안내한 응접실에는 도코노마도 있었고, 다다미 수도 눈으로 세어보니 스무 장이나 되었다. 란마*에 조각된 용도 무척 섬세했다.

가나코가 권한 두툼한 방석에 앉았는데, 몸이 푹 꺼져서 오히려 불편했다. 도코노마에 걸린 족자에는 선 굵은 필체로 승려인지 호테이**인지 알 수 없는 풍채 좋은 남자가 그려져 있었다.

차를 가지고 오겠다고 말하는 가나코를 향해 요시미쓰는 자신의 인상을 짧게 전했다.

"집이 참 좋네요."

하지만 가나코는 살짝 난감한 표정을 지었다.

---

* 일본식 건물에서 천장과 상인방 사이에 통풍, 채광을 위해 교창을 낸 부분.
** 칠복신 중 하나.

추상오단장

"감사합니다. 하지만 아버지와 둘이 살 때에도 이 집은 너무 넓었어요."

기타자토 산고는 친구에게 보낸 편지에서 마쓰모토의 집을 허름하다고 표현했지만, 아무래도 겸손이었던 모양이다.

어느샌가 귓가에 북소리가 들렸다. 그 소리에 무심코 창문으로 시선을 돌렸다. 자리에서 일어나려던 가나코도 요시미쓰를 따라 고개를 돌렸다. 나무 울타리가 가로막고 있어 축제 광경은 보이지 않았다. 그저 여름 하늘이 펼쳐져 있을 뿐이었다.

"아버지는 축제에 언제나 열심이셨어요."

가나코가 말했다.

"남들은 귀찮아하는 일도 마다하지 않고 도맡으셨고, 지금도 선뜻 내놓으셨죠. 옛날에는 이 고장에 애착이 있어서 그러신 줄 알았는데, 지금 생각하니 아니었던 것 같아요. 외지인이 어떻게든 정착해보려고 필사적이셨던 거죠. ……최근 들어 깨달았어요."

"이십 년이나 사셨는데 외지인이라 할 수는 없죠."

"제가 어릴 때면 그리 오래됐을 시기가 아니니까요. 그리고 워낙 오랜 역사를 지닌 곳이거든요. 차 내올게요."

요시미쓰는 가방에 든 파일을 꺼내 살펴보며 가나코가 돌아오기를 기다렸다.

가나코가 가져온 차는 차가운 보리차였다. 찻잔은 평범했고, 정중하게 받침까지 내주었다. 이 받침이 참 별나서, 찻잔을 들면 바닥에 달라붙었다 도중에 떨어져 큰 소리를 냈다. 요시미쓰의 받침은 두세 번 떨어졌고, 가나코도 한 번 떨어뜨렸다. 두 사람은 누가 먼저랄 것도 없이 쓴웃음을 지었다.

가나코가 먼저 말문을 열었다.

"일전에도 말씀드렸지만, 네 번째 이야기를 찾아주셔서 감사합니다. 그런 형태로 발표되었으니 찾느라 고생이 많으셨죠."

"네, 뭐 조금."

가나코에게는 자세한 경위를 이야기하지 않았다. 요시미쓰는 파일에서 먼저 하얀 봉투를 꺼냈다.

"《아사카 구회》의 미야우치 씨에게 제가 다시 연락을 드렸습니다. 당시 일에 대해 이것저것 이야기해주시더군요. 그러다 가노 고쿠바쿠가 미야우치 씨에게 보낸 편지에 대해 알게되었고, 그 편지에서 쓰루마키라는 이름을 발견했습니다. 이게 그 편지입니다."

"아버지의 편지라는 말씀이신가요?"

"네. 원본은 돌려달라고 하셨기 때문에 복사본입니다만. 나

추상오단장

중에 읽어보시죠. 저도 읽어봤습니다만, 아버님의 인품이 잘 드러나 있는 편지라고 생각합니다."

가나코는 살며시 앞으로 당겨놓은 봉투를 바라보고 있었다.

"아니면 지금 읽으시겠습니까?"

"……아니에요. 나중에 읽을게요."

요시미쓰는 고개를 끄덕인 뒤 말을 이었다.

"편지를 찾은 뒤로는 운이 좋아서 일이 잘 풀렸습니다. 반대로 말하자면 운이 좋았기 때문에 그다지 고생한 것도 없습니다."

"아닙니다. 스고 씨가 책에 관련된 일을 하고 계신 덕분이지요. 저 혼자였다면 아무리 운이 좋았어도 서점에 없는 문고본을 찾아내지는 못했을 겁니다."

"책 관련이랄 것까지는……."

요시미쓰는 그렇게 중얼거렸지만, 이내 자신의 말을 지워버리듯 물었다.

"그 「어두운 터널」 말입니다만, 마지막 한 줄이 다른 이야기에 비해 조금 뒷마무리가 허술하다는 생각이 들더군요."

"그런가요?"

가나코는 의아하다는 표정을 지었다.

"저는 괜찮은 마무리라고 생각합니다만."

"네, 그렇죠. ……하지만 전화로 말씀하셨던 '겸연쩍은 듯 억지웃음을 지으며, 어둠 속에서 여자아이가 나타났다'가 결말이라면, 함께 터널에 들어갔던 어머니는 어떻게 되었나, 라는 의문이 남습니다."

"아, 그렇군요."

맞장구를 치기는 했지만, 가나코는 그리 생각하지 않는 듯했다.

"하지만 분명히 작중에는 수색대원인가가 한 '찾았다'는 말이 나오잖아요. 딸은 혼자 나왔으니, 찾으러 들어갔던 사람과 어머니는 나중에 나오는 게 아닐까요?"

그러고는 눈을 내리깔고 웃었다.

"제가 너무 해피엔딩을 바라는 걸까요. 스고 씨 같은 전문가와는 해석이 다를지도 모르지요."

"아닙니다. 그렇게 생각하시는 것도 당연합니다."

요시미쓰는 파일을 펼치고 「어두운 터널」을 훑어보았다.

"……만일 터널에 함정이 없다면, 모녀의 도착이 늦어지는 것은 발목이라도 삐었기 때문이리라는 서술이 있습니다. 딸이 무사하고, 수색대원도 별일이 없다면, 어머니는 발목을 삐어서 나중에 나오리라 생각할 수 있죠."

추상오단장

"저는 그리 깊이 생각하지는 않았어요."

그렇게 말하면서도 가나코는 기뻐하는 기색을 내비쳤다. 가나코는 찻잔에 손을 뻗었다. 이번에는 떨어뜨리지 않도록 받침을 붙들었다.

그런 다음, 살짝 자세를 바로 했다.

"그런데, 그 때문에 마쓰모토까지 일부러 찾아오신 건가요?"

슬슬 본론으로 들어갈 시간이다. 요시미쓰도 무릎 위에 손을 올렸다.

"아닙니다. 실은 앞으로의 일에 대해 드리고 싶은 말씀이 있어서 찾아뵈었습니다."

"네."

"순서대로 말씀드리겠습니다."

요시미쓰는 펼쳐져 있던 파일을 뒤적여 《심층》의 기사를 꺼냈다.

"「어두운 터널」을 자기 작품으로 발표한 쓰루마키 아키라는 원래 기자였습니다. 자유기고가였을 수도 있고요. 《심층》이라는 잡지에 기타자토 산고 씨의 사건 기사를 썼지요."

선정적인 제목이 달린 기사를 탁자 위에 올려놓았다. 가나코의 표정이 싸늘해졌다.

"그건."

"가노 고쿠뱌쿠를 쫓다 보면 필연적으로 '앤트워프의 총성'에 도달하게 됩니다. 알고 계셨다고 말씀하신 적은 없습니다만, 물론 예상은 하고 계셨겠지요?"

가나코는 요시미쓰에게 아버지의 과거에 대해 이야기한 적이 없다. 물론 어머니의 죽음에 대해서도. 이 건은 요시미쓰가 독단적으로 조사한 일이다. 하지만 당사자에게 당신 부모님의 과거를 조사했다고 털어놓기란 적잖이 용기가 필요한 일이었다.

가나코는 전에 없이 매서운 눈초리로 기사를 노려보았다. 하지만 이내 한숨을 쉬었다.

"……네. 역시 이렇게 되는군요. 전부 감추려 하다니, 역시 무리였어요."

"조사중에 고마고메 대학 문학부의 이치하시란 교수를 통해 사건의 존재를 알게 되었습니다. 저도 오랫동안 아무 말도 하지 않은 점은 사과드립니다."

"아닙니다, 천만의 말씀이세요."

어쩌면. 어쩌면 가나코는 아무것도 모를 수도 있다고 생각했다. 미야우치에게도 그렇게 말했다. 하지만 역시 가나코는 알고 있었다.

"그리고 지금 기타자토 씨에게 드린 편지에는 가노 고쿠뱌쿠가 왜 소설을 쓰기 시작했는지, 그 이유가 적혀 있습니다. 자세한 내용은 편지를 읽어보시면 아실 테지만, 한마디로 요약하면 이렇습니다. ……다섯 개의 단장은 '앤트워프의 총성' 보도를 보고 쓰게 되었다."

요시미쓰는 파일을 내려다보며 말을 이었다.

"하지만 지금까지 찾아낸 네 편의 이야기와 '앤트워프의 총성' 사이에 어떤 관계가 있는지, 그 점은 여전히 수수께끼입니다. 기타자토 씨, 이 기사를 읽어보시죠."

그러나 가나코는 작지만 단호한 목소리로 말했다.

"아뇨. 그럴 필요 없습니다."

그 대답을 듣고, 요시미쓰는 그녀가 이미 그 기사를 읽었다는 사실을 알아챘다.

"그럼 뭔가 짐작 가는 것이라도 있으십니까?"

"……확실치는 않지만 마음에 짚이는 점이 있기는 합니다. 하지만 먼저 스고 씨의 생각을 들려주셨으면 합니다."

그 말에 요시미쓰는 생각을 정리해 입을 열었다.

"무언가를 은유하고 있다는 점은 알겠습니다. 네 편의 이야기에는 모두 가족이라는 키워드가 깊이 관련되어 있습니다. 그 가운데서도 부부와 딸로 이루어진 삼인 가족이라는 점이 눈길을 끌더군요."

요시미쓰는 찾아낸 단장을 탁자 위에 차례차례 올려놓았다.

《호천》에 실린 「기적의 소녀」.

《신유대》에 실린 「환생의 땅」.

《아사카 구회》에 실린 「소비전래」.

『쓰루마키 아키라의 쇼트소설 극장』에 실린 「어두운 터널」.

그 네 편의 이야기를 바라보며, 요시미쓰는 말을 이었다.

"「기적의 소녀」는 딸을 숭배하는 어머니의 이야기였습니다. 「환생의 땅」은 남편이 지은 죄로 그의 아내와 딸까지 목숨을 잃을 위기에 처한 이야기입니다. 「소비전래」는 더 노골적이죠. 아내를 태워 죽일지, 아니면 자진할지, 그 기로에 선 남편의 이야기입니다. 「어두운 터널」 역시 남편이 아내와 딸을 계략에 빠뜨려 죽이려 했는지가 이야기의 핵심이 됩니다."

여기까지 말을 이은 뒤, 요시미쓰는 힐끗 가나코의 눈치를 살폈다. 그녀는 살며시 고개를 끄덕였다.

"부탁드려요, 저는 신경 쓰지 마시고 계속 말씀해주세요."

"그럼……."

차를 한 모금 마시고 다시 입을 열었다.

추상오단장

"'앤트워프의 총성'은 아내 살해 혐의를 쓴 남편의 사건이었습니다. 기타자토 씨, 가노 고쿠뱌쿠가 소설이란 형식으로 표현하려 했던 것은 본인의 당시 심정이 아니었을까요."

심정, 그렇게 중얼거리는 가나코의 목소리가 들렸다.

"요컨대 「기적의 소녀」에 등장한 무조건적으로 딸을 사랑하는 어머니의 모습. 이 역시 실제로 있었던 일인지도 모릅니다. 그리고 작중에서 그에 의문을 제기하는 남자는 가노 고쿠뱌쿠 자신이었던 게 아닐까요?

다음으로 「환생의 땅」에서는 남편의 죄 때문에 가족까지 연좌제로 목숨을 잃을 위기에 처합니다. 이것은 고국으로 돌아온 가노 고쿠뱌쿠의 상황을 나타내는 이야기라고 생각할 수 있지 않을까요. 살인 혐의를 쓰고, 자신의 딸까지 말려들 것을 우려한 가노 고쿠뱌쿠는 마쓰모토로 거처를 옮깁니다."

숨을 크게 내쉰다.

"……그리고 「소비전래」는 작가 자신의 갈등을 그린 작품인지도 모릅니다. 이것은 자존심이 강하지만 한편으로는 겁쟁이처럼 보이기도 하는 남자의 이야기입니다. 가노 자신도 자존심이 센 사람이었죠. 이 두 인물은 서로 닮은 구석이 많습니다. 작중의 남자가 선택의 기로에 섰던 것처럼, 가노 역시 벨기에의 호텔에서 어떤 선택을 해야만 했던 게 아닐까요.

마지막 「어두운 터널」 역시 상황은 비슷합니다. 남편은 아내와 딸을 버리려는 것일까, 아니면 가족을 구하려는 것일까. 기타자토 씨, 말씀드리기 조심스럽지만 이 이야기는."

"어머니가 돌아가신 뒤 저를 두고 갈등했던 아버지의 심리 상태와 비슷하다. 그렇게 말씀하시려는 거군요?"

가나코는 무덤덤하게 말했다. 요시미쓰는 침묵으로 긍정했다.

살짝 열린 창문 사이로 바람이 약하게 불어왔다. 파일 사이에 끼워진 종이가 바르르 떨린다.

"새삼스레 말할 필요도 없지만 리들 스토리란 결말을 없앤 이야기 형식입니다. 미야우치 씨에게 받은 편지에 따르면, 가노 고쿠뱌쿠는 처음부터 다섯 개의 단장을 리들 스토리로 쓰려고 하지는 않았다고 합니다. 한번 완성한 이야기를 리들 스토리로 변경하기 위해서는 분명 대폭 수정해야 했겠죠. 그런데도 왜 굳이 그런 수고스러운 일을 했을까요?"

잠시 말을 끊은 뒤, 요시미쓰는 다시 입을 열었다.

"아버님은 그저 쓰지 않고는 견딜 수 없었기 때문에 쓰신 겁니다. 다섯 개의 단장이 자신을 위한 추상追想이었다고 한다면 남에게 보일 적에 결말은 필요 없었을지도 모르죠."

추상오단장

요시미쓰는 말없이 가나코의 반응을 살폈다.

가나코의 표정은 놀라우리만치 변함없었다. 그녀는 이야기를 흘려들은 것이 아닌가 싶을 만큼 담담한 얼굴로 물끄러미 네 편의 이야기를 바라보고 있었다.

기나긴 침묵이 흘렀다.

가나코가 천천히 입을 열었다.

"역시 전문가에게 부탁드리길 잘했네요. 아버지가 소설을 쓰셨던 이유를 알게 될 날이 올 줄은 몰랐어요."

"별말씀을요."

"그럼 저도 단도직입적으로 여쭙겠습니다만, 부탁드린 일은 어떻게 되었나요? 그러니까, 다섯 번째 이야기를 찾을 가능성이 보이시나요?"

요시미쓰는 가노 고쿠뱌쿠의 단장에 숨겨진 의미에 대해 이야기했다. 가나코가 그 의미를 처음부터 알고 있었든 아무것도 몰랐든, 이것은 하나의 발견이었다.

하지만 요시미쓰가 맡은 일은 그것이 아니었다. 그가 받은 의뢰는 다섯 편의 이야기를 찾는 것이었다.

"네. 본론은 바로 그겁니다. 그 이야기를 드리러 여기까지 찾아뵌 겁니다."

북소리가 들린다. 하지만 이야기하는 데 방해될 정도는 아니었다.

"가노 고쿠뱌쿠가 왜 소설을 썼는지 명확해졌고, 그 주제도 밝혀졌습니다."

"네. 그 점에 대해선 감사드립니다."

"아직 부탁하신 일은 다 끝나지 않았지만, 오늘부로 그만두고 싶습니다."

가나코는 허를 찔린 듯 되물었다.

"네……?"

요시미쓰는 고개를 뚝 숙이며 말했다.

"이 의뢰는 저한테는 너무 버겁습니다. 부모님에 대한 마음은 물론, 기타자토 산고 씨의 억울함을 생각하면, 생판 남인 제가 감히 이 일에 관련되어도 되는지 두렵습니다.

그리고 이미 눈치채셨을지도 모르겠지만, 저는 스고 서점에서 더부살이하는 군식구일 뿐입니다. 방금 전문가라고 말씀하셨지만, 저는 그런 대단한 사람이 아닙니다. 기타자토 씨가 제시한 보수에 눈이 멀어 덜컥 일을 맡았지만, 그 일을 사장님이 아시게 되었습니다."

가나코는 당혹스러운 표정으로 말했다.

"그럼 지금까지 다른 분이 저를 도와주셨다는 말씀이신가요?"

　　　　　　　　　　　　　추상오단장

"아닙니다. 일은 제가 했습니다."

"그럼 아무 문제 없는 게 아닌가요? 스고 씨는 제 의뢰를 받아 충분한 성과를 거두어주셨습니다. 믿고 맡기고 싶습니다."

숨이 막히는 듯했다.

"그 말씀을 들으니 기쁩니다. 다른 사람에게 조금이나마 도움이 되었다니 다행이네요."

"그러면……?"

이곳에 도착한 뒤로 요시미쓰는 망설였다.

이제 남은 건 단 한 편. 아직 어렴풋이 남아 있는 의지가 꿈틀거린다.

하지만 그는 주먹을 쥐고 다시 고개를 깊이 숙였다.

"죄송합니다. 이제 고향으로 내려가려 합니다."

가나코는 후, 하고 약하게 한숨을 쉬었다.

그녀는 그 이상 계속해달라고 말하지 않았다.

"그동안 감사했습니다."

얼마간의 침묵이 흐른 뒤, 가나코의 입에서 나온 말은 단지 그뿐이었다.

3

네 편의 이야기와 사건 기사, 그리고 몇몇 메모를 파일에 도로 넣는 요시미쓰를 향해 가나코는 말했다.

"아까 아버지의 친필 원고를 보고 싶다고 하셨죠?"

마쓰모토 역에서 전화했을 때 그런 말을 했었다.

"네."

"오늘로 그만둘 생각이셨으면서 왜 그런 말씀을 하셨나요?"

"……글쎄요. 마지막이라고 생각하니 그런 마음이 들더군요."

가나코는 부드럽게 미소 지었다. 그제야 조금 분위기가 풀어지는 듯했다.

"괜찮으시면 보고 가세요."

그리고 이렇게 덧붙였다.

"편지함은 아버지 서재에 있습니다. 방도 둘러보시겠어요?"

"그래도 괜찮을까요?"

"네. 스고 씨는 가노 고쿠뱌쿠의 제일가는 독자시잖아요."

그런 생각을 해본 적은 없었지만, 분명히 가노 고쿠뱌쿠의 소설을 네 편까지 읽은 사람은 요시미쓰와 가나코뿐이다. 제일가는 독자라 해도 과언은 아닐 터였다.

추상오단장

가나코는 앞장서 복도를 지났다. 발밑에서 삐거덕 소리가
났다.

복도를 직각으로 꺾어 들어가자 달을 그려놓은 장지문이
보였다. 문을 열자, 산고의 서재가 나왔다. 서재라는 단어를
듣고 무심코 서양식 방을 연상했지만, 방은 정통 일본식이었
다. 세 평 남짓한 방에는 책상 외에도 나무 책장이 놓여 있었
다. 사전 종류도 놓여 있었지만 대부분은 가벼운 읽을거리로,
책장에 꽂힌 책들에서 왕년의 세련된 대학생의 흔적을 엿볼
수는 없었다.

벽장 위를 힐끗 올려다보자 서랍이 있었다. 바로 저곳에 산
고의 원고가 들어 있었으리라. 그리고 책상 위에 사무용품 가
게에서 구입한 듯한 회색 상자가 놓여 있었다. 밋밋한 서류
케이스처럼 보이는 그 물건이 바로 가나코가 말한 편지함이
었다.

열어봐도 된다는 가나코의 말에 요시미쓰는 뚜껑을 열었
다.

원고지는 세월 탓에 낡았지만 부스러질 우려는 없어 보였
다. 맨 위에 놓인 원고지에 만년필로 큼직하게 "그리고 어린
아이까지 목숨을 잃었다. 나는 그저 두 눈을 감을 수밖에 없
었다"라고 적혀 있었다. 요시미쓰는 금방 이것이 「환생의 땅」

의 결말임을 기억해냈다.

손으로 세어보자, 원고지는 분명히 다섯 장이었다. 원고지를 넘기니, 기억에 남아 있는 '마지막 한 줄'이 차례차례 나타났다.

새벽녘에 발견된 불탄 시체. 그것이 가엾은 여자의 말로였다.

남자의 목은 단칼에 떨어졌다 한다.

겸연쩍은 듯 억지웃음을 지으며, 어둠 속에서 여자아이가 나타났다.

요시미쓰의 손이 마지막 다섯 장째에서 멈췄다. 그는 천천히 마지막 장을 읽어 내려갔다.

모든 것은 그 눈 속에 잠들어 있고, 진실은 영원히 얼어붙어 있다.

그것이 아직 찾지 못한 「눈꽃」의 결말이리라.

추상오단장

원고지를 뒤집자, 뒷면에는 각각의 이야기 제목이 가로쓰기로 적혀 있었다. 앞면의 글자는 뒷면에까지 비쳤지만, 제목은 앞면에 비치지 않았다.

"어라."

요시미쓰는 그 광경을 보고 중얼거렸다.

"왜 그러세요?"

"아, 별건 아닙니다만. 이 글씨는 다른 펜으로 쓴 거죠?"

들여다보던 가나코 역시 어머, 하고 놀란 목소리를 냈다.

"정말이네요. 지금까지 몰랐어요."

"본문은 만년필로 썼고, 제목은 볼펜으로 썼나 보군요. 이거, 젤잉크 볼펜이죠?"

"편히 쓸 수 있는 펜이잖아요."

요시미쓰는 불현듯 입을 다물었다. 다섯 편의 제목을 바라본다. 가나코는 의아하단 듯 물었다.

"무슨 문제라도 있으신가요?"

"……어쩌면 결말이 우리가 아는 것과 다를지도 모르겠습니다."

요시미쓰는 고개를 들고 미소를 지으려 애썼다.

"애초에 메모라면 굳이 뒷면에 쓸 필요가 없습니다. 게다가 본문을 모두 만년필로 썼는데, 제목은 모두 볼펜으로 썼다는 것도 좀 이상하네요."

"먼저 소설을 쓴 뒤에 나중에 한데 합쳐서 제목을 쓴 게 아닐까요."

"맞습니다. 하지만 그 '나중'이라는 건 몇 년 후입니다. 이 제목은 의외로 최근에 썼을 겁니다."

가나코의 입이 떡 벌어졌다.

"그런 걸 어떻게 아시죠?"

"대단한 건 아닙니다."

요시미쓰는 자신의 가방에서 볼펜을 꺼내 가나코에게 보여주었다.

"서점에서는 아직 카본 복사지를 사용하기 때문에 유성 볼펜을 사용할 때도 있습니다. 하지만 평소에는 이런 젤잉크 볼펜을 쓰지요."

"네."

"이런 볼펜은 나온 지 얼마 되지 않았습니다. 제가 어릴 적에는 없었죠. 물론 가노 고쿠뱌쿠가 소설을 썼던 이십 년 전에도 없었을 겁니다."

다시 한번 원고지를 쳐다보았다. 뒷면으로 넘기자 제목보다 본문 글씨가 연륜이 덜한 느낌이었다.

"예전 기억에 의존해 제목을 썼다면 결말이 뒤바뀌었을 수

추상오단장

도 있을 겁니다. '겸연쩍은 듯 억지웃음을 지으며, 어둠 속에서 여자아이가 나타났다.' 의외로 이게 「어두운 터널」의 결말이 아닐 수도 있습니다."

고개를 돌리자, 왠지 어색한 표정을 한 가나코의 얼굴이 보였다. 겸연쩍어진 요시미쓰는 원고지를 상자 안에 도로 넣으며 말했다.

"뭐, 대단한 의미를 부여하려는 건 아닙니다. 어찌되었든 내용이 달라지는 건 아니니까요. 다섯 개의 단장이 작가의 심정을 표현했다면, 이야기 전체에 의미가 있는 것이지 결말이 중요한 건 아니고요. ⋯⋯어쩌면 이런 이유에서 리틀 스토리로 만들었을 수도 있겠지요."

"그럴지도 모르겠네요."

그렇게만 말한 뒤, 가나코는 편지함을 도로 제자리에 돌려놓았다.

소리 없이 방이 어두워졌다. 아마 구름 때문이리라. 가나코가 휙 움직여 방문을 열었다. 빛이 얼핏 실내로 들어와, 요시미쓰는 창문을 보았다.

창문 밖에 무언가가 매달려 있었다. 납작한 화분 같은 물건이었다. 하지만 화초는 없고, 달랑 화분만 보였다.

"저게 뭔가요?"

요시미쓰의 물음에 가나코는 얼굴을 붉히며 말했다.

"아, 제대로 청소를 하지 않은 게 들통났네요. 이건 작년에 매달았던 쓰리시노부예요."

"쓰리시노부요?"

"네, 모르시나요? 도쿄의 풍습이라 들었습니다만. 이렇게 공중에 매달아놓은 화분에 이끼나 넉줄고사리를 심어 꾸며놓은 물건입니다. 참 예뻐요. 아버지가 좋아하셨죠."

"네…… 들어본 적은 있습니다."

미야우치와 기타자토 산고와의 추억 속에 등장했던 물건이다.

가나코는 말라버린 쓰리시노부를 물끄러미 쳐다보았다.

"아버지는 축제나 설날 같은 행사는 가급적 마쓰모토의 풍습을 따르려 하셨습니다. 하지만 칠석만은 예외였어요. 어린 시절부터 이상하게 생각했죠. 다른 집에서는 칠석 장식을 다는데도 아버지는 이게 우리 집 풍습이라면서 쓰리시노부를 매달곤 하셨거든요. ……지금 생각해보면 당신 나름대로 추억이 있는 물건인지도 모르겠습니다."

가나코는 그렇게 말한 뒤 뒤돌아보았다.

"아버지와 제 사정에 대해 아무 말씀도 드리지 않아서 죄송스럽게 생각합니다. 네, 저는 불행했던 아버지의 과거를 알고

추상오단장

싶었어요. 덕분에 여러 가지로 알게 되었습니다. 정말 감사합니다."

공손히 머리를 숙인 그녀는 오랫동안 고개를 들지 않았다.

종장
●
눈꽃

1

이야기가 길어질지도 모른다는 생각에, 고이치로에게는 금요일에 돌아가겠다고 말해두었다. 하지만 볼일은 모두 끝났다.

"이제 어떻게 하실 건가요?"

"이만 가보겠습니다."

가나코의 물음에 요시미쓰는 그렇게만 대답했다.

"그럼 역까지 모셔다 드리겠습니다."

"아닙니다. 축제 준비로 정신없으실 텐데 그러지 않으셔도 됩니다. 그리 멀지 않아서 충분히 걸어갈 수 있는 거리더군요. 보시다시피 짐도 없으니 천천히 걸어가보겠습니다."

"하지만 그러면 제가 너무 죄송해서⋯⋯."

요시미쓰는 억지로 미소 지었다.

"너무 마음 쓰지 마세요. 가끔은 산책하며 기분 전환이라도 해야죠."

때마침 현관에서 가나코를 부르는 소리가 들렸다.

"기타자토 씨, 이제 시작해요!"

요시미쓰는 이러지도 저러지도 못하고 곤혹스러워하는 가나코의 표정을 놓치지 않았다.

"그럼 가보겠습니다."

반쯤은 강제로 사양하고 나서 요시미쓰는 기타자토가를 뒤로했다.

축제는 멀리 떨어진 곳에서 열리는지 도로는 생각보다 조용했다. 아까 가나코와 대화를 나누던 여성이 밖으로 나온 요시미쓰를 발견하고 말을 걸어왔다.

"어머, 벌써 가세요?"

요시미쓰는 살갑게 웃으며 대답했다.

"네. 이야기도 끝났고, 오늘은 바빠 보이셔서서요."

"그러게요, 날을 잘못 잡으셨네요. 조금이라도 돕겠다고 해서."

여자는 힐끗 기타자토가의 문기둥을 보며 말했다.

추상오단장

"상중이니까 괜찮다고 했는데."

기타자토 산고가 세상을 떠난 지 아직 일 년이 되지 않았다는 사실을 요시미쓰는 알고 있었지만, 지금 처음 알았다는 듯 놀란 척했다.

"그러셨군요."

그리고 화제를 바꾸기 위해 질문을 던졌다.

"그건 그렇고, 이쪽으로 가면 역이 나오나요?"

"역? 마쓰모토 역 말이에요? 걸어서 가기엔 먼데."

"한 시간은 안 걸리겠죠."

"그건 그런데요."

"걸어가다 보면 나오겠네요. 그럼 실례하겠습니다."

멀리서 축제 음악 소리가 들려온다. 피리 음색이었다. 사람이 직접 부는지 녹음한 소리인지, 멀어서 분간이 가지 않았다.

역시 이곳의 하늘은 타지보다 훨씬 넓어 보인다. 그렇게 느끼는 이유가 무엇인지, 지금은 생각할 여유가 있었다. 몇 달 동안 가나코의 의뢰가 요시미쓰의 뇌리에 달라붙어 사라지지 않았다. 하지만 지금은 그 일을 내려놓고 스스로도 놀랄 정도로 편안한 기분을 느끼고 있다. 가볍게 걸음을 내디디며, 요시미쓰는 마쓰모토의 하늘을 올려다보았다. 그런 거였군. 이내 깨달음을 얻었다. 마쓰모토는 나무와 풀을 거의 찾아볼 수 없는 바위산에 에워싸여 있었다. 우뚝 선 그 산봉우리들이 오히려 마쓰모토의 하늘을 더 넓어 보이게 하는 모양이다. 훗, 웃음 짓고 나서 요시미쓰는 발밑으로 시선을 떨궜다.

가나코의 의뢰를 달성하기 위해 이리 뛰고 저리 뛰었던 자신의 심정에 대해 생각해보았다.

과거에 매달리는 그녀의 마음에 동정을 느끼고 단장을 찾아 헤맨 것은 아니었다.

가나코는 다정다감한 미인이었지만, 그러한 면에 마음이 흔들렸던 적은 없다.

그리고 의뢰를 통해 얻게 될 돈이 제 인생을 다시 시작하게 해줄지도 모른다는 일말의 희망조차 아마도 진정한 동기는 아니리라.

그는 괴로웠다. 등록금을 내지 못해 휴학하게 된 것도, 가업과 남편을 동시에 잃고 의지할 곳이 없어진 어머니를 보는 것도, 땅값에 놀아나다 결국 돈도 얻지 못하고 긍지도 지키지 못한 큰아버지와 이야기하는 것도, 그런 큰아버지의 집에서 허송세월하는 자신도, 그 모든 것이 고통스러웠다.

그래서 눈앞에 놓인 가나코의 별난 의뢰를 덥석 받아들였다. 잃어버린 단장을 찾는 모험 덕에 요시미쓰는 아주 잠깐이지만 현실에서 눈을 돌릴 수 있었다.

추상오단장

그러나 눈을 돌렸는데도 하나둘 모습을 드러낸 단장이 시사하는 것은 불행하면서도 다채로운 인생이었다. 본인이 바라든 바라지 않든 주인공으로 세워진 남자의 이야기였다. 그 드라마에 요시미쓰는 이제 등을 돌릴 수밖에 없었다.

걸음을 옮기는 동안, 어느새 주변 주택에서 금줄이 사라졌다는 사실을 깨달았다. 이 부근은 다른 동네인 모양이다. 피리소리도 북소리도 더이상 들리지 않았다.

해가 저물었다. 여름이라 해도 해가 저물면 제법 쌀쌀했다. 고도가 높은 지역이니 더욱 그랬다. 조금 전까지는 땀이 뻘뻘 날 정도로 더웠는데, 다소 햇볕이 약해진 것만으로 바로 바람에 찬 기운이 서렸다.

역 특유의 시끌벅적한 분위기를 느끼고 요시미쓰는 손목시계를 보았다. 걸어가도 한 시간이 채 걸리지 않을 거란 그의 예상대로였다.

올 때에는 편의와 교통비를 놓고 고민한 끝에 버스를 선택했다. 하지만 지금은 한시라도 빨리 돌아가 이삿짐을 싸고 싶었기 때문에 특급열차를 타고 올라가기로 했다. 에스컬레이터를 타고 역 2층으로 올라간 요시미쓰는 개찰구 앞에서 운행 시간표를 노려보았다. 다음 신주쿠행 열차가 도착할 때까지는 아직 한참 남았다.

　문득 난감해졌다. 그때까지 어떻게 시간을 보내야 하나. 걸어오다 역 앞에서 지역 특산주나 특산품을 파는 가게를 보기는 했지만, 산다 해도 줄 사람이 없다. 고이치로에게 선물해도 썩 달가워하지는 않으리라. 구제 쇼코의 얼굴도 떠올랐지만 그녀는 이미 자신의 길로 돌아갔다.

　요시미쓰는 배에 손을 올렸다. 꼬르륵 소리가 났다.

　"그러고 보니 소바가 유명했지."

　중얼거린 뒤, 역 주변을 어슬렁거리며 둘러보기 시작했다.

　점심시간은 이미 지났다. 가게를 몇 군데 발견했지만 모두 준비중 팻말을 내려두었다. 그러다 이내 간장으로 물들인 듯 새까만 노렌이 걸린 가게를 발견했다. 쇼윈도에도 먼지가 수북했지만, 요시미쓰는 가게 문을 열었다.

　조명이 꺼진 어두운 실내에서 한 노인이 앉아 텔레비전을 보고 있었다. 요시미쓰를 보더니 귀찮은 듯 얼굴을 찌푸렸지만, 그래도 자리에서 일어나 쉰 목소리로 말했다.

　"어서 오세요."

　"식사 됩니까?"

　주인은 대답도 하지 않고 앞치마를 걸치며 주방으로 들어갔다. 적당한 자리에 앉아 메뉴를 보니, 가격대도 대체로 저렴

　　　　　　　　　　　　　　　　추상오단장

했다.

　주인이 반쯤 찬 물컵을 가지고 왔다.

　"자루소바 하나 주세요."

　"자루소바 하나."

　번쩍거리는 텔레비전 화면이 어두운 가게 안을 비춘다. 볼륨을 잔뜩 줄여놓아서 무슨 말을 하는지조차 알아들을 수 없었다. 무슨 드라마인지, 남녀가 마주 보고 언쟁을 벌이는 장면이 흘러나오고 있었다.

　별생각 없이 보고 있었지만, 도통 내용을 알 수가 없었다. 시선을 돌리자 가게 입구 옆에 세워둔 대나무가 보였다. 등롱과 공 모양 장식 사이로 단자쿠* 몇 개가 보였다.

　음식이 나오려면 더 기다려야 할 것 같다. 요시미쓰는 자리에서 일어나 대나무를 향해 다가갔다. 단자쿠에 적힌 소원을 읽어볼 셈이었다. 하지만 단자쿠에는 아무것도 적혀 있지 않았다. 그 대신 별난 물건이 눈에 들어왔다.

　납작한 나무로 만들어진 인형. 종이옷을 입고 대나무에 매달려 있다. 남자 인형과 여자 인형 한 쌍이었다. 처음에는 나

---

*　가늘고 길게 자른 종이나 얇은 나뭇조각. 주로 글씨를 써서 다양한 곳에 묶어놓는 용도로 쓰인다.

무로 만든 히나 인형인가 했다. 하지만 금세 칠석날 장식인 견우직녀 인형이라는 사실을 깨달았다.

그러나 그 인형에는 섬뜩한 분위기가 감돌고 있었다.

"자루소바 나왔습니다."

불쑥 뒤에서 목소리가 들렸다. 어두운 표정의 주인이 자루소바 그릇을 들고 서 있었다.

"아, 죄송합니다."

자리로 돌아가려 했지만, 역시 인형이 신경 쓰였다.

"이거, 칠석날 장식입니까?"

그렇게 묻자, 주인은 소바를 테이블에 내려놓고 쉰 목소리로 대답했다.

"그렇소만."

"특이하네요."

"그런가."

"칠석날에 인형이라니, 신기해서요."

주인은 요시미쓰를 빤히 바라보며 물었다.

"여행객이오?"

"음, 그런 셈입니다. 그런데 칠석에 인형을 장식하는 건 이 지방 풍습입니까?"

"그렇소. 매년 장식하지. 신불에게 헌등하는 거요."

추상오단장

주인의 표정이 살짝 누그러졌다.

"그런 데 관심이 있소?"

그 말을 들은 요시미쓰는 당혹스러운 표정으로 쓴웃음을 지었다.

"그런 건 아닙니다. 그냥 신기해서요."

"그런가. 원래는 대나무에 매다는 게 아니라 처마에 달아놓는 거라오. 이렇게 끈으로 묶어서."

주인은 손을 흔들어 매다는 시늉을 해 보였다. 종이옷을 입은 인형이 처마에 매달린 광경을 상상하면서 요시미쓰는 말했다.

"익숙지 않은 사람 눈에는 좀 무섭게 비칠 수도 있겠네요."

"내 손자도 그리 말합디다."

그렇게 중얼거리더니, 주인은 등을 돌렸다.

면은 퍽퍽했고 쓰유도 밍밍해서 빈말로도 맛있다고는 할 수 없었다.

8월에 들어서면 해가 생각보다 빨리 저문다.

식사를 마친 요시미쓰는 가게를 나와 역으로 되돌아갔다. 개찰구를 지나 플랫폼으로 내려오자 주변은 이미 어둑어둑했다.

바람이 세서, 춥다고 할 정도는 아니었지만 약간 쌀쌀했다.

바람을 피하기 위해 요시미쓰는 기둥 그늘에 몸을 숨겼다. 그리고 열차를 기다렸다. 도쿄로 돌아가면 북스시트를 그만두겠다고 얘기하고, 고이치로에게 감사 인사를 한 뒤, 학교에 자퇴서를 제출해야 한다.

캔커피를 하나 사서 홀짝홀짝 마셨다. 너무 일찍 왔다. 마쓰모토에서 출발하는 열차인데도 특급 아즈사는 아직 모습조차 보이지 않는다.

요시미쓰는 조금 전 보았던 칠석 인형에 대해 생각했다.

처마 끝에 끈으로 매달아놓는 납작한 인형. 칠석에 장식하는 물건이니, 무언가 소원을 빌며 매달아놓는 것이겠지.

하지만 인간의 형태를 본뜬 물건은 인간 그 자체를 연상시키기 마련이다. 처마 끝에 매달린 인형은 별에게 비는 소원보다, 어떤 종류의 엄숙함을 보는 이에게 강요할 것이다. 아니, 어쩌면 그 공포야말로 최초의 소원에 걸맞을지도 모른다.

칠석 장식. 요시미쓰는 조금 전 기타자토가에서 들은 이야기를 기억하고 있었다.

—아버지는 축제나 설날 같은 행사는 가급적 마쓰모토의 풍습을 따르려 하셨습니다. 하지만 칠석만은 예외였어요. 어린 시절부터 이상하게 생각했죠.

기타자토 산고는 그 대신 쓰리시노부를 매달았다고 한다.

추상오단장

쓰리시노부는 도쿄의 풍습이다. 그리고 친구인 미야우치와의 추억이 담긴 물건이기도 하다. 그래서였을까.

가을바람이 부는 플랫폼에서 요시미쓰는 홀로 중얼거렸다.

"아니겠지."

집 안에 그런 인형을 매달고 싶지는 않았을 것이다. 왜냐면 그의 아내, 그리고 가나코의 어머니인 도마코는 샹들리에에 시트로 목을 매 자살했으니까. 소원이 담긴 인형이라는 사실을 안다 해도 그런 물건을 자기 집에 걸지 않으려고 한 것은 당연한 일이리라.

산고가 아내의 죽음을 깊이 애도했거나 그와 관련해 뭔가 후회했던 것 같지는 않다. 이제껏 보아왔던 단장과 편지, 그리고 전해 들은 이야기 등에서도 그런 감정은 조금도 느껴지지 않았다. 그러니까 어쩌면 산고는 집 안에 그런 인형을 장식한대도 아무렇지 않았을지 모른다. 하지만 그 집에 산고 혼자 사는 것은 아니다. 어린 가나코가 어머니를 떠올리고 울음을 터뜨리기라도 하면 감당할 수 없을 테니…….

갑자기 안내 방송이 흘러나왔다.

"지금 1번 홈으로 열차가 들어오고 있습니다. 승객 여러분께서는 한 걸음 물러나주시기 바랍니다."

선로 끝을 보자 특급 아즈사가 들어오고 있었다. 안전을 위

해서라기보다는 열차가 일으키는 바람을 피하려고 요시미쓰
는 한두 걸음 물러났다.

"기다리셨습니다. 신주쿠행 특급 아즈사입니다."

아직 출발할 때까지는 시간이 있다. 도쿄 역에서 타는 가케
가와행 신칸센은 홈에 들어와도 바로 문을 열지 않는다. 하지
만 아즈사는 달랐다. 문이 열리자 몇몇 성급한 손님들이 서둘
러 열차에 올랐다.

요시미쓰 또한 열차 안으로 걸음을 옮겼다.

문득 뒤를 돌아본다. 마쓰모토 시내는 어둠에 잠겨 있었다.

지금 이 열차를 타면 아마도 두 번 다시 찾을 일은 없는 곳
이다. 더이상 볼일은 없다. 이곳에는 이미 내려놓은 의뢰 외에
다른 볼일은 없으니까.

하지만 요시미쓰는 열차 안에 한 발을 들여놓은 채, 잠시
움직이지 않았다.

2

마쓰모토의 시가지는 늦은 시간까지 활기가 넘쳤다. 하지
만 조금 걷다 보면 한적한 주택가가 나온다. 불어오는 밤바람

추상오단장

에서는 벌써 가을 기운이 느껴졌다.

집들의 불빛이 띄엄띄엄 밝혀져 있고, 웅성거림이 골목을 가득 채웠다. 흔들리는 붉은빛이 보인다. 장작을 태우는 화톳불 불빛이다. 큼직한 전구가 노점상을 비추고, 아이들은 쓸데없이 비싼 물건들을 구경하며 흥분했다 시무룩해지곤 했다.

경내에는 큰북이 늘어서 있었고, 건장한 팔뚝을 내놓은 장정들이 북채를 쥐고 순서를 기다리고 있었다. 남자들도 여자들도 모두 지독한 술 냄새를 풍기고 있다. 아직 초저녁인데도 벌써 원숭이처럼 얼굴이 불콰한 사람도 있다. 마이크를 든 남자가 한 발짝 걸어 나와 알아듣기 힘든 조그만 목소리로 말했다.

"보존회의 큰북 공연이 있겠습니다."

오오, 하는 구호와 함께 좌중을 압도하는 북소리가 들뜬 분위기를 단박에 가라앉혔다. 하지만 그도 찰나에 불과했다. 이내 사격이나 고리던지기에 용돈을 쏟아붓고, 솜사탕과 다코야키를 사달라 졸라대는 아이들의 환성이 자리를 채웠다.

그러한 시끌벅적한 구역에서 조금 떨어진 곳에 삼나무들이 늘어선 공간이 보였다. 참배로에서 벗어난 곳에 위치한, 줄지어 늘어선 노점상의 뒷부분이 보이는 공간이다. 오랫동안 떨어진 삼나무 잎을 일부러 줍는 사람도 없어서 땅 위로 층층이

쌓인 잎에 다리가 빠질 정도였다. 계속 큰북 연주가 울려 퍼지는 경내에서 그리 멀리 떨어지지도 않았는데, 불빛이 없어서인지 왠지 고즈넉한 분위기가 감돌고 있었다. 제각기 간식거리를 손에 든 아이들과 어른들이 인파 속에서 빠져나와 싸구려 소스를 입에 묻히고 음식을 먹고 있었다.

그 가운데에는 삼나무에 기댄 채 한숨을 내쉬는 이도 있다. 담배를 피우는 사람도 있으며, 넘치는 활기를 견디지 못하고 지친 표정을 짓는 사람도 있다. 그리고 힘없이 늘어뜨린 손에 맥주캔 하나를 들고 삼나무 사이로 솟아오르는 화톳불을 무심하게 바라보는 여자가 있었다. 기타자토 가나코였다.

부드러운 바닥과 주변에 울려 퍼지는 큰북 소리가 요시미쓰의 발소리를 흔적도 없이 지웠다. 실제로 말을 걸었을 때도, 가나코는 자신을 부르는 줄도 몰랐던 모양이다. 우수에 찬 눈동자는 먼 곳을 응시한 채 꼼짝도 하지 않았다.

"기타자토 씨."

살짝 큰 소리로 재차 이름을 부르자, 그제야 가나코는 요시미쓰의 존재를 알아챘다. 어둠 속 가나코의 표정에는 당혹스러운 기색이 역력했다.

"어머. ……전 벌써 올라가신 줄 알았어요."

요시미쓰는 피곤에 찌든 목소리로 대답했다.

추상오단장

"역까지 갔다가 전하고 싶은 이야기가 있어서 되돌아왔습니다. 댁으로 찾아갔더니 안 계시더군요."

"용케 제가 여기 있는 줄 아셨네요."

가나코는 살며시 웃었다.

"아니, 그게……. 사실 집에 안 계신 걸 확인하고 단념했습니다. 전하지 못한다 해도 별 상관은 없을 거라 생각했거든요. 사람들이 모여 있는 쪽으로 걷다 보니 이곳에 도착했는데, 딱히 기타자토 씨를 찾으려던 게 아니라 요기나 할까 해서 들른 겁니다."

"참 신기한 우연이네요."

"네, 정말요."

무심히 주변을 쓱 둘러본 뒤, 가나코는 손에 든 맥주캔을 요시미쓰에게 내밀었다.

"괜찮으시면 이거 드세요. 받은 건데 오늘 밤에는 왠지 마실 기분이 아니었거든요. 손도 안 댔어요."

요시미쓰는 손을 내밀어 캔을 받았다.

"그렇군요. 그럼 감사히 마시겠습니다."

미지근해서 별맛 없는 맥주였지만 요시미쓰는 단번에 들이켰다.

가나코는 그 모습을 말없이 지켜보고만 있었다. 그래서 요시미쓰는 먼저 이야기를 꺼낼 수밖에 없었다. 입을 닦고, 살짝 불편한 감정을 느끼며 조심스레 말문을 열었다.

"실은 아까 말씀드린 이야기에 조금 잘못된 부분이 있는 것 같아서요."

"잘못된 부분이요?"

"네. 다섯 단장은 '앤트워프의 총성'이라는 사건 후에 본인의 심정을 남기기 위해 썼던 소설이라는 이야기 말입니다."

"그게 아니라는 말씀인가요?"

"네. 심정이 아니었는지도 모릅니다."

요시미쓰의 뺨이 벌써 달아올랐다.

가나코는 어딘가 냉랭한 눈길로 그런 요시미쓰를 바라보았다.

"아까도 말씀드렸듯 각 단장의 결말에서는 다소 위화감이 느껴져서, 좀더 생각해봤습니다. 예컨대 「기적의 소녀」의 결말은 꼭 '새벽녘에 발견된 불탄 시체. 그것이 가엾은 여자의 말로였다'이지 않아도 됩니다. '겸연쩍은 듯 억지웃음을 지으며, 어둠 속에서 여자아이가 나타났다'가 결말이어도, 리들 스토리로서는 문제가 없죠."

"그렇죠. 아까도 그 이야기를 하셨잖아요."

"네. 애초에 저는 '이야기'와 '마지막 한 줄'이 과연 절대적

추상오단장

인 조합인지, 그에 대해 의문을 가지고 있었습니다. 하지만 결말에 제목이 적혀 있었다고 하셔서 그런가 하고 납득했을 뿐입니다. 그런데 그 부분이 불명확하다면, 어렵지 않게 다른 조합도 상상해볼 수 있죠. 가노 고쿠뱌쿠의 단편은 몇 번이나 읽었으니까요."

아주 잠깐이지만, 가나코의 입가에 희미한 미소가 번졌다.

"모두 너무 무서운 이야기라 저는 그렇게 많이 읽지는 않았는데요."

"저도 달달 외우지는 못합니다. 보면서 말씀드리는 편이 정확하겠군요."

요시미쓰는 그렇게 말하며 파일을 꺼냈다. 네 개의 단장과 네 가지 결말을 나란히 놓은 다음 다시 입을 열었다.

「환생의 땅」의 결말은 '그리고 어린아이까지 목숨을 잃었다. 나는 그저 두 눈을 감을 수밖에 없었다'뿐 아니라 '남자의 목은 단칼에 떨어졌다 한다'도 될 수 있습니다.

「소비전래」의 결말은 '남자의 목은 단칼에 떨어졌다 한다' 말고도 '새벽녘에 발견된 불탄 시체. 그것이 가엾은 여자의 말로였다'도 될 수 있고요.

「어두운 터널」의 결말은 꼭 '겸연쩍은 듯 억지웃음을 지으며, 어둠 속에서 여자아이가 나타났다'가 아니어도 됩니다.

'그리고 어린아이까지 목숨을 잃었다. 나는 그저 두 눈을 감을 수밖에 없었다'라도 문제될 건 없죠."

"듣고 보니 그럴 수도 있겠네요."

가나코는 시선을 떨구며 말했다.

"하지만 아까 스고 씨도 그건 아무래도 좋은 일이라고 하지 않으셨나요? 작가의 의도가 이야기를 통해 심정을 토로하려던 데 있다면, 결말은 그리 중요하지 않다고 하셨잖아요."

"섣부른 판단이었습니다. 결말이야말로 이 이야기의 핵심인데 말이죠."

요시미쓰는 그렇게 단언했다.

불현듯 떠오른 생각, 그것이 계기였다.

기타자토 산고는 이 지방의 풍습을 적극적으로 받아들였지만 칠석 인형만큼은 장식하려 하지 않았다. 그가 아내인 도마코의 죽음을 이미 극복한 상태였다면, 매달린 칠석 인형이 아내의 마지막 모습을 연상시킨다는 이유 때문이라는 건 말이 되지 않는다. 그러면 산고는 가나코에게 그 인형을 보여주고 싶지 않았던 것일까?

거기까지 생각하자, 금세 또 다른 의문이 떠올랐다. 그렇다면 가나코는 어머니가 목을 맨 광경을 목격했던 것일까? '앤트워프의 총성' 기사에 따르면 도마코의 유체는 이미 바닥에

추상오단장

내려져 있었다고 했다. 물론 응급처치를 하기 위해서도 신속히 바닥으로 내렸으리라.

만일 가나코가 목을 맨 어머니를 목격했다면, 그녀는 사건이 일어난 순간 잠들어 있지 않고 깨어 있었다는 말이 되지 않는가. 그런 까닭에 산고는 가나코가 그 순간을 떠올리지 않게 하기 위해 처마 끝에 칠석 인형이 아니라 쓰리시노부를 매달았던 것이 아닐까.

잠들어 있었나, 깨어 있었나. 문제는 바로 그것이다.

"모르시겠습니까? 결말을 죽 늘어놓고 보면 한층 더 확실해집니다. 리들 스토리 「기적의 소녀」의 수수께끼는 '소녀는 잠들어 있었나, 깨어 있었나'. 그리고 저는 같은 의문을 다른 곳에서도 발견했습니다."

요시미쓰는 파일을 한 장 한 장 넘겼다.

펼친 것은 '앤트워프의 총성' 기사 복사본이었다.

"이 《심층》 기사에서 쓰루마키 아키오는 이런 의문을 제기합니다. '부모가 죽네 사네 다투는 상황이었다면 딸이 과연 그냥 얌전히 잠들어 있었을까?'

기타자토 씨는 미야우치 쇼이치 씨에게 보낸 편지에 '아무 말도 하지 않으면서 널리 주장한다. 나는 그 명제를 풀기 위해 이곳 후카시에서 졸필을 들었네'라고 적었습니다. 저는 이

말을 건성으로 흘려 넘겼습니다. 당시 심정을 소설로 옮겼다는 정도로 생각했죠. 하지만 아니었습니다. 완벽하게 매치됩니다. '앤트워프의 총성' 기사에서 제기된 '딸은 사건 당시 잠들어 있었나?'라는 물음에 답하기 위해 그는 「기적의 소녀」를 썼던 겁니다.

마찬가지로 '도마코 씨가 목을 매기 전에 총을 쏘았는가, 맨 후에 쏘았는가?'란 물음에 답하기 위해 「환생의 땅」에서 '피해자가 상처를 입은 것은 생전인가, 사후인가?'란 문제를 제기했습니다. 기타자토 씨는 도마코 씨를 구하러 가지 못했다. '그를 막아선 방해물이 있었는가?'란 의문에 답하려 했기 때문에, 「어두운 터널」에서는 '장애물의 유무'를 수수께끼로 남겨놓았죠. 소설은 당시 언론이 던진 의문이고, 마지막 한 줄은 그에 대한 답이었던 겁니다."

갈증을 느끼고, 요시미쓰는 얼마 남지 않은 맥주를 들이켰다.

"'앤트워프의 총성은 대체 무엇 때문에 울려 퍼진 것일까? 기타자토 도마코 씨의 죽음은 정말 자살이었을까?' ……그렇게 물었기 때문에 「소비전래」에서는 살인과 자살의 기로에 선 남자의 이야기를 썼고요. 가노 고쿠뱌쿠의 소설은 모두 '앤트워프의 총성'에 대한 반박입니다. 추상 같은 게 아니었던 겁니다. 저는 그렇게 생각합니다."

"스고 씨."

가나코는 덤덤한 목소리로 말했다.

"왜 돌아오셨나요? 이 일에서 손을 떼겠다고 하셨잖아요."

"일을 끝내기 위해서입니다."

요시미쓰는 자신의 입 밖으로 나온 말에 놀랐다. 하지만 다음 말은 이미 정해져 있었다.

"저는 학교로 돌아가지는 못할 겁니다. 큰아버지 댁에 더이상 얹혀살 수도 없습니다. 하지만 이건 제가 맡은 일입니다. 가능하다면 제 손으로 끝내고 싶습니다."

설령 자신의 이야기가 아닐지라도. 속으로 그렇게 덧붙였다.

"'앤트워프의 총성'에서 제기된 의문이 모두 몇 가지인지 세어봤습니다. 다섯 개더군요. 그 가운데 네 개는 이미 말씀드렸습니다. 그에 대응하는 소설도 찾았고요. 마지막 의문은."

파일을 내려다보며 말했다.

"하지만 필자는 보다 인간적인 의문을 느끼고 있다. 즉, 기타자토 산고 씨와 도마코 씨 사이에 과연 애정이 남아 있었을까?'"

아아. 가나코는 한숨을 내쉬었다.

"요컨대, 마지막 이야기인 「눈꽃」의 테마는 기타자토 씨의 부모님 사이에 애정이 존재했나, 가 되겠죠.

기타자토 산고 씨는 다섯 단장을 태워버리려고까지 했습니다. 그분에게 그 이야기들은 결코 자랑스러운 기억이 아니었기 때문입니다. 하지만 끝내 버리지 못하고 지인들에게 보냈습니다. 받은 사람들은 그 단편의 진의를 몰랐지만, 그 자신은 알고 있었습니다. 지금까지 들었던 기타자토 산고 씨에 대한 이야기를 종합해보면, 그분이 애정의 유무에 대해 썼던 마지막 이야기, 「눈꽃」을 다른 이에게 보냈을 것 같지는 않습니다.

결론을 말씀드리죠. 만일 「눈꽃」이 아직도 세상에 존재한다면, 아마 기타자토 씨 댁에 있을 겁니다. 그게 아니라면, 그 이야기는 태워버렸을 거라 생각합니다."

침묵이 흘렀다.

경내에서 흘러나오던 큰북 소리가 멈췄다. 짝짝짝, 박수 소리가 일었다.

가나코가 천천히 입을 열었다.

"스고 씨."

"……네."

"스고 씨는 참 성실한 분이시네요."

가나코는 미소 짓고 있었다. 쓸쓸한 미소였다.

추상오단장

"그럼 하나 여쭙겠습니다. 스고 씨는 각각의 단편에는 두 가지 결말을 대응할 수 있다고 말씀하셨죠.「눈꽃」의 결말은 무엇이라 생각하시죠?"

"남은 결말은 '모든 것은 그 눈 속에 잠들어 있고, 진실은 영원히 얼어붙어 있다'입니다. 이건 아마도 틀림없을 겁니다. 왜냐면 다른 네 편의 이야기 속에서는 눈에 대한 묘사가 전혀 없으니까요."

"하나 더요."

가나코는 고개를 숙인 채 혼잣말처럼 중얼거렸다.

"네 가지 이야기에 들어맞는 두 가지 결말. 어느 쪽이 진실이라 생각하세요?"

"그야 당연히."

요시미쓰는 도중에 입을 다물었다.

가나코는 다시 물음을 던졌다.

"그 편지함 속의 제목이 최근에 새로 적은 것이라면, 그 대답은 명확하다고 생각하지 않으세요? 적혀 있던 제목은 진실을 은폐하기 위한 것이고, 제목과는 다른 조합이야말로 진정한 답이라고 생각하지 않으세요?"

요시미쓰는 대답하지 못했다. 그 대신 반문했다.

"기타자토 씨는…… 알고 계셨나요? 원고지에 적힌 제목이 최근에 쓰였다는 사실, 마지막 한 줄과 이야기의 대응 관계가 잘못되었을지도 모른다는 사실, 그리고 가노 고쿠뱌쿠 명의로 발표된 이야기가 '앤트워프의 총성'에 대한 답이라는 사실을.

어느 정도는 알고 계셨던 거군요. 저한테 말씀하신 것보다 더 많은 사실을. 그리고 이미 결론에 도달하신 거군요."

"제가 아는 건 아버지의 단장이 그 기사에 대한 답이라는 사실뿐입니다. 그래서 저는 이렇게 생각했습니다."

가나코는 속삭이듯 말했다.

"「기적의 소녀」. 사건 당일 밤, 저는 잠들어 있었나, 깨어 있었나? 잠들어 있었다.

「환생의 땅」. 어머니가 뛰어내리기 전에 총을 쏘았는가? 뛰어내린 후에 쏘았는가? 후였다.

「어두운 터널」. 아버지는 어머니에게 달려갔는가? 달려갔다.

「소비전래」. 이 사건은 타살인가, 자살인가? 자살이었다.

스고 씨가 찾아주신 이야기를 읽고 저는 이렇게 생각했습니다. 그리고 이것은 아버지가 벨기에 경찰에 진술했던 내용과 같습니다. 아버지가 경찰에 했던 이야기는 사실이라고 생각했죠. 하지만 스고 씨는 그게 아니라고 하시는군요. 듣고 보니 저도 납득이 갑니다. 스고 씨 말씀이 맞아요. 그 제목은 아버지의 속임수였습니다. 그러면 진실은?"

그리고 요시미쓰는 그제야 깨달았다.

기타자토 산고가 한때 글로 썼고, 이후 덮어버리려고 한 진실. 앤트워프의 총성.

「기적의 소녀」. 사건 당일 밤, 가나코는 잠들어 있었나, 깨어 있었나? 깨어 있었다.

「환생의 땅」. 도마코가 뛰어내리기 전에 총을 쏘았는가? 뛰어내린 후에 쏘았는가? 전이었다.

「어두운 터널」. 산고는 아내에게 달려갔는가? 달려가지 않았다.

「소비전래」. 이 사건은 타살인가, 자살인가? 타살이었다.

가나코는 말했다.

"저는 그 현장을 보고 있었습니다. 어머니는 살해되었습니다. 그리고 그것이 제가 알고 싶었던 사실이었습니다."

칠석 하늘을 향해 모닥불 불씨가 날아올랐다.

3

삼가 인사드립니다.

더위도 한풀 꺾였습니다만, 무탈하게 잘 지내고 계시는지요.

얼마 전에 서점으로 연락을 드렸더니 더이상 그 가게에 안 계신다고 하더군요. 이 편지가 제대로 도착할지 불안하기만 합니다.

일전에는 일부러 집까지 찾아와주셔서 감사했습니다. 그후에 제대로 인사도 드리지 못해서 내내 마음이 불편했습니다만, 전후 사정을 보아서 넓은 마음으로 이해해주시기를 부탁드립니다.

오늘은 한 가지 고백할 것이 있어서 졸필을 들었습니다.

스고 씨는 뛰어난 통찰력으로 저를 제외하고는 누구도 도달하지 못하리라 믿었던 진실을 훌륭히 간파하셨습니다. 솔직히 말씀드리자면, 처음 의뢰드릴 때 저는 별다른 기대를 하지 않았습니다. 오단장 중 하나라도 손에 넣을 수 있으면 좋겠다는 정도로만 생각했습니다. 스고 씨가 그 사건의 존재를 알게 되리라는 생각조차 하지 못했습니다.

하지만 스고 씨는 제가 불안을 느낄 만큼 솜씨 좋게 단장을 찾아다 주셨습니다. 그뿐만 아니라, 아버지에 대해서도 알아 내셨습니다. 고서점 같은 곳에서 이다지도 일을 잘 처리해주실 줄은 몰랐기 때문에, 정말 몇 번이나 놀라움을 금치 못했

추상오단장

습니다. 스고 씨는 제 의뢰에 시종일관 성실하게 응해주셨습니다.

그 성실함이 진실을 폭로할 줄은 몰랐습니다.

아니, 원망하는 건 아닙니다. 제 감사의 마음에는 한 점의 거짓도 없다는 사실을 거듭 말씀드립니다.

그 감사의 마음을 전하기 위해, 말씀드리지 않았던 사실을 몇 가지 알려드리려 합니다.

아버지를 추상하기 위해 다섯 편의 단장을 찾는다는 말은 거짓이 아닙니다. 그러나 아마 어렴풋이 깨닫고 계셨겠지만, 완전한 진실도 아니었습니다. 그날 밤 말씀드린 대로, 저는 단장이 아버지에게 제기된 의혹에 대한 답임을 알고 있었습니다.

아버지는 당신의 과거를 모두 버렸다고 생각하셨지만, 역시 그 가운데 많은 것을 버리지 못하셨습니다. 그 사건을 보도한 기사의 스크랩북을 저는 고등학생 시절 이미 발견했습니다. 창고에 보관되어 있더군요.

아버지가 세상을 떠나신 뒤, 편지함에서 발견한 다섯 개의 '결말'과 《심층》에서 제기된 다섯 개의 의혹을 연결 짓는 데에 그리 오랜 시간은 걸리지 않았습니다. 양자 사이의 직접적인 연관성을 발견하게 된 계기가 고노 주조 씨의 편지였다는 사실은 굳이 말씀드릴 필요도 없겠지요.

저는 아버지의 단장을 모으면 그날의 진실이 밝혀지리라 기대하고 스고 씨가 일하시던 서점을 찾아갔던 것입니다.

아마 스고 씨께서는 제가 아버지가 정말 어머니를 살해했는지 알고 싶었기 때문에 진실을 찾아 헤맸다고 생각하시겠지요.

하지만 그렇지 않습니다.

저에게는 좋은 아버지였습니다. 물론 저도 남들만큼 아버지에게 반항하며 자랐습니다. 아버지가 완벽한 사람이었다고 말하려는 것도 아닙니다. 하나하나 꼽아보면, 아버지의 단점은 열 손가락으로 세도 모자랄 겁니다. 하지만 아버지는 저를 사랑으로 키워주셨습니다. 그 이상 무엇을 바라겠습니까. 저는 딱히 아버지가 살인자가 아니기를 바랐던 게 아닙니다. 어쩌되었든 그것은 이미 끝난 일이고, 저에게는 처음부터 어머니가 없었으니까요.

요컨대 아버지에게 제기된 그 의혹은 저의 관심 밖이었습니다. 설령 아버지가 어머니를 죽였더라도 저는 아버지를 무조건 용서했을 테니, 그 일에 관한 진상은 굳이 알아낼 가치도 없습니다.

문제는 저 자신에 대한 것이었습니다.

그 의혹이 제기된 해, 저는 네 살이었습니다.

혼자서 걸을 수도 있고, 제법 말도 할 수 있는 나이입니다. 무척 인상적인 사건이 일어났을 경우, 단편적인 기억이 남을 수 있는 나이이기도 합니다. 죽음의 의미는 이해하지 못하더라도 말이죠.

저는 어렴풋이 기억하고 있습니다. 언젠가 어딘가에서, 저는 어머니에게 어리광을 피웠습니다. 저에게서 멀어지는 어머니가 그리워서 매달렸습니다. 그리고 기억이 너무나 애매하기는 하지만, 그후 저는 무척 무서운 경험을 했습니다. 말하자면 마치 벼락이 떨어진 듯한 굉음에 소스라치게 놀랐던, 그런 느낌이 들기도 합니다.

제가 그런 기억을 처음 자각하게 된 건 아마 중학생 때였을 겁니다. 그 무렵 저는 그 기억을 꿈에서 보았다고 꾸며 학급 문집에 작문으로 실었습니다. 그 글을 아버지가 읽으셨는지는 모르겠습니다. 그리고 앞에서도 말씀드렸듯, 나중에 고등학생이 되어 창고의 스크랩북을 발견하고 의혹의 존재를 알게 되었습니다.

의혹. 저에게 그 의혹은 아버지에 대한 것이 아니었습니다.

어머니는 샹들리에에 침대 시트로 목을 맸습니다. 발판으로 삼은 의자에서 뛰어내렸습니다. 그리고 아버지는 어떤 타이밍인지 무슨 목적이었는지는 모르지만, 권총을 쏘았습니다. 이것은 부정할 수 없는 사실입니다.

저의 의혹은 다음과 같습니다. 어머니는 발판에 올라가 목에 시트를 걸었을 겁니다. 뛰어내리면 목숨을 잃습니다. 하지만 저는, 어쩌면 누군가가 어머니를 의자에서 밀쳤을지도 모른다고 생각합니다.

분명하게 말씀드려야겠군요.

죽어버리겠다며 외치는 어머니가 어딘가로 가버릴까 두려워, 어머니의 다리를 붙잡고 흔들어 의자에서 밀쳤습니다.

그것이 제가 한 짓이라는 생각을 떨쳐버릴 수가 없었습니다.

몇 번이나 아버지에게 물으려 했습니다. 하지만 그러지 못했습니다. 그 모든 의혹을 흘러간 일로 여기고 평범한 부모로, 회사원으로 살아가는 아버지에게 도저히 이제 와 그런 이야기를 할 수 없었죠. 끝내 아버지가 세상을 떠날 때까지 저는 아무것도 하지 못했습니다.

물론 진상을 알게 되는 것이 두렵기도 했습니다.

추상오단장

하지만 지금, 덕분에 모든 것이 명백해졌습니다.

그날 밤, 저는 깨어 있었습니다. 모든 것을 보았던 것입니다.

허공에 매달린 어머니를 아버지가 구할 수 없었던 이유도 대충 알 것 같습니다. 제가 정말 깨어 있었다면 다른 기억도 정확하다고 봐야겠죠. 저는 아버지 때문에 어머니가 멀리 떠나려는 줄 알고 아버지를 방해했습니다. 단장 중 한 편에서 아버지가 시사했던 아버지와 어머니 사이에 있던 방해물이란 바로 저였습니다.

아버지가 총을 쏜 것은 시트를 끊기 위해서였을까요? 그럴지도 모릅니다. 하지만 그 총소리를 듣고 제가 무척이나 겁에 질렸던 걸 고려해보면, 어쩌면 그 행동은 저를 위협해 못 움직이게 함으로써 어머니를 구하려 한 일이었을지도 모른다는 생각이 듭니다. 그 총알이 아직 의자 위에 있던 어머니의 팔을 스치고 지나간 것은 불행한 우연이었습니다. 아버지의 낡은 루거 권총은 제대로 작동하지 않았으니까요.

아내를 죽였다는 오명을 뒤집어쓴 아버지는 무슨 생각을 했을까요. 자신이 범인이 아니라고 주장하고 싶지는 않았을까요?

하지만 아버지는 그렇게 말하지 않았습니다. 침묵했습니다.

저에게 손가락질하며, 범인은 이 녀석이다, 딸이 아내를 밀쳤다. 그렇게 말해도 상관없었는데.

전 정말로 상관없었는데.

침묵 대신, 아버지는 단장을 남겼습니다.

몇 개 결말을 바꿔 넣어도 이야기가 이상하지 않게 끝나게끔 쓰인 단장, 그것이 단순한 우연일 리 없습니다. 아버지는 이십 년 전, 분명히 진실과 거짓을 바꿔치기하듯 소설을 쓴 겁니다.

그리고 최근에서야 마지막 한 줄에 거짓 제목을 적어 넣었습니다. 곰곰이 생각해본 끝에, 저는 입원이 결정된 후에 아버지가 그리하셨으리라 짐작했습니다.

다섯 장의 원고지에 적힌 거짓 제목은 저를 속이기 위한 것이었습니다. 아버지가 돌아가신 뒤, 제가 편지함에서 다섯 장의 원고지를 발견하고 그것을 좇게 된다면 '어머니의 죽음은 자살이었다'란 결론에 도달하도록 말입니다. 아버지의 속임수를 알아채지 못했더라면 분명히 그리되었겠지요.

하지만 가능하다면 저는 아버지에게 직접 어머니의 이야기

추상오단장

를 듣고 싶었습니다. 그것이 진실이든 거짓이든 간에 말이죠.

역시 아버지 생전에 말씀드릴걸 그랬다고, 뒤늦게 후회하고 있습니다.

마지막으로 사소한 발견에 대해 알려드립니다.

만일 마지막 단장이 남아 있다면 분명 집 안에 있을 것이라는 말씀을 듣고, 저는 다시 한번 짐작 가는 곳을 샅샅이 뒤졌습니다.

집 안에서는 발견할 수 없었습니다. 하지만 불현듯 든 생각에 저는 아버지가 입원했던 병원을 찾아갔습니다.

전에 말씀드렸는지 모르겠는데, 아버지는 병마와 싸우려 하지 않았습니다. 입원하신 것도 성치 않은 몸으로 집에 있으면 제게 폐가 될 것이라고 생각하셨던 모양입니다. 저는 아버지가 회복하시리라 믿고 입원을 권했는데 말입니다.

아무튼 그런 까닭에 아버지의 입원 생활은 길지 않았습니다. 하지만 그 짧은 기간 동안에도 많은 분들께 신세를 졌습니다.

아버지가 남긴 마지막 단장을 가지고 계시던 젊은 간호사 선생님도 그중 한 분이셨습니다. 태워달라고 신신당부를 하셨지만 그래선 안 될 물건 같아서 태우지 못했다고, 그렇지만

고인의 유지를 무시하고 유족에게 드리기도 저어되어 이러지
도 저러지도 못했다고 하시더군요.

독자인 당신께 이 마지막 단장을 보내며 저는 이만 추상을
마치려 합니다.

살인자인 제가 편지에 이름을 남기지 않음을 부디 이해해
주십시오.

이만 삼갑니다.

4
눈꽃

기타자토 산고

일찍이 스칸디나비아를 여행하다, 스웨덴의 볼로달렌 근처
마을에서 기이한 이야기를 들었다. 엄동설한이 지나고 겨우
봄을 맞이한 산자락에서 시체가 발견되었다고 한다. 산지에
들어갔던 사람이 죽는 일은 틀림없이 불행한 일이기는 하나

한편으로는 흔한 일이기도 해서, 처음에는 마을 술집에서도 큰 화젯거리가 되지 못했다. 그러나 발견된 시체가 젊은 여자이고, 게다가 상당히 오래전에 죽었다는 사실이 밝혀진 뒤로는 분위기가 달라졌다.

"혹시 눈꽃을 꺾은 여자가 아닐까?"란 어떤 이의 발언이 불러일으킨 고요한 흥분은 내게는 전혀 이해할 수 없는 것이었다. 나는 술집 구석에 앉아 있던 박식해 보이는 노인장에게, 눈꽃을 꺾은 여자라니 대체 무슨 이야기냐고 물었다. 노인장은 그 말이 무슨 뜻인지, 한 남녀의 이야기에 대해 가르쳐 주었다.

이십여 년 전. 마을 어귀, 산자락 근처에 한 부부가 살고 있었다. 남자는 신사적인데다 부유했다. 여자는 정숙하고 고결했다.

남자는 밤만 되면 거리로 나가 젊은 여자들을 데리고 값비싼 술을 마셨다. 마을에 그의 아내보다 아름다운 여자는 없었지만, 남자의 여색은 멈출 줄은 몰랐다. 하지만 누구나 그가 술과 여자에 빠진 것은 아니라는 사실을 알고 있었다. 남자가 진심으로 즐거워한 적은 단 한 번도 없었기 때문이다.

여자는 그런 남자를 비난하지 않았다. 그녀는 남편의 방탕한 생활은 마치 존재하지 않고, 만일 그런 일이 있었다 해도 자신의 귀에는 들어오지 않았다는 듯 행동했다. 그것이 침묵과 무관심이라는 가장 무서운 흉기라는 사실 또한 누구나 알고 있었다.

어느 날, 방탕하게 즐기던 남자와 빈틈없이 차려입은 여자가 우연히 마주치게 되었다. 여자는 남자를 힐끗 쳐다보았을 뿐이지만, 남자는 여자에게 모욕을 주었다.

"오늘은 최고의 밤이지만 내일은 재수가 없겠군. 내일이면 한 살 더 먹을 텐데, 당신과 둘이서 나이를 먹어간다니, 실로 불행한 일이라고 생각하지 않나?"

여자는 그제야 남자를 돌아보더니, 마치 집에서 이야기하듯 다정하게 웃으며 대답했다.

"어머, 내 정신 좀 봐. 당신 생일도 잊고 있었네요. 당신에게 받은 선물의 답례로 저도 좋은 선물을 해야겠어요."

그것이 부부의 마지막 대화였다.

겨울을 앞둔 스칸디나비아의 산지로 들어간 여자는 빙하에 입을 벌린 크레바스에 떨어졌다. 그녀와 함께 있던 심부름꾼은 너무 순식간에 일어난 일이라 미처 구할 새도 없었다고 변명했다. 그는 왜 빙하를 건너려 했느냐는 물음에 이렇게 답했다. "마님은 눈꽃을 찾으려 하셨습니다. 가련하고 귀한 그 꽃을요."

추상오단장

이야기를 들은 사람들은 모두 슬퍼하며 여자의 진심을 믿지 않았던 것을 후회했다. 원망해 마땅한 남자의 생일에 함께할 한 송이 눈꽃은 분명 두 사람을 따스하게 화해시켜주었을 거라며 가혹한 운명에 통탄했다.

남편은 사람들 앞에서 관자놀이에 권총을 대고, 마지막으로 이런 말을 남겼다.

"내 아내는 참으로 영리한 여자였지. 그 여자가 나한테 준 선물이 정말 꽃 한 송이였다고 생각하나? 아둔한 당신들에게 약간의 지혜를 빌려드려야겠군. 그 여자는 이렇게 나를 영원히 두고 가버린 거야. 잘 보라고. 그러니 나는 이 길을 택할 수밖에 없어."

그리고 방아쇠를 당겼다.

그로부터 오랫동안 눈에 파묻힌 스칸디나비아의 마을에서 눈꽃을 꺾으러 간 여자에 얽힌 이야기는 좋은 이야깃거리가 되었다. 사람들은 그녀가 마지막까지 정숙한 여자였음을 믿고 추앙했지만, 그들의 마음 한구석에서는 남자의 말이 저주처럼 떠돌고 있었다. 몇 년에 한 번, 눈 속에서 여자의 시체가 발견되면 사람들의 기대는 일제히 커졌지만, 대부분 불행한 조난자였다. 이번에 발견된 시체도 결국 나무꾼의 딸로 밝혀졌다.

그 마을 사람들은 지금도 여자의 시체가 눈꽃과 진실을 쥐고 있다고 믿는다. 평화롭게 흐르는 빙하가 가엾은 여자를 토해내는 그날, 숨겨진 마음까지 모두 밝혀지리라 믿고 있다.

  하지만 나는 그런 날은 오지 않으리라 생각한다.

  모든 것은 그 눈 속에 잠들어 있고, 진실은 영원히 얼어붙어 있다.

추상오단장